# Lejos de la casa de mi madre

## Relatos de migración y soledad

### Bárbara Mujica

Ganadora:
Competencia International de Ficción E.L. Doctorow
Premio Pangolin
Premio Theodore Christian Hoepfner
Premio Trailblazer de Diálogo sobre la Diversidad
Sociedad de Escritores de Maryland Competencia
Nacional de Ficción

*Floricanto Press*

Copyright © 2019 by Barbara Mujica

Copyright © 2019 of this edition by Floricanto Press and Berkeley Press

All rights reserved. No part of this publication may be stored in a retrieval system, transmitted or reproduced in any way, including but not limited to photocopy, photograph, magnetic, laser or other type of record, without prior agreement and written permission of the publisher.

Floricanto is a trademark of *Floricanto Press*.

Berkeley Press is an imprint of Inter-American Development, Inc.

*Floricanto Press*
7177 Walnut Canyon Rd.
Moorpark, California 93021
(415) 793-2662

www.*FloricantoPress*.com

ISBN-13: 978-1985096554

—*Por nuestra cultura hablarán nuestros libros. Our books shall speak for our culture."

**Roberto Cabello-Argandoña and Leyla Namazie, Editors**

# Lejos de la casa de mi madre

## Relatos de migración y soledad

*Para mi marido, Mauro,
y mis hijos Liliana, Mariana, y Mauro III*

*Menina e moça me levaram de casa de
minha mãe para muito longe.*
Menina e moça (1554)
Bernardim Ribeiro

## Libros de Bárbara Mujica
### Ficción
*The Deaths of Don Bernardo (novela)*
*Sanchez across the Street (cuentos)*
*Far from my Mother's Home (cuentos)*
*Frida (novela); edición en español, Mi hermana Frida*
*Sister Teresa (novela); edición en español, Hermana Teresa*
*I Am Venus (novela)*

### Antologías críticas
*Texto y vida, antología de la literatura española*
*Texto y vida, antología de la literatura hispanoamericana*
*Antología de la literatura española: Edad Media*
*Antología de la literatura española: Renacimiento y Siglo de Oro*
*Antología de la literatura española: Siglos XVIII y XIX*
*Premio Nóbel: Once grandes escritores del mundo hispánico*
*Milenio: Mil años de literatura española*
*Women Writers of Early Modern Spain*
*A New Anthology of Early Modern Spanish Theater: Play and Playtext*

**Crítica literaria**

*Calderón's Characters: An Existential Point of View*
*Iberian Pastoral Characters*
*Texto y espectáculo (redactora)*
*Et in Arcadia Ego (con Bruno Damiani)*
*Looking at the Comedia in the Year of the Quincentennial (redactora, con Sharon Voros)*
*Books of the Americas*
*El texto puesto en escena (redactora, con Anita Stoll)*
*Teresa de Jesús: Espiritualidad y feminismo*
*Teresa de Ávila, Lettered Woman*
*Shakespeare and the Spanish Comedia: Translation, Interpretation, Performance - Essays in Honor of Susan L. Fischer*
*(redactora)*

# Contenido

Prólogo — 1

Mitrani — 7

Xelipe — 36

Gotlib Bombero — 76

La despedida — 106

Mary y Magda — 121

De cómo José Ignacio de María de Jesús e Ynduráin aprendió a bailar la *Hora* — 136

Los Sánchez, de enfrente — 161

Las amigas de Francisca — 194

Preparaciones para la boda — 200

**La llamada** 226

**Bienvenue, Rosalía** 243

**Cuento de hadas** 259

# Prólogo

Mario Bencastro

LA INTENSA ACTIVIDAD artística de Bárbara Mujica incluye la edición de antologías de literatura española e hispanoamericana que demuestran su sorprendente capacidad para el análisis literario, y la dirección de El Retablo, grupo de teatro que ha representado con mucho éxito obras clásicas españolas y latinoamericanas. A esto debe agregarse su quehacer académico como profesora de literatura española clásica. La otra faceta de su personalidad creativa, e indudablemente su más fuerte expresión, es la creación literaria. Ha publicado cuatro novelas, una de las cuales, *Frida*, fue un bestseller internacional publicado en dieciocho idiomas, y dos colecciones de cuentos, además de numerosos artículos periodísticos que han aparecido en el *New York Times*, el *Washington Post*, *Commonweal*, y otras publicaciones.

En su primera novela, *The Deaths of Don Bernardo [Las muertes de don Bernardo]* (Floricanto Press, 1989), Bárbara Mujica manifestó su talento para la concepción de personajes que, producto de una ficción, resultan tan convincentes y realistas que es fácil recordarlos. Esta narrativa tiene una calidad verbal construida a través de la acumulación de detalles tanto físicos como emocionales. Más que mostrar una circunstancia o presentar un punto de vista, el propósito primordial de esta obra es "contar" una historia.

La presente colección de relatos, *Lejos de la casa de mi madre*, representa un período de diez años en la creación literaria de Bárbara Mujica, algunos de ellos anteriores a *Las muertes de don Bernardo*, además de uno más reciente, "La llamada," por lo que en ellos es posible vislumbrar la gestación de ciertos elementos estéticos y conceptuales que dieron fruto a tal obra.

Estos cuentos son verdaderamente dramáticos, perfectamente concebidos en cuanto a forma y contenido, con temas de actualidad reflejados en un marcado realismo que les confiere cierta calidad visual. Las circunstancias enmarcadas, propias de la experiencia humana, están descritas con un lenguaje abundante y directo, como si a la escritora moviera un afán por mostrarnos todos los ángulos de una situación, ya sea ésta la de dos familias de raza diferente unidas por un drama común, ("Sánchez"); la condición personal de dos mujeres tan cerca una de la otra físicamente y separadas emocionalmente por razones culturales, ambas víctimas de una misma circunstancia, ("La despedida"); la desgarradora condición de los sobrevivientes de una tragedia y el estado psicológico que marca a estas víctimas para toda la vida, ("Mitrani"); el amargo sentimiento de un hombre que siempre se sintió un extraño y marginado en la sociedad por razones de religión, costumbres y raza, ("Gotlib, Bombero"); el machismo que aún persiste en el diario quehacer de algunas comunidades, sobre todo campesinas, de América Latina, ("Xelipe," "Preparaciones para la boda"); situaciones cómicas y absurdas que asaltan a la vida adulta y que el ciudadano responsable debe saber controlar para convivir en sociedad; dos seres humanos inmersos en el laberinto de problemas personales de los que ninguno tiene control; la situación del desfavorecido en lugares remotos del planeta cuyo destino depende de las decisiones de las clases poderosas, ("Bienvenue, Rosalía").

Otro aspecto sobresaliente en la narrativa de Bárbara Mujica consiste en la adaptación de situaciones en otros países, logrando describirlas con la capacidad de un nativo, lo cual se hace presente también en su primera novela, elemento que la escritora sabe conjugar para representar ambientes con variados matices culturales y la idiosincrasia propia de las regiones y los diferentes grupos étnicos de los que provienen sus personajes y temas. Esto confiere a su literatura un carácter multicultural en el que no existen fronteras físicas ni intelectuales.

En ciertos cuentos el drama de los personajes ha sido llevado a sus más extremas y violentas consecuencias al punto que semejan una tragedia griega. Éstas son acaso las obras cumbres de la colección, las que Bárbara Mujica narra con singular maestría y lujo del detalle para brindarnos historias inolvidables como "Xelipe" y "Mitrani". El desolador tema de la ancianidad y su inevitable soledad es también narrado, acaso porque la vejez es en cierto modo una de las tragedias naturales del ser humano, símbolo del deterioro y la decadencia.

*Lejos de la casa de mi madre* es una colección de relatos que cautiva y conmueve a través de la demostración casi gráfica de los conflictos de personajes que parecen existir al borde de la supervivencia física y emocional. Son historias que parten de la circunstancia particular de un grupo social y la eleva a un nivel universal pues, independiente de nuestro origen cultural, todos tenemos igual destino en este planeta. De ahí que representan la condición de todo ser humano, la historia de nuestra existencia.

Es importante enfatizar que, aunque la gran mayoría de estos cuentos fueron escritos hace tiempo, mantienen su vigencia, debido precisamente a la actualidad de sus temas como la inmigración, la guerra y los conflictos culturales, los cuales son temas de siempre, universales.

"La llamada", el cuento más reciente de la antología, despliega la desbordante imaginación de Bárbara Mujica, logrando combinar hechos históricos en tres escenarios geográficos diferentes, unidos por el drama de una familia, cuyos miembros sufren la tragedia de la guerra y de la emigración, en que la vida de una madre y su dolor son el centro unificador, y que al final su sufrimiento es recompensado con la reunión con su hijo en una tierra de esperanza.

"La llamada" es quizá un buen resumen de los cuentos de la colección, pues encierra todos los elementos y temas del resto, todas las preocupaciones literarias de la autora: técnicas, personajes y tramas, que finalmente afloran de excelente manera.

Publicados en su mayor parte originalmente en inglés bajo el título de *Far from My Mother's Home*, los cuentos reunidos en *Lejos de la casa de mi madre* logran trascender el relato para comunicarnos sentimientos profundos que enaltecen los valores humanos, lo cual hace de la lectura de *Lejos de la casa de mi madre* una experiencia vital, y de Bárbara Mujica una excelente narradora de temas socialmente relevantes y actuales.

Mario Bencastro.

Autor de *Odisea del Norte, Olas del East River,* y *La mansión del olvido* - Premio Internacional del Libro Latino 2016, EEUU - "Mejor Novela de Ficción Histórica". www.MarioBencastro.org

# Mitrani[1]

MI AMIGO ISAAC Goldemberg me dio a conocer a León Mitrani hace varios años. Según Isaac, Mitrani nació en Staraya Ushitza y, en la gran multitud de judíos nómades que emigraron viajando penosamente a través de los continentes a principios del siglo, León se abrió paso hasta la inverosímil aldea de Chepén, en el norte del Perú, no lejos de la frontera con Ecuador. Según lo cuenta Isaac, los sentimientos de aislamiento cultural que tenía Mitrani en esas tierras del interior habitadas principalmente por indios y mestizos, lo llevaron eventualmente de la paranoia a la locura. Fue durante la guerra, cuando las historias de la perversidad de los nazis empezaron a penetrar hasta en los pueblos remotos de los Andes, que la salud mental de León empezó a dar muestras de que fallaba. Cuando las tropas peruanas marcharon por Chepén de regreso de unas incursiones a la frontera ecuatoriana, Mitrani estaba convencido de que eran soldados nazis que lo buscaban para prenderlo. Al final, Mitrani murió loco de remate. Debido a su religión, y no por su locura, se le negó sepultura en el cementerio local, así que dejaron que el pobre León se pudriera en

---

[1] Traducido por María Luisa Vásquez-Huidobro Edelson.

alguna parte del desierto, tan aislado en la muerte como lo había estado en vida.

Finalmente se transformó en un *dibbuk* en busca de cuerpo, y todavía flota como alma en pena por los alrededores de Chepén. O por lo menos, así es como lo cuenta Isaac. Y yo lo creo. Pero hay más.

La verdad es que yo sabía de León Mitrani desde antes de que Isaac me lo diera a conocer. De hecho, lo conocía mejor que Isaac. Nunca le dije nada sobre esto a Isaac, eso sí, para evitar una de esas situaciones embarazosas en las que alguien te cuenta una larga historia, y le aportillas el cuento diciéndole que ya lo sabías. O a lo mejor ésa no es la verdadera razón por la que no se lo dije. Como sea, la parte esa del *dibbuk*, esa parte no la sabía yo.

Lo que pasó fue que inmediatamente después de la guerra, en 1946 o 47 —Isaac no sabría esto porque él era sólo un niño entonces— Mitrani salió de Chepén para ir a Chile por negocios. Tenía una pequeña tienda, y en ese tiempo era más fácil conseguir cierta mercadería en Santiago que en Lima. Era largo el viaje de Chepén a Santiago y León pensaba pasar varios meses en la capital chilena. Le llegó a gustar mucho Chile, y si las cosas se hubieran dado de otro modo, a lo mejor se habría quedado.

Durante esos años, mi tía y yo teníamos una pequeña casa de huéspedes en una de esas callecitas que arrancan de la calle San Antonio, detrás de donde está el hotel Tupahue. En ese entonces no era una zona tan mala.

No fue casa de huéspedes desde el comienzo. Lo que pasó fue que en 1945, cuando por fin salí de Alemania—con casi nada más que la marca de un número de campo de concentración estampada a fuego en el brazo y una caja de equipo quirúrgico que le había robado a un médico a quien me habían forzado a asistir—fui a dar a Santiago, donde tenía una parienta que se llamaba Raquel Berkowitz. Tía Raquel llevaba años en Chile. Era viuda y vivía sola en una casa grande, aunque sin pretensiones. Todos los días le llegaban historias del terror del holocausto por medio de los diarios y de la radio, y Tía Raquel, separada de sus parientes de Alemania y de Polonia por los kilómetros y las décadas, estaba convencida de que a ella no le quedaba nadie en el mundo. Día tras día se sentaba, sumida en la soledad, a llorar la muerte de parientes a quienes sentía que de alguna manera había abandonado sin querer. Y entonces aparecí yo.

Tía Raquel no cabía en sí de contenta. Me acogió en su casa sin vacilar y, durante los meses que siguieron, establecimos una relación cimentada en la reserva y la pena; y en una necesidad compartida de aliviar los punzantes dolores de cabeza descansándola en un hombro hospitalario. Tía Raquel, que había abandonado las usanzas judías hacía mucho tiempo, por mi bien empezó a encender velas del sábado judío y a separar la *milke* de la *fleysh* —es decir, los productos lácteos de la carne. Por mí cantaba suavemente las oraciones tradicionales —los *baruch atohs*—los viernes por la noche y horneaba ese pan delicioso que se llama *challah* los viernes por la mañana. Por mí, porque sabía cuánto necesitaba yo agarrarme a esos hilos de costumbres establecidas para mantener mi alma intacta.

Con el tiempo se nos unieron otros. Otros que no eran parientes, pero de quienes Tía Raquel había sabido por aquí y por allá. Hombres y mujeres que no sabían qué hacer en una ciudad en la que no tenían raíces ni familiares. Judíos de Checoslovaquia, Hungría, Alemania, Polonia, con zapatos buenos como para la basura, la psiquis hecha añicos. Tía Raquel los encontraba y los acogía en su casa y ellos cuando podían le pasaban un par de pesos para ayudarle a cubrir los gastos. Así fue cómo la casa de Tía Raquel llegó a ser una pensión.

El edificio, como el alma de los que lo habitaban, estaba en pésimo estado. Cascarones de pintura medio plateados colgaban de la puerta del frente en jirones delgaditos. El estuco de las paredes estaba cuarteado y en algunas partes se desmenuzaba. Los deteriorados postigos estilo francés estaban que ya se caían, con el barniz de un azulino que sólo le recordaba vagamente a uno el color ultramarino que tenían antes. La ventana del frente del tercer piso tenía una trizadura producida cuando un fanático de los nazis le había tirado pedradas a la vivienda de los Berkowitz en el invierno de 1939. A Tía Raquel le pareció que ella no se merecía hacerla arreglar y así la dejó, muestra externa de la culpa que sentía por estar ella físicamente cómoda en su espaciosa casa a unos pasos de la calle San Antonio en Santiago, mientras a sus parientes los mataban en las cámaras de gas en Auschwitz. Lo que una vez había sido un jardín estaba ahora invadido por las malezas, ya que durante los largos años en que los noticiarios de la radio contaban de hornos y de venenos, Tía Raquel no tenía ni el valor ni el deseo de cuidar de sus rosas. En el interior de la casa, los sofás, que habían sido color concho de vino, se habían desteñido hasta llegar a un rosado que se veía sucio, y los estantes de caoba necesitaban encerado. Las murallas, antes radiantes con sus colores amarillo, azul, coral y crema, ahora eran de un uniforme gris amarillento. Tía Raquel no tenía sirvientes. Desconfiaba del no-judío y no dejaba que una mestiza entrara a la casa ni siquiera para fregar los suelos.

A medida que la casa se fue llenando de gente, gradualmente se le fueron haciendo mejoras. Un viejo checo, que se llamaba Franz, le tomó interés al jardín y las fastidiosas madreselvas le cedieron el terreno a un nuevo cultivo de sedosas rosas rosadas, cuya fragancia llenaba la sala de Tía Raquel al final de la primavera. Celia y Frieda Cohen, hermanas —y enemigas de la manera en que sólo las hermanas pueden serlo— estuvieron de acuerdo sólo con respecto a una cosa: la necesidad de renovar la decoración de las ventanas. Se pasaron horas de horas sentadas a la mesa del comedor cosiendo a mano cortinas —amarillas para la sala, rosadas para la cocina, blancas para el comedor, azules para el dormitorio de Tía Raquel, verde menta con blanco para el mío, y así, pasando por el espectro ocular, hasta que los ocho cuartos de huéspedes

11

tuvieron cortinajes nuevos. Mientras cosían, Frieda pinchaba a Celia con la misma regularidad y con el mismo ardor con que la aguja de acero que tenía en la mano pinchaba la dócil gasa rosada. Celia pesaba demasiado, decía Frieda. Celia era joven todavía, pero nunca iba a encontrar marido de nuevo si no dejaba de hartarse la boca con el *challah* lleno de mantequilla que hacía Raquel. Celia daba un respingo con cada pinchazo, pero sabía que su hermana hería el aire atiborrándolo con palabras por la misma razón por la que ella se atiborraba el estómago con comida: para olvidar, para ahogar el dolor abrasador del recuerdo. Habían sido siete hermanas en total: Bessie, Else, Anna, Molly, Celia, Frieda, y Channah. Todas habían sido casadas y entre ellas habían tenido treinta y tres niños. De esas cuarenta y siete personas, sólo dos habían sobrevivido: Celia y Frieda. La rememoración era terrible, sofocante. Furgones de tren repletos no sólo de seres humanos agonizantes, sino también de niños de pecho delicados y sonrosados y húmedos, con ojos llenos de asombro, labios con el toque de una ingenua primera sonrisa, inconscientes del peligro de los soldados que los habían de tirar al aire y de atravesarlos con sus bayonetas ante los ojos de sus madres, de los experimentadores que los desollarían para averiguar cuánto dolor podían soportar, de los deportistas que les habían de tirar encima los perros y luego se echarían atrás en sus asientos para disfrutar del espectáculo cuando las bestias despedazaran la carne de bebé viva y tierna...

Otros miembros de la casa que empezaba a prosperar rápidamente aceptaron otras tareas como cosa normal, sin que nadie se lo pidiera. Rebeca Weinberg, una largurucha violonchelista austríaca de maravillosa cabellera colorina, había comprado su vida dándoles a sus captores una serenata noche tras noche. Ella se encargaba de sacudir y del encerado, y a veces ayudaba a Franz con el jardín. Johanna Goodman, una maternal judía alemana que había perdido a su único hijo, la niña de sus ojos, se hizo cargo de la cocina. Taciturna y pesimista, Johanna se comunicaba sólo con las masas que convertía en aromáticos *Streuselkuchen, Pfeffermussen y Obsttorten*. Pero el *challah* se lo dejaba a Tía Raquel, que se enorgullecía en forma especial de sus panes.

Estaba Abel Gottlieb, que había sido maestro carpintero, y ahora se dedicaba a reparar las rejas y postigos franceses de Tía Raquel. Estaba David Baumgold, un viejo alfeñique que años antes había sido uno de los contadores más notables de Alemania y que ahora ganaba unos cuantos pesos llevándole los libros de cuentas a un dueño de café de apellido Schwartz que se hacía llamar por el pseudónimo de Suárez Valdivieso. David Baumgold, que consideraba profundamente degradante su posición como contador de Schwartz, hacía trabajitos en la casa de Tía Raquel, farfullando maldiciones contra todos y todo. Y luego, claro, estaba León Mitrani.

León no contribuía con ningún trabajo. Era comerciante y el primer huésped regular pagado de Tía

Raquel. Tía Raquel no lo encontró a él; él la encontró a ella. Durante sus primeras horas en Santiago, un judío de patillas de ricito algo canosas de los que siguen el Hasidismo, le había dicho en *yídish* —o sea, en judeo-alemán— que había una pensión judía en una callecita que partía de San Antonio, y Mitrani se había propuesto recorrerla en su busca.

Era la primera vez en años que León Mitrani se había encontrado rodeado de gente de su misma condición. Escuchaba mientras Frieda y Celia contaban de sus hijos perdidos: de la pequeña Hilda de suaves rizos castaños, pianista en ciernes, que ahora tendría diecisiete años; del pequeño Max con su constitución enfermiza, ¿habría sobrevivido hasta llegar a ser hombre? Y así, sin cesar. Hablaban con amargura, a veces conteniendo a duras penas las lágrimas. Pero ellas necesitaban hablar y él necesitaba escuchar. Como Tía Raquel, él se sentía agobiado por un sentido de culpabilidad.

A Abel Gottlieb le parecía que Celia se estaba enamorando de Mitrani. Le oí mencionárselo a Franz, quien dijo que era verdad, que él la había visto una vez sollozando en el amplio pecho de León, mientras el bondadoso peruano le acariciaba los rizos rubios color miel. Pero León era casado. Nos lo contó a todos. Su esposa era una mujer cristiana, tan loca cuando se casó con él como se volvió el mismo Mitrani después. Era ciega, dijo, y estaba metida en toda clase de ritos místicos secretos. Sospechaba que era bruja.

Supongo que nos contó sobre ella para aclarar las cosas de manera que Celia no se hiciera ilusiones. Era un hombre recto, León Mitrani. Y un hombre bueno. Isaac siempre habló bien de él. Años después, quiero decir, cuando me contó sobre cómo Mitrani le había ofrecido su amistad en Chepén.

Celia no era la única que encontraba consuelo en Mitrani. Baumgold era otro. A menudo los veía yo a los dos —a Mitrani y a Baumgold— caminando por San Antonio. O a veces los divisaba sentados a una mesita del café de Schwartz, fumando y charlando a media voz. Baumgold tenía la lisa cabeza inevitablemente gacha y los ojos semicerrados, como si le diera vergüenza dar la cara al mundo desde su degradada posición como contador de Schwartz. A las cinco de la tarde, cuando la mayoría de los chilenos toman once —té acompañado de pancitos y pasteles surtidos— Tía Raquel servía té de hojas de verbena y algún magnífico *Kuchen* preparado por Johanna. Pero Mitrani y Baumgold casi siempre abandonaban al grupo para ir al café de Schwartz, donde se perdían en interminables conversaciones. Baumgold era el que más hablaba, me imagino, contándole a Mitrani sobre el trastorno económico que azotaba como una plaga a Alemania antes de la guerra, y cómo él, Baumgold, sin ayuda de nadie podría haber salvado al país con su propia fórmula de hechicería financiera; eso sólo si no se lo hubieran llevado en vilo y no lo hubieran arrojado a un infierno detrás de alambres de púas. Mitrani, me imagino, le tomaba el brazo a Baumgold o ponía su propio brazo macizo alrededor de los hombros del anciano y lo calmaba con sólo unas pocas sílabas, no particularmente elocuentes o eruditas, pero sinceras. Mitrani comprendía el dolor. Ésa fue probablemente la razón por la que se volvió loco al final.

Todos le hacíamos confidencias a Mitrani. Johanna, tan reservada con los demás de nosotros —mientras prodigaba su amor al mismo tiempo en la forma de *Apfeltorten*— se sentaba al lado de Mitrani en el desteñido sofá rosado de la sala de Tía Raquel y de vez en cuando intercambiaban algún lacónico comentario. Pero después de esas largas sesiones silenciosas, el rostro de Johanna se suavizaba, la tensa mandíbula y la fija mirada hostil se le relajaban y, si se examinaba esa fisonomía, se podía vislumbrar el tenue resplandor de la alegre joven madre que había sido en otros tiempos.

Frieda, Abel, Franz, Rebecca, todos se desahogaban con Mitrani. Él era una persona no comprometida, en cierto sentido, alguien que no había pasado por el horror, pero que podía participar afectiva y emocionalmente en la realidad de ellos, y que escuchaba en forma insaciable, ávido de absorberlo todo. Mitrani parecía considerar que era su vocación el ayudarnos a sobrevivir las secuelas, la devastación psicológica, tal como habíamos sobrevivido los campos de concentración. Era una misión que compartía con Tía Raquel.

Probablemente la que más recurría a León en busca de consuelo era yo. Tomó algún tiempo. A veces él me hacía preguntas sobre cómo había sido mi vida. Sabía que había sido enfermera, y que estaba tratando de aprender suficiente castellano como para tomar un curso y conseguir una licencia para practicar enfermería en Santiago. Sabía eso porque Tía Raquel se lo había contado. En cuanto a mí, por largo tiempo no le conté nada. No era que no confiara en León Mitrani. Era sólo que en ese entonces me lo guardaba todo, como si lo que tenía adentro hubiera sido el cadáver en descomposición de un animal muerto, demasiado abultado y encajado demasiado al justo como para poder arrojarlo. A veces Mitrani ponía sus brazos alrededor mío o me ponía su mano en la muñeca y decía simplemente, —Lenore...—. Yo sabía que era una invitación a hablar, nada más, pero me apartaba bruscamente de él como si él me hubiera hecho insinuaciones indecentes.

    Un día, cuando estaba sacudiendo mi cuarto, Mitrani pasó deambulando por el pasillo. Yo había puesto mi caja de equipo quirúrgico sobre la cama, abierta. Mitrani la divisó cuando estaba a punto de pasar mi dormitorio, y paró en seco en la puerta. Yo podía sentir cómo miraba los instrumentos, a pesar de que estaba de espaldas a él. Lo podía sentir medirlos con la vista, evaluar lo que cada pieza era capaz de hacer, conjeturar sobre lo que yo había hecho o había ayudado a hacer con ella. Yo no sabía cuánto le había contado Tía Raquel sobre mi trabajo como enfermera, pero era del dominio público lo que a los ayudantes de los médicos se les forzaba a hacer durante la guerra. Cambié de posición y me volví hacia él, pero ninguno de los dos habló. Era como si los ojos de Mitrani me hubieran estado horadando la memoria, hurgando en las imágenes que estaban fijas allí, en las escenas de las que yo había sido testigo. Sus ojos fueron del escalpelo a mi rostro, a las diminutas tijeras de acero, a mi cara de nuevo, a las abrazaderas, a las tenazas y luego de vuelta a mí. Sentí que Mitrani sabía, sabía en horroroso detalle, el tipo de operaciones en las que yo había participado como asistente, en las que se me había forzado a participar... Me había visto forzada, para salvar mi propia vida... Me sentí a mí misma soltar un gemido desde alguna parte profunda de las más recónditas de mis entrañas, aunque no escuché ningún sonido. Tenía la espalda y los hombros tan tensos, que los músculos contraídos con tanta fuerza me mandaban atroces puntadas desde el cráneo a las rodillas, a lo largo de la espina dorsal. Mitrani permaneció en silencio. Y luego el dolor empezó a calmarse y me di cuenta de que me temblaban los labios y de que me estaba mordiendo, mordiéndome fuerte para no sollozar o volver a lanzar un grito agudo. Me sentía confundida por el vértigo y la náusea, y se me llenaban los ojos de lágrimas a pesar de que los cerraba apretujándolos. Los labios se me empezaban a partir. Me tiritaban tanto que tenía el interior de la boca irritado por el roce de los dientes. La parte de adentro de mis mejillas sabía vagamente a sangre. No podía mantener los labios quietos. Hice una mueca. Abrasadoras lágrimas me quemaban las sienes y había una masa glutinosa en mi garganta que era incapaz de amortiguar el dolor agudo, parejo. Era como si tuviera pinchado en la garganta el mismo escalpelo que yacía en la caja forrada de terciopelo que estaba sobre la cama, y no hubiese manera de sacarlo.

Oí otro quejido, un alarido que parecía proceder de algún animal gravemente herido, y me obligué a comprender que se me había desgarrado a mí. Mitrani me estrechaba junto a él mientras me acariciaba la nuca, quitándome, uno por uno, cada pegajoso pelo castaño que se me había adherido a una mejilla viscosa con las lágrimas, y poniéndolo de vuelta con el resto de mi cabello. No dijo nada en todo ese tiempo, pero su mutismo me envolvía y me calmaba mágicamente. Las palabras habrían sido superfluas.

Quién sabe cuánto tiempo estuvimos parados allí, mi alma lacerada en silenciosa comunicación con él. Pero comprendí en ese momento que entre Mitrani y yo existía un lazo secreto, y que él haría cualquier cosa por ayudarme a suavizar la angustia, que él haría cualquier sacrificio.

Se lo conté, entonces. Le conté sobre los instrumentos, lo que habían hecho, lo que yo había hecho. No lo voy a repetir todo ahora. No puedo... No quiero hablar de ello. Me robé los instrumentos y me los guardé porque no quería olvidar —¡cómo si pudiera olvidar!— lo que un ser humano es capaz de hacerle a otro.

Las cosas funcionaron tranquilamente en la pensión por varios meses después de ese incidente. Poco a poco todos aprendimos castellano. Paulatinamente cada uno de nosotros fue encontrando trabajo —Johanna en una panadería, Celia en una tienda de modas para damas, Frieda como ayudante de una costurera. Rebecca primero trabajó como camarera en el café de Schwartz, al que el dueño hacía poco le había puesto el nuevo nombre de Las Delicias. Cuando había ahorrado la plata suficiente, se compró un violonchelo y empezó a dar clases. Abel Gottlieb hacía trabajitos de carpintería para los vecinos, y yo encontré trabajo como asistente en un hospital público. Sólo Franz se quedaba en la pensión durante el día, no sólo cuidando del jardín ahora, sino también barriendo, quitando el polvo y haciendo otros quehaceres para los que Tía Raquel ya no tenía la energía necesaria.

Temprano en la tarde nos juntábamos de vuelta en la pensión para el almuerzo. Después de decir unas oraciones antes de empezar a comer, nos servíamos *fleysch* y vino mientras conversábamos en sílabas en alemán o en *yídish* dichas en voz muy baja, de alguna manera todavía mortificados ante la posibilidad de que se nos oyera y se nos arrastrara lejos.

Los viernes al anochecer Tía Raquel prendía las velas del *shabbat*, fiesta de guardar equivalente al domingo de los cristianos, y nos acurrucábamos a su alrededor como niños pequeños que presencian un acto de gran maravilla. En abril, para Pessach, la Pascua de los judíos, había Seder, nuestra comida tradicional, y, por falta de un niño varón, el anciano y calvo Baumgold hacía las cuatro preguntas del ritual.

Con el transcurrir del tiempo aprendimos a vivir de nuevo. Con el tiempo los puentes individuales que cada uno de nosotros había tendido hacia Mitrani se extendieron y tocaron los demás, hasta que habíamos creado una red que nos fortaleció, consolidándonos en una familia. Mitrani era la piedra angular. Cuando le abríamos nuestro pecho, nos sentíamos purificados, reavivados, capacitados para extendernos más allá de nosotros mismos y ponernos en contacto con otros.

Nuestra recuperación colectiva fue vacilante, pero salimos de ella teniendo todavía intacta esa resistencia moral que la guerra casi había consumido del todo. En septiembre de 1947, cuando murió Tía Raquel, hubo sólo un período breve de alboroto. La pensión continuó existiendo. Yo dejé mi trabajo en el hospital y me hice cargo de las responsabilidades de mi tía.

Mitrani llevaba meses diciendo que ya llegaba la hora de su partida de Santiago. Su negocio tenía necesidad de él, aun cuando la bruja de su esposa no lo necesitara. Pero se quedaba, arrullado por su rutina de paseos diarios con Baumgold por la calle San Antonio, que ahora culminaban regularmente con una parada en el café de Schwartz, donde el ex-contador y él formaban parte de una tertulia que se reunía para discutir temas tales como las mortales artimañas de Stalin y la inminente formación del estado de Israel, los últimos resultados del fútbol, las películas de Gene Kelly, la compra del establecimiento de limpiados en seco de la calle Centurión por un árabe andrajoso, y el matrimonio de una jovencita de sociedad de ojos grises llamada Lucinda Santa María con un yanqui que tenía negocios relacionados con las minas en Antofagasta. Arrullado, también, por la melodiosa cadencia de los cánticos de los viernes por la noche, ahora presididos por mí o a veces por Frieda, y por el perfume de los voluminosos y vaporosos rizos de Celia sobre su hombro mientras él leía *El Mercurio* y escuchaba a los demás charlar en voz baja en *yídish* o en alemán.

Mitrani se habría quedado para siempre, tal vez, si no hubiera sido por Levine.

Yo no sé quién le contó a Levine sobre la existencia de la pensión, pero llegó a la puerta, maleta en mano, un día de noviembre.

Nunca había sido costumbre de Tía Raquel negarle alojamiento a nadie, y así fue que recibí entre nosotros a otro judío errante más, aunque le dije que tendría que compartir un cuarto. Dijo que no le importaba. Dijo que necesitaba un lugar donde quedarse y que estaba feliz de haber encontrado un sitio entre los suyos. No hablaba ni una palabra de castellano.

La única habitación suficientemente grande como para acomodar a otra persona era la de Mitrani.

León no estaba contento de tener un compañero de cuarto.

Levine era un hombre imponente. Corpulento y de pelo rubio, hechizaba a las mujeres con su matizada voz de barítono. Parecía ser un tipo jovial, y en esas ocasiones cada vez menos frecuentes en que devastadores recuerdos invadían a uno u otro de los miembros de la casa, Levine trataba de engatusar suavemente al que sufría, para que saliera de la depresión, con historias de la vida aldeana del remoto rincón de Bavaria donde él había pasado su primera infancia. Lo que Mitrani había logrado con paciencia y ternura, a menudo Levine se las ingeniaba para lograrlo con humor, y era claro al cabo de un mes que al menos Rebecca y Johanna, preferían las técnicas de Levine.

Sin embargo, al igual que los demás de nosotros, Levine tenía sus momentos de inquietud. Más de una vez lo vi parado solo en el jardín, perdido en algún vacío privado, con los labios apretados.

Después de que Levine vino a vivir con nosotros, la vida en la pensión sufrió algunos cambios sutiles. Los postres de Johanna se volvieron más lujosos. Para su *Honigkuchen* escogía sólo las mieles más finas compradas en un exclusivo salón de té. Las almendras, de las que en los años anteriores había tenido que prescindir, las localizaba ahora en barrios a los que nunca antes se había arriesgado a ir. Y las especias —jengibre, canela, clavos de olor— Johanna las encontraba todas, empleando una inventiva de la que la mayoría de nosotros no la habíamos creído capaz.

En las noches, cuando nos juntábamos a leer o a conversar en la sala, Rebecca nos daba una serenata con su violonchelo recién comprado, acompañada por Frieda al piano. Como música, Frieda no estaba a la altura de su amiga, pero practicaba con diligencia en preparación para los conciertos nocturnos. Mientras ellas tocaban, Levine, amante de la música, canturreaba para sí en voz baja, con manifiesto placer, y las mujeres, alentadas por su apreciación, a menudo tocaban hasta bien entrada la noche.

La vida en la pensión era tranquila y armoniosa.

Sólo Mitrani parecía intranquilo, alienado.

Una mañana, cuando yo estaba ordenando los cubiertos, Mitrani fue y se paró a mi lado. Después de un corto silencio dijo con voz pareja, —¿Te has fijado, Lenore, cómo Levine siempre se queda callado durante el Kaddish?

No le contesté enseguida. La pregunta de Mitrani me pareció mezquina. —¿Y?—, respondí finalmente—. A algunas personas no les gusta rezar en voz alta. —Pensé que León estaba picado por toda la atención que Levine había estado recibiendo.

León se veía meditabundo. Se sentó a la mesa del comedor y encendió un cigarrillo. —¿Tú no crees—,dijo con solemnidad—, que puede ser que él no sepa la oración? Más tarde, al almuerzo, vi a Mitrani mirar subrepticiamente a Levine, como si hubiera algo en el hombre que no le pareciera convincente.

Los demás estábamos encantados de tener a Levine entre nosotros. Su buen carácter y sus efervescentes ojos color cobalto tenían un poder regenerador sobre el grupo, sacándonos unas risas que habían estado reprimidas por demasiado tiempo. Johanna, especialmente, estaba más alegre de lo que cualquiera de nosotros la había visto nunca, y Celia, Frieda y yo nos preguntábamos si no iríamos a tener una boda antes de que se acabara el año siguiente. Tenían más o menos la misma edad, Johanna y Levine. Los dos andaban por los cuarenta y cinco, con bastantes años por delante para rehacer sus vidas.

Mitrani, entretanto, se iba poniendo cada vez más taciturno. Empezó a planear en serio su regreso a Chepén. Una por una, vendió aquellas pertenencias que no pensaba llevar de vuelta al Perú. En algún momento de mediados de enero le escribió a su amigo Jacobo, el padre de Isaac, que estaría en Lima dentro de un mes.

León Mitrani no dijo nada más sobre Levine hasta un domingo por la tarde, cuando los dos nos encontrábamos sentados solos en el comedor. En Santiago los meses de verano pueden ser suaves o pueden ser opresivos, asfixiantes. Pero incluso en los peores días, los residentes de la pensión usaban mangas largas para cubrir los números marcados en sus brazos. El día en cuestión era un día abrasador y Baumgold y Gottlieb habían llevado mangas cortas en la casa en la mañana, aun cuando nunca lo habrían hecho para andar en la calle.

—Levine, —me dijo Mitrani—, nunca se descubre los brazos. Ni siquiera cuando se acuesta.

Yo estaba contrariada. Pensé que Mitrani estaba criticando sin razón otra vez. Me puse de pie y empecé a poner la mesa sin hacer comentarios.

—Lenore, —dijo Mitrani, agarrándome la muñeca entre sus dedos pulgar e índice—, No estoy exagerando. Duermo en la misma pieza con el hombre. Lo que te digo es que nunca le he visto los brazos a Levine. Se pone el pijama en el baño. ¿No te parece extraño esto a ti, Lenore?

No estaba segura de cuál era el punto al que Mitrani

quería llegar. —Todos nosotros nos sentimos cohibidos por los números —dije.

—O en este caso, ¿no podría ser la carencia de un número? —Mitrani dejó caer la voz al final de la frase, como si hubiera hecho una afirmación en lugar de hacer una pregunta.

Durante la comida esa noche no le quité los ojos de encima a Levine. Lo observé devorar el magnífico *Kuchen* de Johanna, y lo escuché discutir el proyecto de poner una panadería y pastelería con Baumgold al lado del café Las Delicias de Schwartz.

Mientras Rebecca y Celia tocaban algo de Bach en la sala, yo fingía concentrarme en el chaleco azul con blanco que estaba tejiendo, pero en realidad estaba espiando a Levine.

Nada de lo que él hacía parecía fuera de lo común. En lo que sí me fijé fue en que él siempre hablaba en alemán, nunca en *yídish*, pero en sí mismo eso no significaba nada. La mayoría de nosotros nos sentíamos más cómodos en alemán que en *yídish*. El alemán había sido nuestro idioma básico, usado en el colegio, en el trabajo y en la calle, mientras que el *yídish* había quedado reservado para la casa.

La próxima vez que Mitrani y yo hablamos de Levine, fui yo la que trajo el tema a colación.

Había hecho algo sumamente poco ético.

Los recelos de Mitrani sobre el recién llegado habían provocado en mí ciertas dudas. Un día, cuando estaba barriendo la pieza de Levine, se me metió en la cabeza registrarle sus cosas. Había una pequeñísima maleta que él guardaba debajo de la cama. La saqué y traté de abrirla, pero estaba con llave. Yo sabía que Levine había ido con Baumgold a ver el local de la proyectada panadería y pastelería, y suponía que los dos hombres estarían fuera toda la mañana. Traté de hacerles palanca a los cierres de la maleta con una lima de uñas, pero se mantuvieron fijos. Fui a mi cuarto y saqué la caja negra de equipo quirúrgico. De ahí saqué un dispositivo con forma de garfio. Volví a la pieza de Levine y empecé a trabajar en la maleta. Tuve que zangolotear las chavetas por largo rato, pero al fin, manipulando, conseguí que se abrieran los cierres.

No había mucho en la pequeña valija: un pasaporte con el nombre Morris Levine en la primera página. Podía ser fraudulento, pero hay que tomar en cuenta que muchos de los que escaparon de Alemania antes del final de la guerra viajaron con papeles falsos. Había varios documentos escritos en alemán. Uno era un certificado de nacimiento, muy estropeado y casi ilegible. Apenas pude descifrar el nombre: Kurt Georg Stahl.

Pronuncié el nombre silenciosamente, encogiéndome. Un escalofrío me subió por el espinazo hasta la base del cuello, luego me entrelazó el cuello y se me formó un punzón helado en la garganta. Sentí la misma náusea que había experimentado el día que Mitrani había entrado interrumpiéndome sin aviso, mientras la caja de instrumentos quirúrgicos descansaba abierta sobre mi cama. Volví a leer el nombre, escudriñando cada letra en forma individual. Luego, avancé a tientas por el pasillo, tapándome la boca con la mano, hasta encontrar el baño.

Soltar el vómito no me produjo ningún alivio. Traté de enderezarme apoyándome contra la fresca muralla verde con blanco del baño. Después de algunos minutos, empecé a recuperar el equilibrio.

Dr. Kurt Georg Stahl. No lo había conocido personalmente. Había sido director de experimentos médicos en la clínica a la que me habían asignado años antes en Alemania. Había oído su nombre una infinidad de veces. Lo tenía atravesado en la mente como un clavo deformado en una pieza de una compleja máquina que no puede funcionar debido a la obstrucción.

Cuando pensé que había recuperado la compostura lo suficiente como para expresarme en forma coherente, fui a buscar a Mitrani. Estaba en el jardín. Entramos a la sala para conversar. Conversamos por largo, largo rato. Se hizo de noche antes de que termináramos.

A la mañana siguiente fue Johanna la que bajó a toda prisa las escaleras con la terrible noticia. Alarmada cuando ni Mitrani ni Levine habían bajado para el desayuno, ella había subido a ver si se habían quedado dormidos. Había golpeado a la puerta despacito, dijo. No había habido respuesta, así que había llamado en voz queda, —Morris, Morris, León—. Johanna se inquietó por la falta de respuesta. Sabía que León era madrugador.

Había intentado abrir la puerta, suponiendo encontrarla con llave, pero la manilla giró y ella empujó y volvió a llamar. Luego abrió la puerta y una fracción de segundo después dejó escapar un grito agudo, se dio media vuelta y se apresuró escaleras abajo, tropezando en su urgencia.

Johanna susurró unas pocas palabras que apenas se podían oír antes de sucumbir a la histeria. Era imposible entender el significado de sus palabras sin concierto, pero era evidente que algo horrendo había ocurrido. Baumgold y Gottlieb subieron a saltos las escaleras. Johanna gimoteaba en forma incontrolable y Rebeca, pálida, se mordía los labios y temblaba. Frieda y Celia se agarraban las manos una a la otra, su mirada sombría y desenfocada.

Desde arriba de las escaleras Baumgold comunicaba el mensaje que Johanna había estado demasiado turbada para articular: Morris Levine estaba muerto.

Franz, el viejo checo que les tenía amor a las rosas y a las peonías, subió las escaleras con cierta dificultad y, momentos después, confirmó que Levine yacía en sábanas saturadas de sangre, con la garganta cortada de oreja a oreja, las muñecas rasgadas y abiertas, y los órganos genitales mutilados. Baumgold, que había seguido a Franz de vuelta al cuarto de Levine, había tirado hacia atrás la ropa de cama y descubierto que la parte inferior de la sábana de abajo estaba cubierta de excremento. Morris Levine sin duda lo había dejado escapar en el trauma de la muerte. El hedor era insoportable.

A León Mitrani no se lo encontraba por ninguna parte. Celia fue la primera en llamar la atención sobre el hecho.

Pasó por lo menos una hora o una hora y media antes de que hubiéramos recuperado el grado de serenidad necesario para funcionar de nuevo como grupo, por lo menos a un nivel rudimentario. A esas alturas Johanna se deshacía en lágrimas silenciosas y Celia y Frieda habían ido a la cocina a buscar vasos de agua fría para calmarles los nervios a todos.

No había teléfono en la pensión. Abel Gottlieb, el amable carpintero que había arreglado los postigos de Tía Raquel dos años antes, ofreció ir por la policía, pero a mí me pareció que antes de notificar a las autoridades debíamos ponernos de acuerdo en cuál sería nuestra declaración. Mitrani se había incriminado en forma obvia con su desaparición, pero no tenía sentido echarle carbón al fuego. Decidimos quedarnos con la boca callada sobre la antipatía que León le tenía a Levine. Éramos, después de todo, una familia, y aun cuando uno de nosotros había sufrido una horrible desgracia, la supervivencia del clan dictaminaba que se protegiese a Mitrani lo más posible. También decidimos que Abel no fuera a buscar a la policía hasta varias horas después. Eso le daría tiempo a León para avanzar hacia la frontera. A los oficiales les diríamos que habíamos supuesto que Levine y Mitrani habían dormido hasta tarde, y que sólo habíamos investigado su ausencia cuando era casi la hora de almuerzo.

Finalmente, como a las 3:30 de la tarde salió Gottlieb con intención de notificar a las autoridades.

Se demoraron los carabineros —uno moreno y servil, uno de tez clara e indiferente, ambos rudos— un tiempo absurdamente largo en llegar con Gottlieb a la pensión. Nos interrogaron primero en grupo y después en forma individual. Más tarde se les unieron varios peso-pesados con pistolas en lugares conspicuos, y un detective que examinó con diligencia el cuarto que había sido de Mitrani y de Levine. León había dejado la mayoría de sus pertenencias, llevándose consigo sólo sus documentos y unas pocas cosas esenciales para su viaje de regreso al Perú.

La policía conjeturó que el asesinato debía haber tenido lugar alrededor de las once de la noche anterior. El cadáver de Levine estaba empezando a verse grotescamente deformado.

Reproduciendo en la mente el viaje de Mitrani de Santiago a Lima, calculé que León bien pudiera estar cerca de la frontera o bien ya haberla cruzado. Pronto estaría escondido en algún pueblo andino olvidado de Dios, a donde ninguna autoridad de ningún gobierno nacional había aventurado —un pueblo donde él con toda probabilidad sería el único blanco, y con toda seguridad el único judío, pero en el que a la fuerza se encontraría la manera de sobrevivir. Me preguntaba si alguna vez lograría él volver a Chepén.

La policía chilena no tenía jurisdicción en el Perú. Las relaciones entre los dos países no habían sido amistosas desde la guerra del Pacífico, y el oficial que me interrogó observó que no se podía esperar ninguna cooperación de parte de las autoridades peruanas. La extradición era sólo un castillo en el aire. El asesinato de un extranjero errante llamado Levine... difícilmente valía la pena hacerlo llegar a ser un asunto de conflicto internacional.

No fue sino hasta mucho tiempo después que me enteré de que Mitrani de hecho sí fue a parar de vuelta a Chepén. Nunca llegué a saber los detalles de su muerte, pero fue Isaac el que me puso al tanto de su eventual fallecimiento. Para los primeros años de la década de los cincuenta, la salud mental de Mitrani se había deteriorado gravemente y él había perdido contacto con la realidad. Según Isaac, los domingos por la mañana se paraba en la plaza frente a la iglesia y le gritaba epítetos al populacho.

La investigación de la muerte de Levine llegó a poca cosa. La policía llegó a la conclusión de que al culpable no se le podía recuperar, y todo el asunto se desvaneció con sólo una breve mención en la quinta página de El Mercurio: —Sobreviviente de campo de concentración nazi asesinado por otro judío.

Varios meses después, en una lánguida tarde de otoño, cuando todos habían salido de la casa, subí a mi pieza y saqué la caja de instrumentos quirúrgicos que había abierto sólo una vez desde ese día de meses atrás cuando había forzado con palanqueta las cerraduras de la valija de Levine. La policía, sabiendo que yo había sido enfermera en Alemania y en Chile, no le había prestado ninguna atención. Abrí la caja y examiné los instrumentos.

Cada uno de ellos estaba impecable. Ni una muestra de sangre. Luego cerré la caja y la envolví en varias hojas de diario viejas. Finalmente, eché el paquete en un canasto y me deslicé la manilla por encima del hombro.

Luego salí. Crucé San Antonio y caminé hacia la Catedral. Era domingo y la misa había salido pocos minutos antes. Las familias caminaban por las calles, unas al lado de otras en grupos de a cuatro o cinco. Hombres y mujeres, muchos de ellos de familia inglesa, italiana o eslava, charlaban animadamente y les hacían señas con la mano a los amigos. Los suaves sonidos musicales de la marca especial del español que es el chileno flotaban en el aire vivificante, mientras un amigo le decía a otro, —¡Cómo estái, gordo! ¿Qué e' de tu vida?—, o mientras un hombre se dirigía a su vecino, —¿Cómo le va, don Fernando? ¿Cómo está su señora?—. Mujeres chilenas, algunas rubias y de cutis claro, otras morenas, de antepasados españoles o de mezcla de español e indio, vestían elegantes vestidos tubo, largos hasta media pierna. Sus chaquetas eran muy chic y tenían hombreras; algunas de ellas tenían cuellos de piel. Sus zapatos eran de taco alto y del mejor cuero chileno. Los hombres llevaban terno oscuro y camisa blanca. En puntos estratégicos de la calle había vendedores de sabrosas empanadas de carne y de queso. Las fragancias eran embriagadoras.

Anhelaba saborear la mañana. Me sentía eufórica, como si finalmente hubiese alcanzado una meta por la que me hubiera afanado durante largo tiempo. El trauma de la huida de Mitrani había pasado. Había recibido la noticia de que estaba a salvo por un húngaro-judío que había llegado recientemente de Lima. Si las cosas le hubieran salido a León de otra manera, a lo mejor me habría vuelto loca con la culpa.

Una niñita mestiza, harapienta y descalza, miraba de cerca desde detrás de un banco de la plaza. Me tiró una revista de una fecha pasada. Le sonreí y le di una moneda por ella. De aspecto y por su conducta contrastaba dramáticamente con los feligreses que se reunían en grupos pequeños cerca de la Catedral para ponerse en antecedentes de los chismes de la semana.

El río Mapocho está contaminado y es maloliente. Atraviesa Santiago entre el cerro Santa Lucía, ahora convertido en uno de los parques urbanos más atractivos del mundo, y el cerro San Cristóbal, sobre el que se yergue una enorme estatua de la Virgen María colocada de pie, regalo del pueblo de Francia a Chile. Ocasionalmente el Mapocho amenaza anegar la ciudad, aunque esta amenaza se ha reducido en años recientes gracias a numerosos proyectos de control de las inundaciones. Aun así, el río es un elemento poco amistoso en una ciudad en otros aspectos muy acogedora. Al suroeste del centro de Santiago el Mapocho desemboca en el Maipo, madre de mala fama, acusado desde hace largo tiempo de ser fuente de fiebre tifoidea en la provincia de Santiago.

En los alrededores del sur de la ciudad, el Mapocho está rodeado de *callampas*, conglomerados de improvisadas casuchas de lata y madera terciada, donde acampan los pobres. Cuando alcanza a estas villas miseria, se ha convertido en una sentina, un peligro para la salud contra el que las autoridades municipales y fiscales han batallado por mucho tiempo.

Tomé una ruta indirecta, cruzando la Plaza de Armas y recorriendo las galerías comerciales. No llegué hasta el sector de los barrios bajos hasta media tarde. Por entonces el canasto me pesaba mucho en el brazo. Niños evocadores de la niñita que me había vendido la revista esa mañana jugaban a la orilla del río.

Era hora de deshacerse del canasto. Caminé a lo largo del río hasta que llegué a una zona desierta. Allí abrí el recipiente y saqué la caja de instrumentos quirúrgicos, todavía envuelta en papel de diarios. No la desenvolví. En cambio, la lancé lo más lejos que pude a las infestadas aguas.

Había terminado con ella. Los instrumentos finalmente habían servido para su propósito. Yo había practicado mi última operación, y la única que tuviera algún valor. Era la única operación que en mi vida había practicado en forma voluntaria y completamente sola.

Miré hundirse el paquete. Dentro de segundos había desaparecido. Cerré los ojos y recé una oración silenciosa por Mitrani. Entonces puse el canasto vacío en la orilla del río. Alguna persona necesitada seguramente lo encontraría y haría uso de él.

# Xelipe[2]

UN AMIGO MÍO que se llama João y que trabaja en el Instituto Brasileño-Norteamericano en Washington, D.C., me contó esta historia. Según él, podría haber ocurrido en cualquier parte.

—En cualquier lugar en que los hombres se rigen por un orgullo desenfrenado.

—En Chile no.

—Claro que en Chile. Ustedes los chilenos son casi tan orgullosos como los argentinos. Creen que son sofisticados y europeos —diferentes a todos los demás de nosotros.

João estaba clasificando invitaciones para una exhibición de obras de un pintor de Pernambuco.

—Los detalles podrían ser diferentes, pero el resultado sería el mismo. —Hablaba con voz suave, pero inflexible—. Porque los hombres latinos están llenos de bravuconería. Para un norteamericano, la palabra "soberbio" es un insulto. Para nosotros, es un cumplido. Tú sabes que es verdad.

Sonreí. —Pero está cambiando —dije.

—¡Bah! ¡Qué va a estar cambiando! El hombre latino siente desprecio no sólo por las mujeres, sino por cualquier hombre a quien él juzgue menos viril que él. Es

---

[2] Traducido por María Luisa Vásquez-Huidobro Edelson.

por eso que tiene que beber más, pelear más, gastar más dinero, tener más mujeres, controlar a más gente. ¡Tiene que demostrar que es más hombre que cualquier otro hombre de por ahí!

Tal vez. Pero creo que João está equivocado. No creo que podría haber ocurrido en Chile... o en los Estados Unidos. Creo que pudo haber pasado únicamente en Brasil. Aunque... no estoy realmente segura. Juzgue usted por sí mismo.

§ § §

Luís Felipe Bezerra se estaba arreglando la chaqueta del único terno que tenía. Era viejo —tenía decenas de años— y la chaqueta estaba gastada en la orilla de las mangas. Luís Felipe se había casado con este mismo traje; era todavía tan esbelto y fuerte como lo había sido cuando jovencito. Habría preferido no llevarlo puesto ahora, porque hacía calor, pero para un funeral había que ponerse terno.

Luís Felipe se volvió hacia su esposa.

—¿Se ve bien?

Haydé no contestó. Estaba en cuclillas en un rincón del cuarto, con la cara vuelta hacia una muralla polvorienta, sollozando.

Luís Felipe se ajustó el cuello. No tenía ninguna corbata. Había tenido una antes, pero se le había desintegrado. Se puso un pañuelo blanco en el bolsillo. Los sollozos de Haydé eran disparejos y silenciosos. A ratos su cuerpo se contorsionaba convulsiva y violentamente, a ratos temblaba. Luís Felipe miró a la mujer con desprecio y no dijo nada.

Repentinamente Haydé se enderezó y se volvió hacia él. —¡No tenías necesidad de matar!

Luís Felipe se sobresaltó. Se le apretó la mandíbula. Cuando finalmente contestó, su voz fue brutalmente desapasionada.

—No seas estúpida, mujer. Por supuesto que tenía que matar.

Luís Felipe terminó de ajustar la posición del pañuelo y le hizo una seña a Haydé para que se pusiera de pie. La mujer se levantó pesadamente y se fue al otro cuarto, donde los amigos y parientes velaban el cadáver. La abuela del joven muerto, que se había desplomado en una astillada silla de mimbre, cambió de posición cuando entró Luís Felipe. Haydé le enjugó el sudor de la frente y las lágrimas de las mejillas a la anciana, luego se sentó junto a ella.

Alguien le pasó a Haydé un vaso con agua. Ella lo sujetó sobre la falda sin beber.

Horas más tarde, ella y su marido y su grupo iban calle abajo detrás del ataúd en dirección a la iglesia. Los ojos de Luís Felipe parecían de acero. Nunca se le habría ocurrido a un transeúnte que él iba en camino al funeral del único hijo varón que había engendrado.

Nossa Senhora do Amor Divino es un pueblo con cien iglesias. Hoy en día hay una iglesia por cada treinta habitantes, pero dicen que alguna vez hubo una iglesia por cada diez. Las iglesias se crearon durante el período colonial, cuando los sacerdotes portugueses gobernaban el área. Construidas con la mano de obra de los esclavos indios, son un monumento a la fundamental irreligiosidad del pueblo.

Luís Felipe Bezerra se paró en las gradas de la iglesia de Nossa Senhora Raínha dos Anjos y les dio la mano a los acompañantes del féretro que vinieron a darle el pésame. Treinta y cinco años antes, cuando tenía sólo diecisiete años, Luís Felipe había estado parado en las gradas de esa misma iglesia con el Padre Abreu a un lado, y con su novia, Haydé Pontes, al otro lado. Esos eran los tiempos antes de que a Luís Felipe la cara se le volviera dura e impasible. Pero, aún entonces, en sus ojos ardía latente el orgullo.

Varias semanas antes de la boda de Luís Felipe, su padre había ido a la imprenta del pueblo y había mandado a hacer tarjetas de anuncio que decían:

*Luís Felipe Bezerra y*
*Maria Isabel Alceu anuncian el matrimonio de su hijo*
*Luís Felipe con Haydé Pontes*
*en la Iglesia de Nossa Senhora Raínha dos Anjos el 5 de*
*diciembre de 1951 a las 11:00 a.m.*

En Nossa Senhora do Amor Divino, todos los sucesos importantes se anunciaban en tarjetas impresas. Las letras, puestas a mano en una imprenta desvencijada que tenía cuarenta años de uso, eran poco firmes y

**39**

disparejas, pero un aviso impreso hacía que la ocasión fuera oficial.

Cuando joven, Luís Felipe había sido muy apuesto. Parte bantú, parte indio, parte portugués, tenía la piel suave y oscura, pelo liso, una nariz que no era ni ancha ni angosta, y labios grandes y sensuales. Pero su característica más sobresaliente era el color negro como el carbón de sus penetrantes ojos.

Había sido muy afortunado cuando niño. Su padre le había dado una pequeña parcela, por ser el mayor de los hijos varones entre sus doce hijos. El Bezerra viejo había sido pobre comparado con los propietarios de las inmensas *fazendas* donde pastaban centenares de cabezas de ganado vacuno, ovejas y caballos, pero en comparación con los demás hombres del pueblo, había tenido buena situación. Sus tierras le habían proporcionado a él y a su familia lo indispensable. Cuando Luís Felipe se casó, su padre fue al registro del pueblo y puso el terreno a nombre del muchacho.

Luís Felipe trabajó la parcela concienzudamente y en un tiempo no muy largo había podido casi duplicar su propiedad. Sin embargo, Luís Felipe no era feliz, ya que se había casado hacía más de un año y Haydé todavía no quedaba embarazada.

Luís Felipe sabía que el propósito del matrimonio era engendrar hijos. A veces la unión de un hombre con una mujer que no estaban casados producía hijos, y esto también estaba bien. Según el leal entender y saber de Luís Felipe, nadie en Nossa Senhora do Amor Divino dudaba de estas verdades. Nadie dudaba de ellas en ninguno de los pueblos vecinos y, que Luís Felipe supiera, nadie las ponía en duda en el mundo entero. Los hombres y mujeres de Nossa Senhora do Amor Divino vivían su credo. El padre de Luís Felipe había producido dieciséis hijos en total, doce legítimos y cuatro ilegítimos, y se jactaba de no haber terminado todavía. El tío de Luís Felipe había tenido veintiocho, aunque sólo diez dentro del vínculo matrimonial. Su abuelo había tenido más de cuarenta y estaba, insistía él hasta el día en que murió, en la flor de la vida. En un país donde el oro y la tierra son caros, los hijos son una inversión barata. Ellos trabajan la parcela, se mantienen a sí mismos y a sus mayores, dan consuelo, seguridad y un sentido de familia. Los niños se consideran un regalo de Dios que uno acepta con gratitud. El hombre que no tiene hijos se considera a sí mismo maldito. El hombre que no produce hijos no es hombre.

La gente del campo no es bondadosa. Le pegan a uno cuando está en el suelo. Hasta el padre de Luís Felipe, sus tíos y hermanos se reían de él sin disimulo.

—¿Qué esperas, Xelipe?

—¿Cuándo le vas a hacer honor a la familia, muchacho?

—¿Qué le pasa a tu pico, niño? ¡Tu hermano menor sólo tiene dieciséis años y ya tiene a la hija del vecino tan hinchada como una cerda!

Luís Felipe hacía rechinar los dientes y los maldecía a todos. Estaba seguro de que haría un hijo y de que su primogénito sería varón. En lugar de agachar la cabeza con vergüenza, Luís Felipe Bezerra levantaba la cabeza en son de desafío.

Vinieron las lluvias y todavía no había señales de un heredero. Haydé estaba desesperada. No podía entender por qué la Virgen la había abandonado. Prendía velas al pie de la estatua de Nuestra Señora y rezaba para obtener perdón de cualesquiera pecados que hubiera cometido sin darse cuenta. Sólo tenía catorce años y era una campesina ignorante, le decía a la Virgen, pero era lo suficientemente inteligente como para saber que si no podía concebir, era porque había hecho algo muy malo. Pero también sabía, ya que el cura se lo había dicho, que la Madre de Dios perdonaba. Así que ¿por qué era, decía llorando, que la Santa Madre la rechazaba ahora, en este momento de necesidad?

Luís Felipe oraba, también, pero en su corazón no había humildad, sólo rabia. ¿Por qué, quería saber, cuando su tierra prosperaba y producía, la panza de su esposa estaba tan plana como en el día que se casó con ella? El Padre Abreu le había aconsejado fe y paciencia, pero Luís Felipe se mordió el labio con desdén. Su mujer, creía, padecía una maldición, o bien, le había echado una maldición a él. Era una mujer sin ningún valor, se decía a sí mismo, puesto que no podía ni siquiera cumplir el deber más fundamental de producir un hijo —un acto que hasta una perra o una yegua podía realizar.

En su amargura, Luís Felipe recurrió a la Senhora Mãe, la hechicera. La enorme mujer negra tenía una piel que brillaba como brea a la luz del sol. Tenía los ojos amarillos y entrecerrados y perspicaces. En la cabeza llevaba puesto un turbante blanco con una estrella de seis puntas y una cadenilla de oro, señales mágicas cuyos poderes sólo ella conocía. Alrededor de su cuello colgaban seis o siete pesados collares, algunos de semillas, algunos de piedras, algunos de oro —todos con amuletos.

La Senhora Mãe miró de cerca con sus ojos miopes el charco de sangre de ternero y agua de lluvia, luego desparramó una mezcla especial de hojas secas sobre el líquido. Habló en voz baja y monótona, como en un cántico.

—Vas a tener hijos —dijo—. Tu esposa te dará un hijo varón. Pero primero deberás realizar ciertos ritos para satisfacer a los dioses.

Luís Felipe asintió.

—Ve a la ciudad junto al mar. Busca allí...

—Pero, Mãe, —interrumpió Luís Felipe—, el mar está muy lejos de aquí. ¿Quién va a trabajar mis tierras?

Los ojos de la Senhora Mãe centellearon y sus cejas se fruncieron hasta formar una terrible cuncuna. Luís Felipe bajó la cabeza y no volvió a hablar.

—Anda al lugar junto al mar que yo te voy a decir. Busca a un pescador que te lleve con él aguas tibias adentro. Debes pescar un delfín y quitarle las partes sexuales, las que secarás al sol. Luego las quemarás con un polvo especial que te daré. Mezclarás las cenizas con sangre de ternero y agua de lluvia, y beberás la poción en una noche en que la luna esté llena. Después regresarás donde tu mujer, y ella te dará un hijo.

Luís Felipe se sintió aliviado. Y sin embargo, mientras se preparaba para el viaje, maldijo su suerte.

¿Por qué, rabiaba, mientras otros hombres sólo tenían que penetrar a la esposa, era necesario que él llevara a cabo ritos especiales para producir un hijo varón?

Luís Felipe dejó sus tierras en manos de su mujer, medio suponiendo que a su regreso las encontraría estériles, y partió hacia el mar. Le tomó treinta días llegar a la aldea de Nosso Senhor da Boa Pesca, en la costa. Allá conoció a un pescador que se llamaba Serafim, que le ayudó a agarrar con trampa un delfín, sagrado para los hombres que se ganan la vida con el fruto del océano, y para mucha gente del interior, también.

Luís Felipe llevó a cabo los ritos uno tras otro, luego viajó treinta días de regreso a Nossa Senhora do Amor Divino. Dentro de tres meses Haydé estaba encinta.

Luís Felipe les sonreía burlonamente y con desprecio a los que lo habían ridiculizado. El hijo con que había soñado —la prueba de su virilidad— nacería dentro del año.

Pero no había de ser. En el cuarto mes, Haydé, de sólo dieciséis años y débil debido al trabajo que le significó el cuidado de las tierras de su esposo y al embarazo, tuvo un aborto espontáneo. Luís Felipe, furioso, volvió donde la Senhora Mãe.

—¿Qué esperabas, *meu filho*? —preguntó la hechicera.

—Pero, Madre, cumplí con los requisitos de los dioses exactamente. ¡Me engañaron! Esta es la maldición de Haydé. —Y en su mente se vio a sí mismo levantar su cuchilla de caza contra su esposa.

La hechicera le leyó los pensamientos.

—Le echas la culpa a tu mujer, —dijo con un silbido de protesta—pero eres tú quien tiene la culpa. ¿Viniste siquiera una vez al templo a agradecer al dios Olorum por el embarazo de Haydé? Los dioses cumplen sus compromisos, pero desprecian a aquéllos que los dan por hechos. Ve y realiza nuevamente los ritos, y cuando los hayas completado y Haydé esté encinta otra vez, regresa aquí a darle gracias a Olorum.

Una vez más, Luís Felipe inclinó la cabeza. Otra vez se preparó para un viaje. Otra vez, caminó penosamente durante treinta días y sus noches hacia Nosso Senhor da Boa Pesca, donde, una vez más, Serafim le ayudó a pescar un delfín sagrado. Cuando se hubieron realizado los ritos, Luís Felipe regresó a casa. Dentro de tres meses Haydé esperaba un bebé, y, con la cabeza gacha, Luís Felipe fue al templo donde oficiaba la Senhora Mãe y dio gracias a los dioses que lo habían bendecido.

Haydé le rezó a Nossa Senhora do Bom Parto, la Virgen Santa de los Buenos Partos, todas las mañanas y todas las tardes. Se cortó un mechón de pelo y lo puso en la iglesia, al pie del altar a Nuestra Señora. Luís Felipe esperó, sin atreverse a demostrar desprecio por la piedad de su esposa.

Cuando nació el bebé, Haydé se regocijó, y Luís Felipe vituperó en contra de su mala fortuna. El bebé era una niña.

Los comentarios sarcásticos de sus parientes le llegaron hasta los tuétanos.

—¡Oye, Xelipe!, déjame hacer yo el trabajo por ti, ¡hombre! Yo ya tengo tres bebés varones.

—Oye, chico, ¿cuándo le vas a hacer honor a tu padre con un sucesor de su nombre?

Como todos los hijos hombres mayores del pueblo, Luís Felipe llevaba el nombre de pila de su padre, y le correspondía a él pasarle ese nombre a su propio hijo. Si fracasaba en ello, el honor pasaría a su hermano menor y él se convertiría en una fuente de vergüenza para la familia. Luís Felipe reprochó a los dioses una vez más.

Se le ocurrió asesinar a Haydé y buscarse otra esposa.

Estaba él formulando su plan, cuando ella le anunció que estaba esperando su segundo niño. Luís Felipe comprendió la trascendencia de la noticia, y el terror se apoderó de sus vísceras. Los dioses protegían a Haydé. Era una favorita, tal vez hasta era bruja. Aun si este bebé resultaba ser una niña, asesinar a Haydé sólo le traería a él desgracia, ya que matar a un regalón de Exú o de Oxalá o de cualquiera de los demás, era provocar una tragedia.

Luís Felipe no se alegró. Sabía que un embarazo no era garantía de un heredero. Pensó que a lo mejor los dioses estaban observando para ver si él se había curado de su arrogancia. Agachó la cabeza y cultivó la tierra y esperó. Y mientras esperaba, miraba las lindas nalgas y los pechos en cierne de la hija de su vecino, Lêdo

Gonçalvez. Terezinha, la niñita de Lêdo —o hasta ayer, al menos, había sido una niñita —tenía sólo once años, pero ya se movía con el seductor balanceo de una mujer. Su piel era café con crema, su boca, canela y azúcar. Sus hombros, suaves y redondos, se movían rítmicamente mientras lavaba la ropa en el arroyo o les tiraba grano a los pollos. Le parecía a Luís Felipe que sus ojos brillaban juguetonamente cada vez que se encontraban con los suyos. Algún día sería una mulata entrada en carnes con un trasero como dos jugosos mangos, pensaba, pero por ahora, rezumaba la sensualidad de una nueva flor que se ondulaba en la brisa. Luís Felipe se sentía hormiguear y tener una erección cada vez que ella estaba cerca.

Ella estaba cerca con frecuencia. Estaba en el patio alimentando los pollos o el cerdo de su madre, o moviéndose con gracia mientras iba por la calle que bajaba al río, o frente a la casa cuidando a sus hermanos menores: Vilma, de seis meses; Lúcia, de dos años; Bento, de tres años; Hygino, de cuatro y medio, etcétera. El día en que Luís Felipe la siguió al río, la encontró sola, restregando paños sobre una piedra. Ella no pareció sorprendida.

Más bien, le sonrió deliberadamente, y arrojó el lavado en una pila. Luego lo siguió a una espesura apartada, y se llevó a cabo.

Dentro de dos meses, Terezinha supo que estaba encinta. No se preocupó sobre qué les diría a sus padres. Los campesinos no necesitan explicación. La misma cosa le había ocurrido a su hermana mayor y a su prima antes que a ella. Si Lêdo se sintió deshonrado, era hombre que podía dejar pasar tal deshonra. Era un asunto trivial, después de todo, la fecundación de una hija que no era ni la primogénita ni la favorita. Algunos podrían decir que el honor demandaba que matara a su vecino, que entrara a hurtadillas a la casa de Luís Felipe durante la noche o que le preparara una emboscada en el campo para vengar la afrenta a la virtud de su niña. Pero Terezinha no valía la pena. Los hermanos de Luís Felipe podrían devolverle la mano matando a uno de los hijos de Lêdo, y además, quién sabía si la estúpida chiquilla era virgen o no.

Lêdo pasó por alto el insulto y no fue tan orgulloso como para no saludar a su vecino en la mañana.

—*Bom dia, Xelipe. Como vai?*

Luís Felipe entrecerró los ojos y levantó la barbilla, devolviendo el saludo.

Lêdo se las arregló para emparejar a Terezinha con un campesino rudo de un pueblo vecino. Era un muchacho muy trabajador, aunque estúpido. Lêdo le dio un lindo ternero y algún dinero y no insistió en una boda por la iglesia. Seis meses después, el bebé nació y fue bautizado en Nossa Senhora Raínha dos Anjos, y nadie se escandalizó.

Nadie, excepto los parientes de Luís Felipe Bezerra. Todos los habitantes del pueblo sabían quién era el padre del niño de Terezinha, pero sólo los hermanos de él tuvieron la audacia de tirarle a la cara que el bebé era una niña —su tercera hija, ya que Haydé también había tenido una niña. Si Terezinha hubiera producido un niño, Luís Felipe lo habría reconocido como suyo abiertamente. Pero tal como estaban las cosas, bajó la cabeza con vergüenza y de nuevo se dirigió hacia el templo de la Senhora Mãe.

—Madre, —se quejó—. Me mentiste. Me prometiste un hijo hombre.

La bruja se molestó. —*Filho,* —dijo— ¡eres un hipócrita! ¡Les rezas a los dioses por un lado de la boca, mientras los maldices por el otro! Exú y Oxalá y Xango saben que no confías en ellos con todo tu corazón. Te están castigando. Debes eliminar tu orgullo y llevar a cabo el rito del delfín otra vez más.

Luís Felipe estaba enojado, pero se aguantó la lengua, porque sabía que la sabia mujer decía la verdad.

—Vete ahora, —dijo ella.

Sólo entonces se atrevió Luís Felipe a hablar.

—Mãe —susurró—. ¡Me prometiste un hijo varón!

—Pero no dije que sería tu primogénito, —contestó ella—. Ahora ándate.

Luís Felipe regresó a casa. Sus ojos atravesaban a su esposa con dardos de odio mientras le decía lo que él debería hacer. Haydé no estaba contenta, ya que tendría que labrar la tierra ella sola y cuidar a dos niñas chiquitas también. Y no se sentía bien, pues estaba encinta con un tercer niño.

Haydé no le contó a su esposo que estaba embarazada. A lo mejor, si él completaba el rito del delfín una vez más, los dioses los bendecirían con un niño hombre. Ésta sería la tercera vez que Luís Felipe iría a la costa, y este niño sería su tercero. Tres es un número sagrado, y por lo tanto Haydé se atrevió a tener esperanzas.

Haydé sabía que ella era una mala mujer, ya que era responsable del deshonor de su esposo. Le había traído una plaga a la familia, con dos hijas y sin ningún hijo varón. Si sólo le diera la Virgen Santa un niño, pensaba, entonces el odio desaparecería de los ojos de Luís Felipe.

—Madre de Dios, —rezaba—. Si me das un hijo hombre, nunca más desperdiciaré un grano de maíz. Rezaré mil Ave Marías. Lo prometo.

Luís Felipe partió un domingo por la mañana, inmediatamente después de la misa. Esta vez el viaje le tomó más tiempo. Luís Felipe estaba cansado y desalentado, y los días fueron lluviosos. Cuando por fin llegó a Nosso Senhor da Boa Pesca, Serafim no estaba. Los aldeanos le contaron a Luís Felipe que una mañana el viejo pescador había ido al mar y no había regresado. No había habido tormenta, y ellos no encontraron señales de su bote. Tuvo suerte, dijeron. *E doce morrer no mar*. Si uno había de morir, ahogarse era una muerte dulce.

Luís Felipe convenció a otro pescador de que le ayudara a encontrar un delfín. Sebastão estaba encorvado y lleno de arrugas, pero todavía salía con sus hombres cada vez que el mar estaba en calma. Luís Felipe tuvo que pagarle muy bien, pero apretó los dientes y se concentró en la promesa de la bruja.

Para cuando Luís Felipe volvió a casa, la barriga de Haydé estaba grande. Al principio él sospechó que lo había deshonrado, pero ¿qué más daba? Si la criatura fuera varón, lo aceptaría para salvar su orgullo, aunque fuera de otro hombre. A menos que, por supuesto, la falta de su mujer fuera de conocimiento público. En ese caso, él sería despreciado públicamente y se vería forzado a actuar. El no criaría a un niño que se supiera que era hijo de otro hombre. Sería un recuerdo constante y mordaz de que un rival había hecho lo que él no había podido hacer, a la vez que daría de qué hablar a los chismosos, a los murmuradores y a los matones.

Pero Luís Felipe se sintió más tranquilo sobre la fidelidad de su mujer con la llegada de su tercer niño legítimo. Ella nació poco menos de ocho meses después de su partida hacia Nosso Senhor da Boa Pesca. Su padre la miró por un largo rato y no dijo nada. Luego se fue al río, se sentó en la orilla, y lloró.

Con el paso del tiempo, la amargura de Luís Felipe creció como una maleza venenosa. Miraba con odio a sus tres felices hijitas juguetear al sol. Clea ya era lo suficientemente grande como para poder ayudar a plantar. Se arrodillaba al lado de su madre y hacía hoyos con la pala, mientras sus hermanas molestaban a la cabra que estaba amarrada en el patio. Luís Felipe maldecía a los dioses, a la Senhora Mãe, a Terezinha, a Serafim, a Sebastão, y, más que a todos, a Haydé. Maldijo el tiempo y el dinero que había gastado viajando a Nosso Senhor da Boa Pesca; maldijo sus músculos adoloridos y su corazón oprimido. Los dioses, creía, lo habían traicionado. Todos lo habían traicionado. Pero Luís Felipe Becerra era hombre, y un hombre no reconoce el fracaso. Él mismo se encargaría de la creación de un hijo hombre. Dejaría embarazadas a todas las chicas del pueblo y de las aldeas vecinas, y aun de las *fazendas*, hasta que él hubiera hecho un niño hombre.

Luís Felipe cumplió su solemne promesa, o por lo menos trató.¿A cuántas jovencitas sedujo o violó Luís Felipe Becerra durante los diez años siguientes? ¿Doscientas? ¿Quinientas? ¿Mil? Llegó a ser uno de los hombres más temidos y más odiados del interior. Los padres y hermanos deshonrados lo amenazaban y hasta trataban de matarlo. El apasionado novio de una chica mulata de pelo negro como un cuervo le disparó con un rifle de caza. Un rico *fazendeiro*, a quien Luís Felipe le había robado a su amante preferida y luego la había abandonado, le hizo una emboscada con veinte hombres. Un padre desconsolado trató de estrangularlo con sus propias manos. Un muchacho indio lo atacó con un machete. Ninguna chica campesina, trabajadora de una *fazenda*, o criada de una casa, estaba a salvo. La amargura le dio a Luís Felipe fuerza y audacia. Su astucia y perversidad crecieron proporcionalmente con su desesperación. Y Luís Felipe tuvo suerte —suficiente suerte como para evitar que lo mataran. ¿O era que los hombres del interior se conmiseraban de Luís Felipe y aceptaban sus motivos como válidos, y por eso lo dejaban escapar? Por cierto, entendían su angustia. Quizás admiraban su valentía, su determinación, su voluntad de desafiar al destino. ¿Cuántos hijos engendró Luís Felipe a lo largo de los años? Hasta él perdió la cuenta. Pero de una cosa sí estaba seguro: todas eran niñas. Averiguaba sobre sus víctimas sólo dos veces: una para ver si habían quedado embarazadas; una vez para ver si la criatura era un niño hombre. Y nacimiento tras nacimiento renovaba el sentimiento de fracaso de Luís Felipe.

Entretanto, Luís Felipe no descuidó a su esposa. Se acostaba con ella con rabia en los ojos y una acusación en los labios, pero lo hacía. Y, año tras año, Haydé tenía hijas. Algunas vivían, otras morían, pero todas eran niñas. Luís Felipe difamaba a los dioses y a las mujeres que lo habían traicionado.

En diez años Luís Felipe no había atravesado el bosque para llegar al templo a ver a la Senhora Mãe, pero un día, en las gradas de Nossa Senhora Raínha dos Anjos, se encontró cara a cara con la sacerdotisa.

—Así es que, Luís Felipe, no has producido un hijo hombre. —El turbante con cadenas de oro de la bruja brillaba con el sol en forma enceguecedora.

—Es culpa de Haydé, Mãe.

—La culpa es tuya propia.

La mirada de la Senhora Mãe penetraba en el alma, y sus ojos vieron a los demonios que acechaban adentro.

—Eres un hombre orgulloso y violento. No conoces la humildad. No respetas ni a la Virgen Madre ni a los dioses vudú. No has tenido confianza en los espíritus. Pero ellos son sensibles, los espíritus, y te han castigado bien. —La bruja se dio vuelta y siguió bajando el resto de los escalones.

Luís Felipe se quedó parado, pensando. Después de un rato, continuó su camino, pero luego se volvió a detener y bajó la cabeza. La Senhora Mãe tenía razón, pensó. Por primera vez en su vida, se sintió humilde. Si no había podido producir un hijo hombre a pesar de haber dejado embarazadas a la cuarta parte de las jovencitas del interior, era obvio que se le estaba castigando. Y los dioses, él sabía, no castigaban sin razón.

Luís Felipe se volvió y caminó a grandes zancadas en pos de la hechicera. A la enorme, majestuosa mujer negra ahora se le asomaba de debajo del turbante el pelo blanco como la nieve. No caminaba ni hablaba rápidamente. Luís Felipe la alcanzó con facilidad.

—Por favor, Mãe, —rogó.

La respuesta de la hecicera fue incomprensible. Siguió su camino mirando derecho hacia adelante, con los negros labios fruncidos y el sudor rezumándole por la barbilla.

—Sé que no soy digno.

La Senhora Mãe se detuvo, pero no se dio vuelta. Luís Felipe se puso directamente frente a ella. Miró derecho a los ojos de la sabia mujer por largo tiempo. Finalmente, inclinó la cabeza.

—Por favor, —susurró.

Esperó. Luego dijo las palabras en voz baja una vez más, casi en forma imperceptible, con la cabeza todavía gacha.

—Por favor.

Fue una oración.

—Por fin, —dijo la sacerdotisa vudú—. Finalmente se te ha humillado.

Luís Felipe se quedó callado. Todavía esperaba.

—Anda al templo mañana al amanecer.

—Iré, Mãe.

—Irás con la cabeza gacha y remordimiento en tu corazón.

—Iré, Mãe.

—Irás con ropa recién lavada, y toda de color blanco.

—Iré, Mãe.

La sabia dio un paso por el lado de Luís Felipe y continuó su camino.

Luís Felipe volvió a caminar hacia Nossa Senhora Raínha dos Anjos, subió las gradas, y entró a la iglesia. Se arrodilló frente a la Virgen Madre y rezó. Rezó sinceramente, con la cabeza gacha y remordimiento en su corazón.

Al día siguiente Luís Felipe se levantó antes de que el primer rayo de luz solar rozara el horizonte. Se puso la camisa blanca y los pantalones blancos sueltos que Haydé había lavado la noche anterior. Al amanecer estaba en el templo vudú, de rodillas ante el altar.

La hechicera se demoró en confiar en Luís Felipe, pero al fin pareció convencida de que su arrepentimiento era verdadero. Le indicó que se levantara y lo llevó a la parte más secreta del templo, donde practicó potentes rituales con sangre humana y agua de lluvia y yerbas poco comunes. Hizo que él se sacara la ropa y luego se arrodilló delante de su cuerpo desnudo, con los ojos cerrados y la cabeza en el suelo. Oró durante largo tiempo y cantó monótonamente en una lengua misteriosa. Finalmente, mezcló algunos polvos, yerbas y líquidos, y ungió la carne de él.

—Exú y Oxalá están dispuestos a otorgarte una oportunidad más, —dijo—, pero debes escucharme con atención, y debes cumplir las tareas que te voy a describir con fe y humildad. ¿Entiendes, Luís Felipe? Luís Felipe asintió.

La Senhora Mãe describió el procedimiento cuidadosamente. Luís Felipe debería volver a Nossa Senhora da Boa Pesca, y debería llevar a Haydé consigo. Partirían diez días después de la próxima menstruación de Haydé, y Luís Felipe no la tocaría hasta llegar, treinta días después, a Nossa Senhora da Boa Pesca. A esas alturas, Luís Felipe conseguiría los genitales del delfín para el ritual y los prepararía como lo había hecho antes. Luego, a la luz de la luna llena, se tomaría la mitad de la poción, y le daría la otra mitad a Haydé, y se unirían. Pero Luís Felipe no debía acostarse con su esposa con rabia en los labios o venganza en el corazón, sino con ternura.

¿Entendía? la Senhora Mãe quería saber. Luís Felipe dijo que sí. ¿Se acordaba de cómo preparar las presas mágicas del delfín? Luís Felipe le aseguró a la sabia que recordaba hasta el último detalle.

Luís Felipe Becerra ardía lentamente por dentro, pero sabía lo que debía hacer. Los dioses eran fuertes, y habían demostrado que sabían cómo disciplinar. A veces

Luís Felipe pensaba que lo dejaban permanecer vivo sólo para poder castigarlo. Cuando regresó a casa, le dijo a Haydé que se preparara para un viaje.

Haydé no estaba contenta. Tenía siete niñitas llenas de energía. ¿Quién las cuidaría mientras ella estaba ausente? ¿Quién iba a labrar la tierra? Pero Haydé sabía que debía ir. A las mujeres del campo no les falta iniciativa, y no les faltan parientes. Una por una, puso a todas sus hijas a cargo de sus hermanas, de su madre, sus tías, sus comadres. La pequeña Haydé podía irse donde su abuela, como también Celestita, la bebita. Allá, la hermana mayor podía cuidar a la menor y también ocuparse de los pollos de la abuela. Eunice se podría quedar con la tía Marta; Gabriela, con su madrina, etcétera. En cuanto a la tierra, quedaría en barbecho. Éste era el precio que tendrían que pagar. No se podía contar con que los parientes se ocuparan de los cultivos, y, por lo demás, Haydé sabía que los dioses demandaban sacrificio como prueba de sinceridad.

A Luís Felipe el viaje le pareció aún más largo acompañado de una mujer, pero no mostró su resentimiento por temor a sulfurar a los espíritus.

Caminaron penosamente, Luís Felipe y su mujer, apenas hablándose una palabra uno al otro. Y sin embargo, estaban completamente conscientes de que eran compañeros en una empresa magnífica, y de que tenían que mantener solidaridad y paz entre ellos.

Sebastão era un hombre viejo cuando Luís Felipe lo había abordado la última vez, y ahora tenía diez años más. A pesar de eso, un pescador debe pescar. Ahora Sebastão cortaba las tibias aguas con su bote de pesca, tal como lo había hecho durante los últimos quince años, trayendo delfines y pescado cuando regresaba a tierra. Se comprometió a capturar un delfín para Luís Felipe, pero cobró un buen precio. Cuando la proeza se hubo consumado y el pescador cumplió, Luís Felipe castró el animal, esta vez con ayuda de Haydé. Juntos, él y su esposa prepararon la poción mágica con agua de lluvia fresca y las yerbas que la Senhora Mãe les había dado. Luego se acostaron a la luz de la luna, y con gran humildad y casi con ternura, Luís Felipe penetró el cuerpo de su mujer.

El viaje a casa fue más largo de lo que Luís Felipe había anticipado. Lluvias torrenciales detuvieron su paso más de una vez. Unos bandidos les robaron sus pocas posesiones: un poco de dinero, una cruz de plata que la madre de Haydé le había regalado a ella, un medallón con la figura de la Virgen Madre que era de Luís Felipe. Haydé se refugió medrosamente detrás de su esposo, que se quedó parado con el rostro ceñudo, viendo que los ladrones se iban cabalgando con sus tesoros. Luís Felipe llevaba consigo dos cuchillas, pero sus asaltantes llevaban pistolas. Él era un hombre; ellos eran tres. Haydé tomó las calamidades como avisos de mal agüero.

Luís Felipe sabía que los dioses lo estaban poniendo a prueba, de manera que no pronunció ningún juramento, ni una palabra de queja. Era su deber aguantar. Los dioses le estaban dando una lección de humildad. El viaje a casa tardó cuarenta y ocho días. Para cuando Luís Felipe y

Haydé llegaron a Nossa Senhora do Amor Divino, sabían que Haydé estaba nuevamente encinta.

La espera fue larga y monótona. El terreno de Luís Felipe se había llenado de malezas por falta de cuidado, y sus cultivos estaban secos. Luís Felipe trabajó la tierra, día tras día, semana tras semana, sin quejarse nunca del tedio. Obligó al resentimiento a abandonar su corazón, pues sabía que los dioses podían penetrar en sus pensamientos y lo penalizarían si éstos eran impuros.

Pero los dioses sonreían. En el verano, cuando las tierras estaban exuberantes, con flores y frutas de colores rojo y naranjo y amarillo, y la gente del campo se sentaba en el porche de entrada de su casa, bebiendo whiskey hecho en casa y secándose la frente con la muñeca, Haydé dio a luz a un lindo bebé hombrecito, saludable y bien parecido. Luís Felipe miró a su hijo, Luís Felipe Becerra, hijo, y se puso radiante. Por fin, él era hombre.

Aun antes de ir al templo a dar gracias a los dioses, el feliz padre fue a la imprenta a mandar a hacer los anuncios:

*Luís Felipe Becerra y su esposa Haydé*
*anuncian el nacimiento de su hijo Luís Felipe*
*el 1° de diciembre de 1969*

Que hagan bromas ahora. Luís Felipe, hijo —lo llamaban Xelipe— se las habría con los hijos de ellos y les aporrearía las vísceras. Luís Felipe, padre, sintió la antigua arrogancia rezumársele de vuelta al alma. Aquéllos que se habían mofado de él, pagarían el precio. Su cuchilla brillaría a la menor provocación. Ya verían.

Y así fue. Luís Felipe interpretaba cualquier afronta, real o imaginaria, como una mancha para su honor. Una palabra, una mirada, una mueca era suficiente para provocar una riña. Luís Felipe ya no se hacía el leso cuando sus hermanos se sonreían con desprecio. Musculoso y ágil, se las había con cualquiera— hasta con sus parientes directos —y peleaba hasta que tenía a su adversario en el suelo y rogándole misericordia. Perseguía y provocaba a todos los que antes se habían mofado de él con sarcasmo. De su boca salían groseros insultos. Sus cuchillas relucían a la luz del sol mientras él les sacaba brillo, levantando la vista de vez en cuando para sonreír con orgullo al niño desnudo que dormía a la sombra.

Xelipe era copia fiel de su padre. Rudo, listo, sin temor, era un verdadero hombrecito, pensaba Luís Felipe.

El muchacho fue el instigador de las peleas del barrio desde cuando tenía seis años, y para cuando tenía diez, podía derribar a un chico del doble de su peso. Era menudo, enjuto y fuerte, como su padre había sido y todavía lo era, y poseía el descaro propio del muchacho que sabe que es la niña de los ojos de su padre. Se movía tan silenciosa y rápidamente como una serpiente, y atacaba sin razón y sin advertencia. Sus ojos eran insondables cristales negros, imposibles de descifrar. Ningún chico se libraba de su desdén. Como su padre, andaba con dos cuchillas. Luís Felipe se las había regalado y le había enseñado a usarlas. Mucho antes de alcanzar la pubertad,

Xelipe aprendió a ver a las mujeres como fuente de placer. Al principio, sólo imitaba a su padre y a otros hombres. Repetía sus rudos flirteos sin saber de verdad de qué se trataba. Pero Xelipe se enteró rápido. Como la mayoría de los muchachos del campo, aprendió sobre la procreación escuchando a niños mayores y observando a los animales. Para él, como lo era también para los demás muchachos que conocía, el acto sexual era natural y sin culpa. Todo lo que lo rodeaba, desde los chistes contados en la taberna con voz ronca y estridente hasta las miradas rudas tontas que los chicos les echaban a las mujeres en la iglesia, desde la incesante fanfarronería en la plaza hasta los bufidos del toro en el corral, le enseñaron que a las mujeres se las había puesto en la tierra para satisfacer a los hombres.

En las tardes calientitas y húmedas, Xelipe y sus compañeros se apoyaban contra la reja del patio de la iglesia y miraban a las mujeres que iban a misa a toda prisa. Las chicas mulatas, entradas en carne y de traseros regordetes, las chicas indias de pómulos altos con pechos puntudos que se elevaban bajo sus delgadas blusas de brillantes bordados, las corpulentas mujeres casadas de barrigas hinchadas, las promisorias niñas de ocho años de edad que no alcanzaban la pubertad todavía, hasta las abuelas, merecían algún reconocimiento de su sexo en la forma de un comentario vulgar de parte de los muchachos. Xelipe encontró que era fácil arrinconar y dominar a las chicas de su edad o un poquito mayores que él. Al principio, sólo las desvestía y las miraba, pero pronto aprendió a acariciarlas y a agarrarlas hasta hartarse. Xelipe nunca se molestó en preguntarse a sí mismo qué sentían o pensaban las chicas. Suponía que él simplemente estaba ejerciendo sus derechos naturales. Era, después de todo, heredero no sólo de un terreno, sino también de la reputación de su padre.

En la flor de su vida, Luís Felipe Becerra —el mayor— había sido el terror del área rural, porque desfloraba hasta diez o quince muchachas a la semana. Y lo que había hecho de pura frustración y rabia cuando era un hombre joven, ahora lo continuaba haciendo por deporte. Luís Felipe mayor rara vez tenía que recurrir a la violación. Campesinas de ojos negros, empleadas domésticas de ojos pardos y ninfas de las *fazendas* sucumbían sin oponer resistencia, atemorizadas por la fama de su seductor. Algunas consideraban un honor que el renombrado Luís Felipe Becerra se las agarrara. Pero con el tiempo, el famoso lotario tenía un rival: su hijo.

Xelipe rondaba las aldeas y granjas y áreas remotas. Luís Felipe veía a su hijo hacerles bromas a las jovencitas en la plaza frente a Nossa Senhora Raínha dos Anjos y sonreía. Era allí mismo que él, el Luís Felipe mayor, había encantado a Clara, hija de Hélder, y a Helena, hija de Rui, y a Lourdes, hija de David, y a tantas otras hijas de tantos otros padres. Y ahora, pensaba, Xelipe le estaba siguiendo los pasos. El muchacho sólo tenía quince años, y ya había tirado al suelo a más chicas que cualquier otro gato callejero joven del pueblo. Luís Felipe le había garantizado crédito en el burdel local, pero el muchacho en realidad no lo necesitaba. Podía conseguir todo lo que necesitaba sin pagar.

—Has encontrado la horma de tu zapato, hermano —le decían los otros hombres para molestarlo—. Tu hijo te va a sobrepasar, espera no más y ya verás.

—¡Y qué! —se reía Luís Felipe—. ¡Es mi propio hijo!

Pero por un instante, una sombra le oscurecía el semblante.

Si bien Xelipe había heredado la intrepidez y el vigor de su padre, carecía de la devoción a la tierra del hombre mayor. Luís Felipe, padre, reservaba sus aventuras para sus horas libres. Las primeras horas de las frescas mañanas y las últimas de la tarde eran para la tierra. Con una ternura que rara vez le había mostrado a una mujer, acariciaba sus renuevos recién salidos, logrando con paciencia que crecieran. Los fertilizaba y los protegía, cultivando su terreno con un amor que era al mismo tiempo sincero y ardiente. Y mientras su padre trabajaba, el Becerra más joven vagabundeaba por los alrededores buscando vírgenes, o dormía a orillas del río, o provocaba disputas.

A pesar de eso, Luís Felipe Bezerra no le encontraba falta alguna a su hijo. Todo lo contrario, estaba encantado con Xelipe y se jactaba incesantemente de las conquistas del muchacho. Cuando otros padres se quejaban de los abusos de Xelipe, Luís Felipe sonreía y escupía. Que coman mierda, pensaba. Los que se habían burlado estaban recibiendo su merecido. —¡*Que comam merda!*—¿Quién era el que se reía ahora?, se preguntaba. No los que se reían antes. Xelipe podía ganárselas al hijo de cualquiera de ellos a correr, pelear y putear. ¿Que no trabajaba? —¿Y qué hay con eso?—, decía estruendosamente el orgulloso padre—. ¿Por qué habría de trabajar el único hijo de Luís Felipe Bezerra?

Pero en la noche, mientras caminaba a casa a solas bajo las estrellas, las bromas de los hombres le sonaban en la cabeza:

—¡Has encontrado la horma de tu zapato! ¡El muchacho te va a sobrepasar!

Con cada pulgada que crecía Xelipe, su desfachatez aumentaba diez veces y la arrogancia de su padre aumentaba cien veces. Sin embargo, a pesar de las semejanzas de su carácter, de su apariencia y de sus gustos, los dos hombres—padre e hijo—no eran unidos. Hablaban poco. Nunca se contaban sus pensamientos más internos. Como los demás hombres del pueblo, ellos consideraban cualquier muestra de sentimiento algo afeminado. En su mente, el hombre —el verdadero hombre—se mantenía apartado. ¿Quién sabe si reconocían, siquiera para sí mismos, que existía una distancia entre ellos? ¿Quién sabe si siquiera se daban cuenta de ello?

Para cuando Xelipe llegó a los diecisiete años de edad, tanto sus cuchillas como su habilidad sexual eran legendarias. Chicas de tan lejos como Concepção Imaculada y Santa Trindade le temían al audaz joven seductor, o anhelaban su atención. Pero el objeto del capricho de Xelipe no estaba en ninguna aldea del interior, sino ahí mismo en la casa del lado. La pequeña Ana, la hija menor del vecino de los Bezerra, Lêdo, le había despertado el interés.

Lêdo había sobrellevado con resignación la pérdida de la virtud de su hija Terezinha por la lujuria del mayor de los Bezerra, pero prefería ver a su hija menor casada, siendo todavía virgen, con un vecino respetable. Ana, la última de la abundante producción de Lêdo, era su tesoro más apreciado. Era la más bonita y la más avispada de sus hijas, y por ser el fruto de sus años maduros, merecía tratamiento especial. Lêdo era un hombre pacífico y no tenía ningún deseo de enfrentarse con Xelipe o con su padre. Desde que vio lo que venía, decidió que la acción más sabia era casar a Ana y ponerla fuera de peligro.

Xelipe había visto crecer a la pequeña Ana en la casa del lado de la suya. Cinco años menor que él, ya se veía tan apetitosa como un mango maduro. Como un niño que guarda en la mano un dulce sabroso y deseado durante el tiempo más largo que puede aguantar, para poder deleitarse más cuando por fin sucumba al ansia de comerlo, Xelipe miraba a la chica y esperaba. Las seducciones rápidas eran su especialidad, pero ahora Xelipe daba rienda suelta a los placeres de la fantasía y el flirteo. Por primera vez, se movía despacio, como un gato antes de saltar sobre un desventurado ratón y de atacarlo convirtiéndolo en pedazos de carne y bilis para devorárselo.

Ana dejó en claro que ella compartía las metas de su padre. Ya tenía un pretendiente, Cândido Gilberto, un zapatero joven de una comunidad cercana, cuyo corazón se había prendado de Ana desde que tenía recuerdo. Ana y Cândido se habían conocido desde la infancia. Lêdo y el padre de Cândido, Ricardo, eran primos lejanos y se llevaban bastante bien. Tan pronto Ricardo vio que su hijo le echaba el ojo a Ana, se acercó a Lêdo y le habló sobre matrimonio. No anticipaba encontrar ninguna resistencia de parte del padre de la chica, y, de hecho, no la encontró. Por el contrario, Lêdo estaba encantado. El matrimonio debería celebrarse tan pronto fuera posible, dijo. Consultaría con su esposa Modesta y con su hija antes de dar una respuesta definitiva, le dijo a Ricardo, pero él estaba casi seguro de que las mujeres estarían de acuerdo.

Ana le dijo a su padre que nada le agradaría más que casarse con Cândido Gilberto, un excelente muchacho —pobre, pero serio y trabajador, con oficio y futuro. La madre de Ana estuvo de acuerdo. Modesta era una mujer práctica que se alegraba de antemano de quitarse de encima la responsabilidad de ésta, su última hija.

La segunda vez que el mayor de los Gilberto fue a conferenciar con su primo, llevó a Cândido con él y le llevó a Ana de regalo un par de sandalias de cuero fino de regalo. Lêdo tomó el obsequio y desapareció en dirección al patio. Cuando regresó, les dijo a Ricardo y a su hijo que Ana, con un poquito de persuasión por medio de halagos, había consentido al matrimonio.

—Tú sabes cómo son las chicas, —se rio—. No les gusta dejar a la mamá. Pero le dije a mi Anita que su

Cândido la cuidaría bien. —Si su hija parecía demasiado dispuesta, pensó Lêdo, el joven Gilberto podría cambiar de idea. O bien podría pensar que la chica ya estaba embarazada y con prisa por encontrar marido. No, razonó Lêdo, Ana no debía parecer ansiosa y, aun cuando él tenía prisa, el casamiento no debería ser demasiado pronto.

Los tres hombres fijaron una fecha inmediatamente después de la epifanía. Esto les dejaba bastante tiempo para las preparaciones. Entretanto, prometió Lêdo, cuidaría a Ana con mucha atención. Él y su futuro yerno se entendieron perfectamente. Cândido estaba sobre aviso con respecto al hecho de que Xelipe —el hijo del renombrado Luís Felipe Bezerra—observaba en las sombras. Luís Felipe Bezerra, el mismo que, estaba incómodamente consciente Lêdo, se había agarrado a su otra hija, Terezinha, años antes.

Ricardo Gilberto y su hijo abrazaron a Lêdo y tomaron cachaça con él. Luego se despidieron.

—Manténgala con la cuerda bien corta durante tres meses, primo, —advirtió Ricardo cuando iba saliendo. Sonreía, pero Lêdo sabía que lo decía absolutamente en serio. Cândido no era ningún campesino rústico. Era un artesano respetable, y esperaba casarse con una virgen.

—No se preocupe, primo. ¡La mantendré dentro de una jaula! —contestó Lêdo.

En los días que siguieron, Ana continuó ocupándose de sus propios asuntos tratando de hacerse notar lo menos posible. Xelipe interpretó la indiferencia de la chica como

**67**

una deliciosa manera de darle esperanza. No podía creer que su riquísima vecinita no estuviera haciéndose la remilgada. En la mañana, la miraba cuando ella alimentaba a los pollos y regaba el huerto y en la tarde, la espiaba cuando hilaba o cosía a la sombra. Cuando se encontraban, siempre tenía algún cumplido dulce a flor de labio.

—Ana, —le dijo una tarde—, ¡los ángeles deben estar llorando en el cielo!

—¿Ah?

—¿Sabes por qué, Ana?

—En realidad, no me importa, Xelipe. —Se echó el pelo hacia atrás bruscamente y puso mala cara mientras lo decía, y los músculos de él se tensaron.

—Porque el ángel más bello los ha abandonado para bajar a la tierra a vivir al lado mío.

Una sonrisa se asomó a los labios de Ana, pero luego se forzó a fruncir el ceño. Continuó dando puntadas en un desteñido género azul que estaba convirtiendo en una falda. No volvió a levantar la vista para mirar a Xelipe, pero él había visto la sonrisa, y su amor propio se elevó por las nubes.

Se está chanceando conmigo, pensó Xelipe. No podía apartar de ella los ojos mientras ella maniobraba con la aguja. Entraba y salía, entraba y salía. Después de un rato, Ana juntó sus cosas de costura y se paró para entrar en la casa. El muchacho parpadeó con fuerza y tragó saliva. El balanceo de su cuerpo era atormentador.

—Se mueve de esa manera para mí, —Xelipe se dijo—. ¡No importa qué diga, es a mí a quien quiere, no a ese zapatero estúpido! ¡Yo debería matarlo!

Pero Xelipe no tenía ninguna intención de matarlo. Hacerlo sólo conseguiría alejar a Ana. Sería tanto más dulce conquistarla, o bien, hasta tomarla por la fuerza.

Xelipe hizo una mueca. Estaba seguro de que no tendría que tomar a la pequeña Ana por la fuerza. Ella podría resistir un poco, pero una vez que él la tuviera donde la quería, se derretiría como una vela caliente. No, esto había de ser una seducción, no una violación. Ésta había de ser la seducción perfecta. Luego, después, el zapatero podría tenerla. ¡A él qué le importaba!

Ana salió de la casa con la ropa del lavado de la familia amarrado en un bulto que balanceaba sobre su cabeza. Avanzó con gracia, pasando frente a Xelipe sin decir una palabra, dirigiéndose hacia el río para restregar la ropa, como habían hecho siempre sus hermanas mayores. Una seducción, pensó Xelipe, no una violación. Si hubiera deseado simplemente satisfacer su deseo, podría haberlo hecho tan fácilmente. Ana estaba sola en la casa con frecuencia. Sus hermanas mayores se habían ido para casarse y, aunque la mayoría de ellas vivía en Nossa Senhora do Amor Divino, era Ana la que se ocupaba de los quehaceres domésticos para la familia. Lêdo le había advertido a su esposa que no dejara que la chica se alejara de donde ella pudiera verla, pero con todo lo que tenía que hacer, mal podía Modesta andarle pisando los talones a su hija desde el amanecer hasta la hora de acostarse.

Ana era una muchachita solitaria, tímida y soñadora. Al atardecer, a menudo vagaba sola por los prados. A veces iba a la iglesia y se sentaba en un rincón oscuro a rezar o, tal vez, sólo a pensar. Xelipe sabía que la podía agarrar por sorpresa mientras ella caminaba cerca de la *fazenda* o cuando salía de la iglesia. Pero Xelipe quería que ella le rogara que le diera lo que él ansiaba darle. Quería sentirse irresistible. Y quería hacer temblar de rabia a Cândido Gilberto.

—Rézale a la Virgen para que te proteja, —dijo la madre de Ana.

—Le rezaré a la Santa Madre que me custodie hasta mi casamiento, —asintió la chica.

Xelipe se ponía derecho, hundiendo la barriga y sacando pecho como lo haría un soldado en atención. No era poeta, pero sabía esa canción que decía —¡Cuánto más dulce es la fruta después de que uno ha disfrutado del perfume con la nariz, del matiz del color con el ojo, y de la redondez con la yema de los dedos!—Y por lo tanto esperaba.

Esperó hasta diciembre, cuando las lluvias de verano empapaban la tierra con toda la fuerza de su furor, cuando pesadas gotas bañaban las frutas de la región, haciéndolas insoportablemente apetitosas. La gente del campo recogía esas frutas en preparación para la Navidad, la celebración del nacimiento del niño divino, Jesús, concebido sin pecado en la matriz de la Virgen.

El sol abrasador de la mitad de diciembre pegaba en forma enceguecedora en las murallas de estuco blanco y rosado y amarillo del pueblo. La lluvia había terminado, dando un respiro a la empapada tierra. Ana caminaba con dificultad hacia su casa, con el vestido pegajoso por el sudor y el agua. En la tarde la había pillado una tormenta cuando volvía de la casa de su hermana, a donde había ido a ayudar con un sobrino recién nacido —algo que a menudo se le pedía que hiciera. Una vez que llegó al patio, se demoró entreteniéndose con el ganado, quizás con la esperanza de que hubiera una brisa aliviadora. Luego, repentinamente, giró y corrió de vuelta por el camino por donde había venido, como si se hubiera dado cuenta de que se le había olvidado algo.

Escondido detrás de la puerta semi-podrida de un cobertizo para herramientas que estaba en ruinas, Xelipe estaba parado observando. Le dio a la chica una ventaja considerable, luego corrió precipitadamente detrás de ella, disminuyendo la velocidad hasta llegar a un paso lento y tranquilo cuando empezara a alcanzarla. Ana caminaba lentamente ahora. Xelipe esperó para ver hacia qué lado iba a doblar. Un rato después, empezó a moverse con más rapidez de nuevo, luego dobló inesperadamente hacia el bosque y desapareció.

Xelipe soltó una risita. Estaba seguro de que la encontraría. Como otros muchachos del campo, conocía bien el bosque —tanto como es posible que un hombre conozca la densa expansión tropical que desafía la lógica humana. Xelipe empezó a buscar sin prisa. Después de unos quince minutos, regresó al punto donde creía que ella había desaparecido, luego volvió a pasar por donde pensaba que debía haber sido su camino. No quería dejarla alejarse mucho de él. La idea se le ocurrió como un relámpago.

Sacudido de su abstracción por una oleada de rabia, Xelipe se introdujo vigorosamente en el monte bajo, lleno de maleza, tirando hacia atrás las ramas, arrancando violentamente los retoños. La vegetación peleó en contra, arañando, rasgando, magullando su carne. Xelipe se detuvo y examinó el terreno.

No había señales de Ana. Ni una sola huella en la maleza. Ni una rama doblada. Xelipe dio vuelta unas cuantas piedras de una patada. Volvieron hacia él su lado comido por los hongos, sin muestra de haber sido pisados. Xelipe escuchó. El bosque estaba vivo con sonidos, ninguno de ellos humano.

El joven ardía lentamente. Se había escapado. Estaba seguro de esto ahora: ella se había entregado a Cândido. Xelipe apretó los dientes.

—Jugó conmigo, —siseó en voz baja—. Me provocó. Me puso en ridículo. Sabía que yo la deseaba, así que se fue con él. —La afrenta exaltó la determinación de Xelipe.

—¡Él pagará por esto! —Xelipe tenía las mejillas mojadas y la mandíbula apretada. Repentinamente, pudo sentir su presencia. Se formó la impresión de que se escondían entre los matorrales, riéndose de él.

—Yo seré más listo que ellos, —dijo en un susurro—. Yo me burlaré de ellos. —Xelipe sabía que Cândido no era tan rápido como él, y que Ana era sólo una mujer. Xelipe había aprendido desde la infancia que cualquier hombre podía ser más listo que una mujer.

Se movió sin hacer ruido por entre la maleza. Seguramente habría pronto una señal —una ramita rota, el crujido de las hojas mojadas al aplastarlas, un aliento, un suspiro. Los ojos de Xelipe se adaptaban a los murmullos del bosque. Era un cazador experto. Siempre obtenía su presa.

Por la densa vegetación de las afueras del bosque resonó un grito —no el provocante, coqueto llamado de una seductora, sino un chillido desgarrador. La voz se oía distorsionada, pero Xelipe sabía que era la de Ana. No tuvo necesidad de calcular la dirección y la distancia de donde venía, porque al primer grito agudo le siguió de cerca otro, y otro, y luego el sollozo histérico de una mujer en agonía.

Xelipe agarró su cuchilla. Se abrió paso por la vegetación a fuerza de tajos hasta que supo que estaba cerca de la fuente de los sonidos. Tenso como un gato al acecho, se agachó a la orilla de un pequeño claro. A un lado, Ana yacía llorando. Su ropa se había rasgado en jirones en la pelea. Tenía la cara magullada y los muslos ensangrentados. Sobre ella un hombre estaba de pie, desnudo desde la cintura para abajo. Era Luís Felipe Bezerra, el padre.

Xelipe sintió que se le apretaba la garganta. Luego, al tiempo que el horror se volvía cólera, dejó escapar un gruñido, más animal que humano.

Luís Felipe hizo un gesto de burla y desprecio.

—Así que la seguiste, hijo mío. Eres un muchacho muy listo, pero sin embargo, no tan rápido como tu padre. Yo la estaba esperando aquí, al lado del claro.

Xelipe contuvo lágrimas de furia. Nunca ningún otro hombre lo había deshonrado tan desvergonzadamente.

—La deseabas. Yo sabía que tú la deseabas, hijo mío.

Xelipe se quedó parado como si hubiera estado pegado al humus que había debajo de sus pies. —No era mi intención que tú me descubrieras ahora, hijo mío. Yo no quería robártela a ti. Sólo quería disfrutarla y soltarla. Entonces sería para ti. Yo no le quitaría una presa a mi propio hijo.

A Xelipe le temblaron levemente los labios en una contracción nerviosa. Pareció querer contestar, pero sus músculos faciales estaban congelados.

—Eres un hombre fuerte y viril, Xelipe. Y muy astuto. Pero no tan astuto como tu padre. Porque, tú ves, yo la agarré primero. La puedes tomar, hijo, pero ya no la puedes tomar virgen. ¡Luís Felipe, el mayor, todavía es el hombre de más hombría en Nosso Senhor do Amor Divino!

¿Fueron las palabras burlonas de su padre o su carcajada lo que puso en movimiento el brazo que sostenía la cuchilla? En un abrir y cerrar de ojos la hoja volaba por el aire. Pero Luís Felipe fue más rápido. Antes de que el joven hubiera arrojado su arma, la cuchilla del padre estaba incrustada en su corazón.

El hombre mayor se puso de pie en silencio y vio morir a su hijo —su único hijo, a quien él había matado con su propia mano. ¿Fue cosa del destino? ¿O fue el castigo de los dioses por la arrogancia de Luís Felipe Bezerra, que nunca disminuyó?

El padre levantó el cadáver de su hijo hasta ponerlo sobre sus hombros y caminó de vuelta hacia el pueblo. El charco de la sangre de Xelipe se extendía en pequeños riachuelos que parecían tratar de asir la tierra. Luego, mezclándose con la sangre de la desfloración de Ana, se filtraba hacia la tierra.

Para cuando llegó a casa, no había lágrimas en el curtido rostro de Luís Felipe.

Luís Felipe Bezerra subió las gradas de la Iglesia de Nossa Senhora Raínha dos Anjos al lado del Padre Abreu, a la cabeza de la procesión. Era casi Navidad, y el aire estaba tan pesado que los deudos agonizaban con movimiento lento, como si se movieran debajo del agua. Sólo Luís Felipe mantenía la compostura. Caminaba derecho, con la barbilla levantada y los ojos glaciales.

El día anterior había ido a la imprenta y había mandado a hacer las siguientes tarjetas de anuncio:

*Luís Felipe Bezerra y su esposa Haydé anuncian el*
*fallecimiento de su único hijo, Luís Felipe Bezerra,*
*a quien Dios estimó conveniente llevárselo de esta tierra por la*
*mano de su propio padre el 20 de diciembre de1986.*
*Que en paz descanse.*

# Gotlib, Bombero [3]

ERNESTO GOTLIB ENCENDIÓ un cigarrillo y se lo puso entre los labios. Inhaló espasmódicamente y luego tosió. El cigarrillo le sabía amargo. Dio un golpecito en el costado de la mesa con la mano derecha —un nervioso golpecito seco— y aplastó el cigarrillo en un cenicero.

—¡Rebeca!

Rebeca sabía lo que él iba a decir.

—¿Crees que habrán llegado a mí ya?

—Me acabas de preguntar eso hace dos minutos.

—¿Y? Eso fue hace dos minutos. ¿Y ahora? ¿Crees que hayan llegado a mi nombre ya?

—¿Cómo podría saberlo?

Gotlib se puso de pie y miró para afuera por la ventana, pero no vio las rocas color café y gris que se agarraban al cielo como nudosas y torcidas manos. La accidentada línea costera se extendía al frente suyo en ambas direcciones. Las olas se estrellaban contra escarpados nudillos, luego rompían en mil pedazos. Al salpicar hacia arriba, pequeñas porciones de agua marina recibían la mortecina luz. Gotlib se sentó en otra silla, y encendió un nuevo cigarrillo.

---

[3] Traducido por María Luisa Vásquez-Huidobro Edelson.

—Sólo dime lo que piensas.

Miriam entró con los platos y empezó a poner la mesa.

—Mueve el brazo, papá, por favor. Dificulta el paso. Gotlib sacó el brazo de la mesa para que Miriam pudiera poner un plato.

—No tengo ganas de tomar té, —dijo.

—Teolinda preparó alfajores.

—Lo sé, corazón. Es que no me apetece. Mi mente no está en la comida.

—Pero deberías comer algo, papá.

Gotlib negó con la cabeza. De todas maneras, Miriam puso una taza para té al lado de su plato. Cambiaría de parecer, pensó. A papá le encantaban los pegajosos pastelitos rellenos con nueces que preparaba la cocinera argentina.

—Vamos, papá, —rogó afectuosamente—. Son las cinco.

Miriam terminó de poner la mesa y regresó a la cocina.

—Come algo, —dijo Rebeca—. El que tomes o no una taza de té no va a influir de un modo u otro en su decisión.

Ernesto suspiró. —¿Tú crees que hayan llegado a mí ya?

Rebeca movió negativamente la cabeza.

—Sólo Dios sabe. ¿Cuántos de ustedes había?

—Siete, creo... Yo, López... Veamos... Martinelli... van tres... Valenzuela... van cuatro...

—¿Qué hay de Tomich? ¿No se iba a presentar esta vez? Miriam había vuelto con un plato de alfajores.

—Marcela Tomich me dijo que ellos iban a regresar a Santiago, mamá. Dijo que su papá no era candidato.

—Entonces son sólo cuatro, —dijo Rebeca. Trató de que su voz sonara tranquilizadora, al tiempo que se movía hacia adelante y le daba un apretoncito en la mano a su marido—. Uno menos de quien preocuparse.

—No, —dijo Gotlib—. Nunca conté a Tomich. Yo sabía que se iban de Antofagasta. Su hermano está en Santiago. Tienen un negocio allá.

—Bueno, así que... cuatro. López, Martinelli, Valenzuela y tú.

—Está Petersen. Él tendrá buenas probabilidades. A ellos siempre les impresiona bien un nombre inglés.

—Sueco.

—Lo que sea. Siempre que no sea judío. Siempre que no sea Rosental o Vainberg o Gotlib o algo así.

—Déjate ya, Ernesto. Esto es Antofagasta, Chile. No es la Alemania nazi.

—Nunca han elegido a un judío. ¡Nunca!

Era verdad. Nunca había habido un judío en el Cuerpo de Bomberos de Antofagasta.

—Papá, ¡no te pongas nervioso!

Pero Gotlib estaba nervioso. Esa noche todo el departamento se había reunido para votar. Sólo a los hombres más respetados de la ciudad se les invitaba a ingresar en la compañía, y Gotlib había soñado desde la infancia con ser bombero y apagar incendios.

Cuando niño había visto pasar las incandescentes bombas de incendio calle abajo, a toda velocidad. A cada lado de ellas, iba de pie un orgulloso domador de llamas, tenso y temerario. Cuando llegaban al edificio en llamas, sacaban de un tirón sus mangueras y empujaban sus escaleras contra las abrasadoras murallas, luego se lanzaban a la asfixiante y negra bruma para sacar de allí a hombres, mujeres, niños, y hasta animales domésticos que estuvieran en peligro. Era como en las películas.

Don Mauro Mujica había sido jefe de la compañía del Cuerpo de Bomberos desde que Gotlib tenía recuerdos. Hombre de negocios de mucho éxito que había rehecho la fortuna que su madre había despilfarrado en caballos, Don Mauro tenía fama de ser severo en el trato y de no ser nada sentimental. En el trabajo y en el club era reservado. Llevaba trajes de corte inglés y fumaba cigarrillos importados. Pero el sonido de la sirena lo transformaba. La máscara caía y la fría cautela que caracterizaba su estilo para los negocios cedía el paso a la temeridad. Iba hacia las llamas a toda prisa, haciendo equilibrio en oscilantes vigas, sacando a las víctimas a tirones, afianzando las murallas, levantando las mangueras, dando órdenes a gritos. En un incendio, el viejo Don Mauro —a Gotlib le había parecido viejo por entonces, aunque debía andar por los cuarenta— se volvía atrevido y resuelto. Tenía valor y aguante. Dirigía a sus hombres en los incendios más atroces. Ellos lo respetaban y lo elegían jefe año tras año.

Después de una victoria, las bombas de incendio volvían a la estación de la compañía de bomberos, ahora moviéndose lentamente, pero con las sirenas chirriando, mientras la gente de la ciudad se reunía en las esquinas para saludar a los bomberos y vitorearlos como a héroes.

Para el 18 de septiembre, día de la Independencia, así como en otras festividades, los bomberos desfilaban por la ciudad en sus relucientes máquinas, encabezados por el jefe de los bomberos en su carro-bomba de un rojo brillante. Don Mauro estaba en la cúspide de su gloria mientras dirigía la ruidosa serie de carros con su joven hijo sentado a su lado. A veces, Maurito iba a un incendio en el carro-bomba con su padre. Gotlib tenía como ocho o diez años cuando empezó a envidiar a Maurito, que tenía la misma edad suya. Gotlib había ansiado sentarse, aunque fuera una sola vez, en una de esas enormes bombas de incendio destellantes, no al lado de su padre, claro, ya que su propio padre no podría ser nunca bombero. Pero a esas alturas ya se había dado cuenta de que él no era de la misma clase a la que pertenecía el alto y delgado muchacho de tez clara y amplia sonrisa, cuya aceptación a la elitista compañía se daba por ya establecida.

Algunas veces Gotlib iba a la estación de la bomba en día domingo. Mauro padre tenía puesto el fonógrafo Victrola, y los bomberos, muchos de ellos de familias italianas, escuchaban a un tenor cantar "Santa Lucía". Don Mauro se sentía a gusto en esas tardes de domingo, rodeado de sus hombres. Servía borgoña de las viñas de su tío, mientras Maurito, vestido con esos ridículos pantalones cortos que llevaban todos los niños de colegio y que odiaban todos en forma unánime, galopando por la estación de la bomba. Entonces alguien lo persuadía con halagos de que cantara, diciéndole, "¡Canta, Maurito!" y los otros gritaban en coro, "¡Canta! ¡Canta! ¡Canta!" Guardaban un enorme sombrero mexicano en un gancho en la oficina y Maurito se lo ponía y cantaba "¡Jalisco, no te rajes!" Todos los hombres se reían, no sólo porque les parecía que las canciones mexicanas eran divertidas, sino también porque Maurito era hijo del jefe de los bomberos y era un estupendo payasito. Ernestito se reía con ellos, pero se mantenía a un lado, un poquito fuera de la pasada. Nunca nadie le dijo que se fuera a casa, pero nadie lo invitó tampoco a que fuera de nuevo el domingo siguiente. Algún día, pensaba, Maurito sería jefe de los bomberos tal como su padre.

—Supongo que no hay muchas probabilidades—, Gotlib decía en ese momento.

—Es un honor siquiera ser candidato, Ernesto. Y haber sido nombrado por Mauro Mujica, ¡el hijo del jefe!

—Así es, papá, —dijo Miriam—. Yo diría que tienes muy buenas posibilidades.

—Así que, ¿qué les parece? ¿Creen que hayan llegado a mí ya?

Rebeca habría preferido servirse el té y los alfajores y no hablar más sobre el asunto, pero sabía que la autoestima de su marido dependía de ese voto y que los nervios no le iban a permitir a él pensar en otra cosa.

—Veamos... Tomich se va a Santiago... Santamaría... Él va a entrar... Es yerno de don Mauro y su padre ha sido bombero durante años... Con eso completamos seis...

—¿Y qué pasa con Carrera? —preguntó Miriam.

—¡Eso es, Carrera! ¡Bien, Miriam! ¿Cómo pude olvidarme de Carrera?

Rebeca le sonrió a su marido. Sus hijas eran lo más importante en la vida de él, mucho más que este voto ridículo. Era por eso, pensaba Rebeca, que era una pena que se estuviera inquietando tan terriblemente sobre este asunto.

Y sin embargo, ella comprendía. Ser bombero era ser uno de ellos.

—Bien, si fueron en orden alfabético, empezaron con Carrera, luego Gotlib, luego Santamaría, no, Martinelli, Petersen, Santamaría, Valenzuela. Empezaron a las tres y media... Son más de las cinco, ahora... Ya han considerado tu candidatura, Ernesto. Probablemente ya todos se fueron a casa a tomar té...

—A veces estos debates duran hasta la noche...

Rebeca suspiró.

—¿Y si no siguieron un orden alfabético? dijo Gotlib.

Rebeca se puso de pie y fue a llamar a sus otras dos hijas. —¡A tomar té, niñitas! ¡Teolinda hizo alfajores y hay pan con mermelada!

Se sentó de nuevo y se volvió hacia su marido.

—Si no siguieron orden alfabético, entonces no lo sé.

—Entonces, —dijo pesadamente Gotlib—, a lo mejor ya todo se ha decidido.

—Tal vez. Así que, ¡anda!, ¡come!

Vertió té en la taza de él. Dos chicas adolescentes que se reían sofocadamente chocaron una con la otra y con la baranda de la escalera. Entraron desordenadamente al comedor. Una le dio un beso a Gotlib en la frente, la otra en la mejilla.

—¡Hola, papá! ¿Cómo está el nuevo jefe de los bomberos?

—No hagas bromas, Emi—,dijo Miriam—. Papá está nervioso.

—No hay ninguna razón por estar nervioso, —dijo Emi—. Puedes darte por elegido.

—Lo más probable es que se hayan desternillado de la risa de pensar que un judío pudiera querer ser bombero, —dijo Gotlib.

Miriam contuvo una carcajada. —Vamos, papá—, dijo Sara—. No te pongas melodramático.

Esta vez Miriam se rio en voz alta. —¡Después de todas las cosas por las que ha pasado esta familia, papá! ¿De veras crees que los Gotlib de Antofagasta se van a desmoronar si no te eligen miembro de la compañía de incendios del Cuerpo de Bomberos?

Gotlib sonrió y le apretó la mano. Sabía que ella tenía razón.

La lógica le decía que tenía razón. Pero había más que eso en el asunto.

§ § §

Los Gotlib llevaban más de cuarenta años en Antofagasta. El padre de Ernesto, Josef Gottlieb, había venido a Chile antes de la guerra. Hitler mostraba sus colmillos, y Herman, el hermano de Josef, que había visto a sus vecinos tajeados con vidrio quebrado, insistió en que esperar sería fatal. Josef no pensaba igual. Había empezado como sastre, pero había expandido su negocio para incluir ropa de confección. Tenía una inteligencia perspicaz en lo que se relacionaba con dinero, y había creado un próspero negocio importando de Italia mercadería barata, con enormes ganancias. Tenía seis tiendas sólo en Munich. Partir sin más, abandonándolo todo, sería devastador. Herman dijo que si Josef no se iba, él lo haría solo. Tenía amigos en Suiza y podría conseguir documentos falsos.

Herman no tuvo necesidad de machacar. Los sucesos convencieron a Josef de que su hermano tenía razón. Tarde una noche de septiembre, unos matones arrojaron una botella llena de sangre por la ventana del frente de Herman. El estruendo fue ensordecedor. Fragmentos de vidrio volaron insensata y peligrosamente por toda la habitación. Se mezclaron en la muralla opuesta con el carmesí y resbalaron por la superficie pintada, llevados por chorros de sangre, hasta llegar al suelo, donde lo rojo y el vidrio formaban charcos llenos de astillas que brillaban en forma extraña y horripilante.

Herman llamó a su hermano. Josef se quedó parado, mirando durante largo rato. Luego tomó a su hermano Herman en sus brazos y los dos hombres lloraron.

Josef regresó a su casa y ayudó a su mujer, que estaba encinta, a empacar dos maletas livianas. Se llevaron un cambio de ropa, unas cuantas joyas que habían pertenecido a la familia por generaciones, y fotos de sus padres. Josef fue a la tienda de la calle Winkler y sacó el dinero de la caja fuerte. Luego arregló con todo amor las pilas de suéteres, las filas de chaquetas, las bufandas, las medias de seda. Antes de partir, apagó la luz. Josef se sentía como si tuviera una cuchilla de carnicero incrustada en el pecho.

Apenas si hubo tiempo para despedirse de primos y amigos.

En el tren, a Josef se le pusieron flojas las muñecas y sintió náuseas, como si se hubiera estado hundiendo en un mar de vómito. Finalmente su abatimiento llegó a ser tan intenso que dejó de sentirlo. Miró por la ventana las pequeñas granjas y el cielo gris, y se dejó adormecer por la monotonía del movimiento y del paisaje.

Herman, Josef, y Constanza, la esposa de éste, llegaron a Le Havre antes del amanecer. Se subieron al primer barco que iba a cruzar el Atlántico que tenía sitio disponible. No preguntaron hacia dónde iba, porque no importaba. Más tarde se enteraron de que iban en dirección a América del Sur, y pensaron que ése era un destino tan bueno como cualquier otro.

El cruce fue sin incidente, pero el embarazo de Constanza lo hizo tedioso. Constanza estaba en la etapa en que hasta el olor a vegetales recién cocinados la enfermaba.

El olor a combustible y al agua del mar la hacía sentir enferma hasta el punto de paralizarla. La cabina atestada y el bamboleo del barco —aunque era leve— la hacían sentir como si estuviera atrapada en una lata que daba vueltas. No se quejaba, pero en esos raros momentos en que tenía despejada la cabeza, se veía a sí misma corriendo por un prado, tomada de la mano del niño que pronto iba a nacer. Se imaginaba que el pasto bajo sus pies era suave y estaba seco.

El primer puerto de escala fue Río de Janeiro. Había una multitud de rostros oscuros en los muelles y Josef pensó que a lo mejor se habían desviado hacia África, a pesar de que el camarero le aseguró que estaba en Brasil. El pulular de negros, rojos, verdes y amarillos le parecía a Josef extraño y atemorizador. Multitudes de personas de raza negra vestidas con camisas de colores brillantes... productos agrícolas maduros en cajones y canastos... ritmos zumbantes de músicos a babor... olores acres y rancios al mismo tiempo... Josef sabía que Constanza necesitaba aire fresco y tierra firme, pero él y Herman decidieron quedarse a bordo hasta la parada siguiente: Buenos Aires.

Argentina les atraía. Ya había allí una población judía de habla alemana. Habría sinagogas y colegios para los niños. Pero un hombre que estaba en el barco, de nombre Eisenberg, dijo que se podía ganar más dinero en Chile, y además, los chilenos eran tolerantes con los judíos. Argentina estaba llena de italianos, y ¿quién sabía qué esperar de ellos? Había italianos en Chile también, pero eran una pequeña minoría y, además, la mayoría de ellos eran de inmigraciones anteriores, así que tenían menos lazos que los unieran a la madre patria. En Buenos Aires, según Eisenberg, no sólo había más apellidos italianos que españoles, sino que había sectores en los que el único idioma que se hablaba era el italiano.

Josef y Herman consideraron la situación. Mussolini había ayudado a Hitler a reforzar a Franco en la guerra civil española, y ahora se hablaba de un eje formal Roma-Berlín. Donde hubiera italianos con lazos estrechos y recientes con Italia, habría anti-semitismo, razonaron los hermanos. Eisenberg dijo que él tenía un primo en el norte de Chile, donde había lucrativas minas de cobre. Era un área de gran riqueza que atraía a miles de chilenos de otras ciudades todos los años, y esta población nueva y próspera necesitaba mercadería: ropa, comestibles, muebles, medicinas. Había bastante dinero, pero nada crecía o se fabricaba en el norte. Había que llevarlo todo de fuera. Era, dijo Eisenberg, una tierra de oportunidades para un hombre de negocios sagaz.

Josef y Herman desembarcaron en Valparaíso. Allí se pusieron en contacto con parientes de amigos. Ellos los recomendaron a un vendedor mayorista alemán de

Antofagasta, que proveía a las minas de Chuquicamata. Su nombre era Uwe Rissel.

Josef fue a trabajar para el señor Rissel, pero Herman, que había recibido entrenamiento como ingeniero, encontró trabajo en las minas. Josef era un excelente vendedor, con años de experiencia, y a pesar de que no le gustaba la idea de trabajar para otra persona, las noticias sobre los parientes de Europa hicieron claro que tenía suerte de estar vivo y de siquiera estar trabajando.

Rissel tenía acceso a un inventario enorme; vendía de todo, desde radios hasta pasta dentífrica, desde refrigeradores hasta perfumes, desde repuestos de autos hasta calzones para señoras, desde novelas de a chaucha hasta atornilladores. Los pedidos se le triplicaron y cuadruplicaron dentro de un año de haber contratado a Josef. Para entonces, Constanza había tenido a una niñita llamada Ana Noemí, y Josef estaba contento por el aumento de comisión que le había dado Rissel.

Josef aprendió castellano rápidamente. Por la noche escuchaba comedias por radio y practicaba la pronunciación de los nombres de los personajes frente al espejo: Roberto... Rrroberto... Raúl... Rrraúl... Se compró un diccionario y le leía listas de palabras a Ana Noemí en voz alta. (Cuando ella empezó a balbucear, abandonó esta práctica por temor a que ella imitara su pronunciación imperfecta.) Fue al colegio local y le ofreció pagarle por hora a un profesor joven por darle clases. El tipo le dio un libro para niños de ejercicios de gramática y todas las tardes, a la hora de la siesta, Josef los escribía, letra por letra: Tú vas. Quiero que tú vayas. Tú vienes. Quiero que tú vengas.

Josef tenía el don de convencer a los mineros de que necesitaban con urgencia productos de los que ellos ni siquiera habían oído hablar. Mandaba a niños del vecindario a las tiendas de la mina a pedir Elixir Milagro de Lourdes o Champú Melena de Oro, productos desconocidos en Antofagasta. Unos días después aparecía por las tiendas anunciando que él era el representante exclusivo de Milagro de Lourdes y Melena de Oro.

Entretanto, Herman había empezado a invertir en las minas. Con la demanda de metales causada por la guerra, pronto ganaba dinero a puñados. Fue el primero de los dos hermanos en comprarse casa —un pequeño chalet en la playa, con una vista espectacular del mar desde la sala y una majestuosa vista de las montañas desde el dormitorio principal. En unos pocos años, se casó con una chica nacida en Chile que se llamaba Ester Anita Shapiro, y tuvieron dos hijos, Jaime y Meyer.

El hijo de Josef, Ernst, nació un año y medio después que Ana Noemí y un mes después que el hijo de su hermano, Jaime. Josef y Constanza le pusieron a su hijo el nombre Ernst Heinrich: Ernst por el padre de Constanza, que había muerto de cáncer años antes, y Heinrich, por un torturador nazi.

El segundo nombre del niño fue una concesión. Rissel admiraba a Hitler, a pesar de que esto no lo privaba de contratar judíos astutos que lo hicieran ganar dinero. Cuando supo que la señora de Gottlieb estaba esperando familia, exigió que su empleado llamara al bebé Adolph. Josef rehusó, alegando que la tradición le dictaba ponerle a su hijo el nombre de un pariente muerto. A Rissel se le subieron los colores. Era poco pedir a cambio de todo lo que él había hecho por Gottlieb, dijo. A lo mejor tendría que buscar otro gerente de ventas. Gottlieb pensó que estaba intimidándolo con amenazas que no le convendría cumplir. El alemán nunca había ganado tanto dinero como ahora. Pero Josef Gottlieb no podía correr el riesgo. Como gesto conciliatorio le dio al niño un segundo nombre que era aceptable para su jefe.

Heinrich Himmler estaba recién empezando a hacerse conocer en Europa como jefe de los *Schutzstaffel*, o "Camisas Marrones", pero con suerte, ni siquiera el niño mismo asociaría nunca el nombre del nazi con el suyo propio. Josef había tenido un tío Heinrich que había muerto hacía unos años. Oficialmente, Ernst Heinrich recibió su nombre por él.

Cuando tenía cuatro años, Ernst ya acompañaba a su padre a lo de Rissel. Para cuando tenía siete, era él quien iba a importunar a los gerentes de las tiendas pidiéndoles repetidas veces los productos a los que su padre les hacía propaganda. A los nueve años, Ernst Gottlieb ya dominaba uno de los principios básicos de los negocios: crear una necesidad.

A Josef se le presentó su gran oportunidad cuando Chile rompió relaciones con el Eje en 1943. A los súbditos alemanes los estaban forzando a abandonar el país, y Rissel tuvo que vender barato. Josef consiguió un préstamo con su hermano y tomó el control de la compañía Rissel, S. A. Le cambió el nombre a Comerciantes Mayoristas Antofagasta, el rótulo más neutral, más no-germánico que se le pudo ocurrir. Constanza se quedaba en casa y se ocupaba de los niños y llevaba los libros de cuentas, mientras Josef trabajaba con una actividad febril.

Herman también prosperó. Había invertido sus ganancias en propiedades frente a la playa y ahora era propietario de casas, edificios de departamentos, y un hotel. Instó a su hermano con modo apremiante a que invirtiera su dinero en terrenos, pero Josef prefirió meter dinero en efectivo entre el relleno del colchón "donde puedo llegar a él con facilidad si lo necesito", decía. A Herman le parecía que su hermano estaba pensando más como lo haría un campesino chileno que como un inteligente hombre de negocios europeo, pero nada de lo que él dijo hizo que Josef cambiara de idea.

—Esto no es Alemania, —lo acicateaba Herman. —No es como si fueras a tener que escapar con rapidez.

Josef acumuló sacos y sacos de pesos. Pronto había demasiados para que cupieran en el colchón, así que escondió plata detrás de cuadros, debajo de las tablas del piso, en pozos, en hoyos cavados al lado de árboles, y en un compartimiento secreto debajo de los soportes del gallinero. Cuando Chile pasó por una crisis económica y cambió de pesos a escudos, Josef quedó con bolsas de dinero que no valía ni el precio del papel en que estaba impreso.

El hijo de Josef, Ernst, era adolescente cuando empezó a escribir su nombre G-o-t-l-i-b, para que siguiera las reglas de la ortografía castellana. Al mismo tiempo, cambió sus nombres de pila a Ernesto Enrique. Josef no se opuso. De hecho, se alegró. Por fin terminaba con Himmler de una vez por todas.

Ernesto se expresaba claramente sobre su identidad. Era chileno, decía, no alemán, y no quería que nadie lo tomara por extranjero. Se sentía orgulloso de Chile, que había recibido a miles de inmigrantes judíos antes, durante y después de la guerra. Era gracias a la política de Chile de brazos abiertos para con los refugiados que, en lugar de que lo mandaran a una cámara de gas, se le había educado en buenos colegios particulares y había estudiado administración de empresas en la Universidad Católica de Valparaíso. (Los judíos adinerados, así como los masones ricos y otros apóstatas, tenían un acuerdo tácito con los padres jesuitas. Las escuelas católicas eran las mejores del país. Los judíos y los masones los apoyaban generosamente con ayuda económica; a cambio de esto los curas educaban a los hijos de los infieles. Ninguno de los dos lados se metía en los asuntos del otro para no ponerse nerviosos mutuamente, y ninguno hacía muchas preguntas.)

Para los primeros años de la década de los años sesenta Ernesto se había recibido, y se había ido a trabajar en el negocio de su padre. Ya no quería a Chile debido a que éste había recibido inmigrantes durante tiempos peligrosos; quería a Chile porque era chileno. A diferencia de su padre, hablaba castellano sin acento y con las variantes dialectales; decía *uté* en vez de usted, *etái* en lugar de estás, *paco* en vez de policía, *porotos* en lugar de frijoles, y *living* en vez de sala. Comía empanadas los domingos por la tarde y tomaba té todos los días a las cinco. Y sin embargo, Ernesto Gotlib tenía la sensación de que no encajaba bien. Nunca nadie le había dicho nada por ser judío, pero en el Colegio San Luis había sufrido dolor agudo de puro azoramiento en el vestuario del gimnasio cuando le quedaba a plena vista el pene al que se le había hecho la circuncisión. Se sentía molesto en misa y en la clase de religión. La creencia de que la Católica era la "única fe verdadera" lo mortificaba. La primera vez que tuvo que ponerse en fila con los demás niñitos para confesarse con el padre Reblando, perdió la compostura y hubo que mandarlo a su casa. Estaba seguro de que el padre Reblando lo iba a llamar un anti-Cristo y lo iba a culpar de la muerte de Jesús. Después de eso, Josef hizo arreglos para que a su hijo se le excusara de participar en algunos de los ritos. Josef había hecho considerables contribuciones al colegio, y los padres estuvieron de acuerdo con los arreglos. Eran un grupo tolerante.

Como estudiante universitario, a Ernesto lo habían invitado a fiestas, y los amigos con frecuencia lo invitaban a comer —y a veces hasta a bautizos, primeras comuniones, y matrimonios. Pero cuando un compañero de clases lo presentaba a sus padres, él sospechaba que ellos pensaban, "Ah... Ernesto Gotlib, el judío". Ernesto notó, o creyó notar, que sus amigos nunca lo presentaban a sus hermanas.

Después de la universidad, cuando los hombres jóvenes empezaban a hacerse socios de los clubes de sus padres —el Club de la Nación, el Automóvil Club, el Club Italiano— él empezó a sentirse excluido. Josef pertenecía a la Unión Hebraica, y eso estaba bien, pero Ernesto anhelaba asistir a los bailes de la Alianza Italo-Española, donde la linda hija del jefe de los bomberos bailaba rocanrol con los hijos de los hombres que formaban la élite de Antofagasta: los bomberos. Según el parecer de Ernesto, esos chicos eran verdaderos chilenos. Algunos de ellos tenían abuelos extranjeros —Martinelli, Petersen, López (cuya abuela era yugoslava)— pero Gotlib estaba seguro de que ellos no se sentían nunca como afuerinos. Gotlib se sentía como intruso porque Gotlib era judío.

Josef y Herman Gotlib no compartían la inquietud de Ernesto. Sabían quiénes eran: judío-alemanes que habían escapado de Alemania para salvar la propia vida. Hablaban alemán o judeo-alemán —*yídish*— en casa y caminaban calle abajo con *yarmulkes* en la cabeza los viernes por la noche. Para celebrar el *Shabbat*, sus respectivas esposas encendían velas. Se sentían agradecidos para con su nuevo país por haberlos recibido, pero sabían muy bien que eran extranjeros. Estaban perfectamente satisfechos de ir a comer a la Unión Hebraica los domingos por la noche, y alentaban a sus hijos a asistir a bailes allí, a hacerse amigos de chicas judías, y a sentar cabeza y casarse.

Después del cambio de pesos a escudos Herman le prestó plata a Josef para que rehiciera su base económica. Esta vez él invirtió en oro. Herman era rico y Josef eventualmente sería rico de nuevo, pero ¿para qué era el dinero, Josef le dijo a Herman, si no para dejárselo a sus hijos y nietos? Los Gottlieb miraron a su prole y sonrieron.

Pero en 1970 el mundo de Josef y Herman Gottlieb se hizo añicos. Salvador Allende era candidato para presidente. Al comienzo, Josef apoyó a Allende. Pensó que los socialistas revitalizarían la política en Chile despejando la guardia vieja y haciéndole lugar a un gobierno nuevo y más progresista. Pero Herman tenía sus dudas sobre lo que se hablaba de nacionalización. Cuando a Allende se le eligió por una pluralidad de votos muy estrecha, los temores de Herman crecieron rápidamente. A pesar de que la mayoría de los votantes no había apoyado a Allende, el nuevo jefe de estado se propuso renovar la sociedad chilena expropiando las industrias —incluyendo las minas.

Herman lo perdió todo. Había invertido cuantiosamente en cobre y ahora, a pesar de que el gobierno había ofrecido compensación, estaba en quiebra. A Josef le habría gustado darle plata a su hermano, pero el dinero no era el verdadero problema. La vida de Herman estaba en ruinas. Había empezado sin nada en Alemania y creado un negocio, sólo para perderlo. Había empezado sin recursos de nuevo en Chile, y ahora la perspectiva de empezar de nuevo era abrumadora. Herman ya no era un hombre joven. El no poder dormir lo estaba desgastando.

El agotamiento nervioso se le notaba en la frente y en la voz, que con frecuencia se le quebraba y se le desvanecía poco a poco. Herman estaba cayendo en la depresión.

Estalló la violencia. Las turbas que lanzaban piedras atacaban a cualquiera que llevara terno de negocio. Herman y Josef Gottlieb no se consideraban responsables de crímenes económicos. No habían heredado su fortuna; se la habían ganado con sudor e inventiva. Pero los demagogos agitadores no veían ninguna diferencia entre Josef y Herman Gottlieb y los ricos ociosos.

Cundieron los rumores de listas de "los sentenciados a muerte" por el gobierno. Herman y Josef tenían la impresión de estar reviviendo una pesadilla. Herman empezó a tener miedo de salir, no sólo porque desalmados y matones les tiraban papas con hojas de afeitar incrustadas en ellas a los transeúntes, sino porque pobres y marginados estaban tomándose las casas. Era peligroso dejar una casa sin cuidador, aunque fuera por unas pocas horas. ¿Y quién sabía si se podía confiar en los sirvientes?

En los meses siguientes, la inflación subió vertiginosamente, las huelgas se generalizaron. En las tiendas no había carne *kósher*, es decir, autorizada por la ley judía, ni ninguna otra clase de carne. Por una ración de arroz, las dueñas de casa hacían cola desde las cinco de la mañana una vez a la semana, los días jueves. Al poco tiempo, las mujeres golpeaban sus ollas vacías en la plaza para protestar por la escasez de comida. El papel higiénico pasó a ser un artículo de lujo. No había dónde comprar zapatos. Se corrió la voz de que Chile, productor importante de artículos de cuero, enviaba sus zapatos a Cuba. Herman inclinó la cabeza y con un cuchillo carnicero le cortó la puntera a los zapatos de su nieto, Jacobo. El niño de Meyer estaba creciendo, explicó Herman, como si tuviera que justificar sus acciones. El pequeño pie de Jacobo necesitaba lugar.

Fue una noche de septiembre cuando una botella llena de sangre entró por la ventana del frente de Herman y se estrelló con estrépito contra la pared del lado opuesto, haciéndose mil pedazos, salpicando carmesí sobre la lámpara, el sofá, la alfombra color crema. Herman había estado sentado al piano tocando de oído una polca que recordaba de cuando era niño.

Herman no se movió. Se quedó sentado por un largo, largo rato viendo cómo chorreaba la sangre por la muralla, antes de sentir que los músculos se le contraían y la garganta se le apretaba y se le ponía seca. Quería llorar, pero no lo hizo. Sólo se quedó sentado, mirando la serpiente de sangre bajar por la muralla deslizándose lenta, lentísimamente.

Cuando la esposa de Herman, Ester, volvió de visitar a Constanza esa tarde, encontró la sala convertida en una ruina. En el dormitorio encontró a su esposo tumbado sobre la cama con la cabeza hecha añicos, dientes y pelo pegados a las murallas y a los muebles, y sangre, grandes charcos de viscosa sangre de un rojo casi negro, que se filtraba por la ropa de cama hasta el piso. Su nota decía simplemente que él ya había pasado por todo esto una vez antes. No podía soportar el pasar por lo mismo otra vez.

El 11 de septiembre de 1973 cayó Allende. Una buena parte del país se regocijó, pero Ernesto Gotlib estaba de luto. Su padre, Josef, había muerto hacía solamente dos días antes. Los médicos dijeron que fue por un problema al corazón, pero Ernesto sabía que fue de pesar. Josef y Herman habían sido siempre inseparables.

Por entonces, Ernesto se había casado y habían nacido sus tres hijas. El, como muchos otros que se habían opuesto a Allende, supuso que el país volvería a la democracia. Cuando no fue así, él despotricó a la hora de comida y redactó protestas que leyó en reuniones de la hermandad de la Unión Hebraica. Pero con el tiempo su furor se fue enfriando. Pinochet era un dictador, pero el país estaba prosperando. Las estanterías de las tiendas se llenaron con productos importados y hubo una enorme demanda de todo, desde radios hasta pasta de dientes, desde refrigeradores hasta perfume... Pinochet no duraría, se dijo a sí mismo, y entretanto él, Ernesto, estaba sacando una pingüe ganancia. Había heredado el negocio de su padre, y lo administraba con la pericia de la persona que sabía vender antes de saber caminar.

Gotlib era un hombre rico. No sólo era dueño de Comerciantes Mayoristas Antofagasta, sino también de tiendas de ventas al detalle. Y él no escondía su dinero en el colchón. Lo invertía. A lo largo de los años, acumuló casas, edificios de oficinas, acciones en una compañía naviera, y un barco de turismo. Tenía tres lindas hijas y una esposa maravillosa. Aun así, faltaba algo.

Gotlib tenía influencia porque tenía plata, pero las punzadas de intenso dolor que había sentido en el vestuario del gimnasio nunca habían disminuido. ¿Apreciarían sus méritos aquellos hombres que eran reconocidos como los líderes de la ciudad? se preguntaba, o ¿lo considerarían un advenedizo judío agresivo, astuto y arribista? En la mitad de la noche, mientras las olas llegaban suavemente a la playa con un susurro regular, Ernesto sentía los ojos de sus compañeros de clase clavados en su pene circunciso... Oía la voz del padre Reblando... Veía los suaves rizos rubios de Graciela, la hija del jefe de los bomberos, apoyados en la solapa de... Aníbal López.

Ahora que su padre y su tío habían muerto, Gotlib había aflojado sus lazos con la comunidad judío-europea de Chile. Después de la guerra y durante los años siguientes, olas de judíos llegaron de Alemania, Francia, Inglaterra. Pero ellos no eran como Gotlib. Eran extranjeros. Gotlib había nacido en Chile. Sentía que no sólo por él mismo, sino que a causa de su padre y de su tío muertos, necesitaba ser aceptado como verdadero chileno. Necesitaba validar su elección. Necesitaba una muestra que todo el mundo pudiera ver de que no sólo era ciudadano, sino que el mejor de los ciudadanos. Necesitaba ser bombero.

§ § §

Miriam dejó la bandeja con panes y queques y le masajeó los hombros a su padre.

Es una chica bellísima, pensó Gotlib. —Es por ella, por todas ellas... que quiero esto tanto —se dijo a sí mismo—. Para que no tengan que sentirse como afuerinas. Para que se sientan cómodas asociándose con los mejores de ellos.

De sus tres hijas, Miriam era con la que se sentía más estrechamente unido. Emilia, la mayor, era exótica y talentosa. Tenía enormes ojos café y una rizada cabellera castaña que le enmarcaba el rostro más bien oscuro, y tocaba el piano como Arturo Rubinstein. (Bueno, Gotlib concedía en privado, quizás no exactamente como Arturo Rubinstein.) Gotlib le sonrió a la que fue la primera en nacer de sus hijas, y ella le devolvió la sonrisa.

Sara, la menor, era respondona y desfachatada. Beneficiaria de las batallas que Gotlib había perdido contra Emilia y Miriam, Sara llevaba maquillaje a los trece años e iba a pasar la noche con las Niñas Exploradoras de Antofagasta, es decir, las *Girl Scouts*. Sus hermanas habían querido hacer esas mismas cosas; él y Rebeca habían dicho que no, pero habían terminado por consentir. Para cuando Sara era miembro de rango del Grupo 1034 de las Exploradoras de Antofagasta y empezó a usar lápiz labial, sus padres habían dejado de resistirse. Así y todo, al crecer Sara había llegado a ser una chica de bastante buen comportamiento, aunque más briosa y de voluntad más firme que sus hermanas. Tenía largo pelo castaño claro que ella se negaba a cortarse, a pesar de que Rebeca decía que se le veía desordenado, y unas pocas pecas que apenas se le notaban y que ella trataba de cubrir con maquillaje, aunque Gotlib decía que eran monas.

Miriam era más alta y más delgada que sus hermanas. Tenía una cabellera rubia y suave, que le llegaba hasta la altura de los hombros, y unos ojos cuyo iris era azul por el borde y color ámbar hacia adentro. La estructura de su rostro no era del todo perfecta, pero Miriam tenía un ardor que iluminaba una habitación. Gotlib sentía sus dedos que le sobaban y le suavizaban los apretados músculos del cuello, y sabía que Dios lo había bendecido verdaderamente. Tal vez era demasiado, además, el querer ser bombero.

Sara hablaba: —No es el fin del mundo si no entras.

—Ella tiene razón, por supuesto, papá, —confirmó Miriam.

—De cualquier modo, —dijo Emi—, si no lo consigues esta vez, a lo mejor alguien propone tu candidatura de nuevo el próximo año.

Gotlib gozó del amor de sus hijas por un momento.

—Ustedes saben, —dijo, negando con la cabeza— me da un sentimiento raro el pensar que en este mismo momento puede que ellos estén hablando de mí. Pueden estar decidiendo sobre mí.

—Probablemente no—dijo Rebeca. Probablemente decidieron hace horas.

Pero Rebeca estaba equivocada. En la estación de la Compañía de Bomberos, Don Mauro acababa de presentar el nombre de Gotlib.

—¿Alguna discusión?

—Un buen hombre, —dijo Don Dionisio—. En espíritu ha sido uno de nosotros desde hace mucho tiempo. Desde que era niño, en realidad.

—¿Algo más? —instó Don Mauro.

Nadie tomó medidas para hablar. Don Ricardo se veía un poco agrio. Le estaba empezando a dar hambre y quería irse a casa.

Don Héctor se rascaba la ceja debido al aburrimiento. Don Ignacio sacudió la cabeza, pero no dijo nada.

Don Mauro esperó en silencio que alguien respondiera a la llamada. Don Agustín bostezó. Habían estado largo rato en eso.

—Entonces, votemos.

Los hombres depositaron sus votos en la caja. Cuando hubieron terminado, Don Alejandro, el secretario de la Compañía de Bomberos, los leyó en voz alta, uno por uno.

§ § §

Gotlib había terminado el té, pero él y Miriam se quedaron sentados a la mesa conversando. Rebeca permaneció sentada con ellos por un rato, luego se levantó para ir a buscar su costura; con tres chicas en la familia, siempre había algo que remendar. Teolinda estaba levantando la mesa. Sara y Emilia habían subido al segundo piso, pero se precipitaron escaleras abajo cuando oyeron el llamado a la puerta.

Gotlib saltó de su asiento, luego se obligó a sí mismo a volver a sentarse. Una de las sirvientas iría a abrir.

Virginia, la sobrina de Teolinda, entró al comedor.

—Señor, —dijo—, hay dos caballeros que han venido al verlo.

—¿Quiénes? —La voz de Gotlib era controlada. Estaba haciendo un enorme esfuerzo por no parecer turbado.

—Don Mauro y su hijo.

—Hágalos pasar, —dijo Rebeca.

—Los veré en mi escritorio, —dijo Gotlib.

Pero Don Mauro estaba atisbando por la puerta del comedor.

Era una falta de decoro de parte del jefe de los bomberos hacer eso, y Gotlib se sintió azorado. Pero don Mauro sonreía ampliamente y Mujica hijo avanzaba a brincos hacia Gotlib como si no pudiera esperar ni un instante más. Abrazó a Gotlib antes de que se dijera una palabra.

—Felicitaciones, Ernesto, —dijo Don Mauro.

—¡Felicitaciones, compadre! ¡Bienvenido a los bomberos! —La sonrisa del Mauro más joven era aún más amplia y calurosa que la de su padre.

Gotlib se esforzaba por contener las lágrimas, pero Miriam no lograba controlarse. Lloraba abiertamente. Sara y Emilia se reían.

—¿Ves, papá?, dijo Sara con una risilla sofocada.

—¿Qué te dije?

Emilia, luego Sara, luego Miriam le dieron un beso a su padre. Rebeca fue la última de todas.

Gotlib abrazó estrechamente a su esposa al tiempo que se volvía hacia Don Mauro y su hijo.

Abrió la boca para hablar, pero su garganta estaba apretada. Finalmente dijo gracias... gracias...

Rebeca fue la primera en recuperar la compostura.

—¿Se servirían una tacita de té y *alfajores*?

—Gracias, pero no podemos quedarnos, —dijo Don Mauro.

—¿Me pueden... me pueden decir si hubo mucha discusión? —preguntó Gotlib.

—No —dijo Don Mauro—. No hubo discusión.

—Todos te conocen, Ernesto. ¡Por Dios! Has estado yendo a la bomba desde que andabas de pantalón corto. Siempre has sido parte de los bomberos. Eso es lo que dijeron... que siempre has sido uno de nosotros. Fue unánime.

—¡Unánime! ¿Pero no mencionaron... ninguna otra cosa?

—No.

—¿Nadie sacó a colación... ninguna otra cosa?

Padre e hijo, ambos, parecían perplejos.

—No —dijo el Mauro más joven—. Nada.

Rebeca sintió una nueva oleada de alegría. Se levantó, se excusó y fue a la cocina. No quería llorar frente a las visitas. Miriam se paró, también, para no reírse. —Tontito de papá, —dijo para sí misma.

Gotlib sonrió, pero ya una nueva preocupación le atormentaba el cerebro. Me pregunto si me habrán querido realmente a mí, pensaba, o habrán pensado que tener un nombre judío de muestra se vería bien en la lista.

# La despedida

YO NO SÉ exactamente lo que pasó. La verdad es que yo me llevaba bien con la señora. Era una mujer resimpática, bien tranquila. No sé por qué después las cosas se echaron a perder.

Empecé a trabajar en aquella casa hace como seis meses. Fue una tremenda suerte haber encontrado a la señora Carolyn porque no todo el mundo está dispuesto a tomar a una mujer como yo, con una guagua. La prueba es que desde entonces no trabajo, excepto los martes y los viernes, cuando le plancho a la alemana que vive en la Massachusetts Avenue.

La señora Carolyn me puso las cosas bien claras desde el principio. Trabajaba, me dijo, y necesitaba que alguien le hiciera el aseo y se ocupara del niño... Billy se llamaba... tenía dos años y era un amor de chicoco... La niña... se llamaba Pámela... no era problema porque estaba más grande e iba al colegio. Lo importante, me dijo la señora, era que yo estuviera allí temprano, a las ocho, porque ella no podía llegar tarde a la oficina. No le importaba que yo llevara a Bertito, me dijo, porque le serviría de compañero a su hijito. Me pagaba cien dólares al día.

—Pide ciento veinte —me dijo Alberto.

—No —le dije—. Con los cien estoy bien. Después me subirá.

—La Chely gana ciento diez.

—La Chely no anda acarreando una guagua mientras trabaja, —le dije—. Además, ella habla bastante inglés. Puede trabajar en cualquier casa. La ventaja aquí es que la señora Carolyn sabe castellano.

—¿Ah sí? —me dijo—. ¿Qué tal habla?

—Chapurrea no más.

—Ya.

—Pero nos entendemos, y eso es lo principal. Otra cosa, Alberto, cuando una está aquí de ilegal, no puede pedir la luna.

—La Chely está aquí de ilegal. Todo el mundo está aquí de ilegal.

—Deja las cosas como están —le dije—. La señora Carolyn es rebuena persona. Me gusta.

—¿Y el tipo?

—¿Qué tipo?

—Él, pu'. El marido de ella.

—¿Qué tiene?

—¿El anda en pelota mientras vos estái allí con el cabro?

—¿Estái loco? ¿Cómo se te ocurre?

Más tarde llamé a la señora Carolyn y le pregunté lo de la plata. Ella me dijo que por el momento no podía pagarme más. Me dijo que para ellos cien dólares eran un montón, que su esposo le había dicho que era absurdo pagarle esa cantidad a una mujer que venía a trabajar con una guagua en brazos, pero que ella entendía mi situación porque también era una mujer con niños que tenía que trabajar.

—Se está aprovechando de vos —me dijo Alberto—. Igual te podría pagar los ciento veinte.

—No entendí —le expliqué—. Esta gente no es rica.

—No fueran ricos, no tomarían a una empleada.

—No es cierto, Alberto —le dije—Ella me contó que con los dos trabajando apenas les alcanzaba la plata para pagar la renta.

La verdad es que la mujer me daba pena. Entre el trabajo y los niños y el marido, andaba medio vuelta loca. Era secretaria o algo así. Trabajaba en una empresa donde escribía cartas con la computadora y llevaba las cuentas.

—Mire, Rosa —me dijo un día la señora Carolyn. Mi marido está quejándose. No le gusta que venga con el bebé. Le dije que el niño no molesta, que usted lo deja en la andadera todo el día, pero él dice que más adelante, cuando empiece a caminar, va a destruirle todos los juguetes a Billy.

—No es cierto, señora —le dije—Tendré mucho cuidado.

—Mire —me dijo. Sería tal vez más conveniente que usted llegara a las ocho y cuarto. Mi marido parte a las ocho... o a veces aún más temprano. Así no la vería... digo... no se ofenda, Rosa... lo único que quiero yo es evitar un conflicto. Ya sabe que a usted la estimo mucho... y la necesito.

—Sí, señora —le dije—. Entiendo.

—Pero no llegue después de las ocho y cuarto, —me dijo—. Porque yo no puedo llegar tarde a la oficina. Y antes de ir a trabajar tengo que llevar a la Pámela al colegio.

A Alberto le pareció rebién el arreglo.

—Ya que no tení que estar allí tan temprano —me dijo—podí llevarme a mí al trabajo.

—No voy a alcanzar.

—Demás alcanzái. ¿A vos te parece justo que tengamos un solo auto y siempre te lo llevái vos? Ten un poco de consideración, por favor, Rosa. Estoy harto ya de tomar el micro.

Alberto trabaja de portero en un edificio que está en la Connecticut Avenue. Es un solo bus... el L2... no es complicado... pero para evitar boches prometí dejarlo a él antes de ir a Bethesda, donde vive la señora Carolyn.

La primera vez que hice esa maroma me enredé bastante y no llegué al trabajo hasta un cuarto para las nueve. A la señora Carolyn la encontré en lágrimas.

—Pensaba que usted ya no venía —me dijo.

Me lancé a darle una explicación pero ella estaba demasiado trastornada para escucharme. Agarró a la Pámela y salió corriendo.

Al día siguiente también llegué tarde, esta vez porque Alberto se demoró en vestirse y en desayunar. Ella no dijo nada pero vi que estaba muy molesta. Al volver de la oficina entró a la cocina donde yo estaba dándole de comer a Bertito.

—Rosa —me dijo. —Usted sabe que yo no puedo permitir que usted aparezca a un cuarto para las nueve. Dos días seguidos he llegado tarde a la oficina. Esto no puede seguir. Me van a echar. Yo le expliqué cuál era mi situación cuando la tomé.

Alberto se puso furioso cuando le dije que ya no iba a poder llevarlo al trabajo.

—Vos soi una gran egoísta —me gritó.

—¿Qué querí que te diga? —le contesté—. La patrona dice que tengo que llegar temprano. Si te parece bien, te llevo a las siete y media. Así estoy donde ella a las ocho y cuarto.

—Muy temprano para mí.

—Pues, mala pata. No son tantas las opciones. Vos demás podí tomar un bus, porque trabajas en pleno centro, mientras que yo tengo que llevar el auto porque el micro no llega a esa parte de Bethesda.

Después de eso hice un esfuerzo por llegar siempre a tiempo aunque dos o tres veces me atrasé porque con una guagua es bien difícil. A veces se llena de pichí justo a la hora de partir o, qué sé yo, a veces devuelve la comida...

Un día no sólo llegué tarde sino que pa' más remate la guagua estaba bien resfriadita. Al principio ella no dijo nada pero miró a Bertito como si fuera un gusano y entonces miró a su niño y respiró. Bueno, parece que estaba pensando, ¿qué se le puede hacer? Esa noche me llamó y me dijo que Billy estaba empezando a toser y que por favor no fuera con Bertito al día siguiente.

—¿Y cómo se las va a arreglar usted? —le pregunté.

—Tendré que tomar el día no más —me dijo.

—Pero a usted le pagan igual, ¿no es cierto? —le pregunté.

—No —me dijo, bien cortante.

Después me explicó que su esposo se había puesto a rabiar como un demonio porque ella había tenido que quedarse en casa con el mocoso y me pidió que por favor, que no volviera a venir con la guagua resfriada.

—¿Y qué voy a hacer si un día Bertito amanece con catarro? —le pregunté.

—No sé —me dijo—. Cuestión suya. Tendría que encontrar con quién dejarlo.

Yo no sé si estaba realmente enfadada o si solamente estaba preocupada o tal vez cansada. Estaba parpadeando muy rápido y me pareció que estaba tratando de contener las lágrimas.

Después de eso todo anduvo bien por un tiempo. Claro que hubo uno que otro incidente. Una vez Bertito rompió el juguete favorito de Billy. Yo estaba bien asustada, y la señora Carolyn salió corriendo a reemplazarlo antes de que llegara su esposo y se diera cuenta.

—¿Para qué se lo vamos a mencionar a Charles? —me dijo sonriendo—. *What he doesn't know won't hurt him.*

Yo no entendí exactamente lo que quería decir con eso pero sí me di cuenta de que ella estaba tratando de protegerme y de protegerse a sí misma.

En diciembre la señora me llamó a la cocina y me dijo que pensaba darme cinco días de vacaciones: el 24, 25 y 26 de diciembre y entonces el Año Nuevo y el día anterior. Esos eran los días que le daban a ella en la oficina, me dijo. Yo estaba contenta y le di las gracias.

—Pídele toda la semana del 24 —me dijo Alberto—. A mí me dan toda la semana. Así podemos ir a Nueva York a visitar a mi hermano Fernando.

—No puedo —le dije—. Ella tiene que trabajar los otros días. A ella no le dan toda la semana libre.

—Pucha —dijo él—. ¡Cómo dejái que esa gente se aproveche! Dile a la vieja que tení que tomar toda la semana no más. Si no le gusta que se vaya a la mierda.

—¿Y si me echa?

—¿Qué te va a echar? Te necesita. ¿Dónde más va a encontrar a alguien que se encargue del mocoso y le limpie la casa por cien pesos al día?

—No sé —le dije—. No me gusta ponerle problemas. Se ha portado rebién conmigo.

Yo pensaba que la señora Carolyn se iba a enojar cuando le pedí el tiempo, pero me dijo que no me preocupara, que su esposo no trabajaba esa semana, la semana del 24, y a lo mejor él se podía encargar de Billy y de la Pámela, que también estaba de vacaciones del colegio. Se lo agradecí mucho.

Pero después, esa noche, me llamó por teléfono y me dijo que cuando le había propuesto a su marido que se ocupara de los niños para que yo pudiera ir a Nueva York a visitar a mi cuñado, él había puesto un grito en el cielo, que había dicho que era el colmo, que no solamente yo cobraba un dineral y llegaba con mi mocoso mugriento y enfermizo sino que ya me estaba dando aires de ejecutiva y pidiendo vacaciones pagadas y... qué sé yo... me dijo un montón de cosas más que yo no entendí.

Total, me fui con Alberto de todos modos, y cuando volví me fijé que la señora se había puesto algo seca conmigo... aunque ella sabía muy bien que yo no tenía la culpa.

Mientras tanto Alberto seguía fregando por lo de la plata.

—Ciento diez al día aunque sean —me dijo.

—Es que me da pena —le dije.

—Es que nosotros necesitamos la plata.

—La tendríamos si vos tuvierai más cuidado —le dije—. ¿Quién te dijo que salierai a comprar un laptop? Pucha, si hace un año que no me compro un vestido.

—Esa es cosa aparte.

Esperé un par de días porque pensaba que la señora podía estar molesta todavía por la talla de las vacaciones. Entonces le pregunté cuándo podía esperar un aumento.

—Aunque sean un par de dólares al día —le dije—. Diez dólares más a la semana.

Ella dijo que encontraría la manera de conseguírmelos.

—Por favor, no se lo mencione a Charles —me dijo—. Los sacaré del dinero que me da para el mercado.

A mí no me importaba de adónde diablos los sacara. Lo único que quería yo era que Alberto dejara de molestar. Además, yo estaba trabajando muchas horas. Los malditos dos dólares al día me los merecía. Se suponía que yo me fuera a las cuatro, cuando ella llegaba

**113**

del trabajo, pero por esa época mi hijito Berto estaba empezando a negarse a estar el día entero en la andadera. Ya caminaba y se metía en todo, no me dejaba hacer nada en la casa. Entonces muchas veces me quedaba hasta las cuatro y media o aún hasta las cinco para terminar de barrer o de sacudir... aunque no tenía la obligación de hacerlo... ¿me entiende? ... porque el arreglo era que me fuera a las cuatro... pero me daba pena dejarla así con todo el aseo por hacer porque a veces venía agotada de la oficina. Tengo que reconocer que la señora Carolyn trabajaba bien duro, tan duro como yo.

Pero la talla es que se acostumbró a que me quedara hasta más tarde, y eso es lo que no me gustó. Empezó a llegar tarde siempre los martes, porque decía que estaba tomando una clase de ejercicios aeróbicos... baile y ejercicios combinados o no sé qué cosa... y que por favor me quedara hasta las cinco. Decía que le hacía falta hacer ejercicio porque tenía un trabajo muy sedentario, y eso es muy malo para la salud. Le haría bien limpiar su propia casa si lo que necesita es hacer ejercicio, pensé.

Yo le dije que sí, que me quedaría, pero después me arrepentí porque a Alberto le cayó remal que yo llegara siempre tarde los martes. A Alberto le gusta que la comida esté en la mesa a las ocho y si salgo a las cinco no llego a casa hasta las cinco y media o un cuarto para las seis. Y entre bañar a Bertito y darle de comer y hacer la cena... pues a veces me atraso y no alcanzo a tenerlo todo listo cuando llega Alberto.

—¿Y cómo que está tomando una clase? —me dijo.

—Sí —le dije—. La señora Carolyn insiste en que una mujer necesita eso. A lo mejor yo también debería tomar una clase de baile. ¿No veí como todas las americanas salen a trotar por la mañana? Se cuidan el cuerpo. No es como en los países de uno, donde la mujer de cuarenta años ya está vieja y gorda. La gringa es bien admirable.

—¿Y no dijistes que no tenían plata?

—¿Y?

—Pues, esas clases cuestan plata. ¿Qué? ¿Vos creí que es gratis?

Las cosas se echaron a perder definitivamente el día en que el señor no fue a trabajar. Estaba leyendo el periódico en el comedor cuando yo llegué.

—*Goo mornee* —le dije. Desgraciadamente nunca aprendí a pronunciar muy bien en inglés.

—*Good morning* —me dijo. Pero no me miró.

—¿Se encuentra usted mal hoy? —le pregunté. Me pareció bien raro que no fuera a trabajar. Él no me contestó. Siguió mirando el diario y sorbiendo su café...si es que se le puede llamar café a esa agua sucia que toman los gringos...

Esa mañana me fue mal en todo. Bertito se había puesto increíblemente travieso. Apenas yo guardaba una cacerola, él la sacaba. Yo estaba tratando de distraerlo a él cuando Billy se acercó a la escalera. La verdad es que ni siquiera lo vi caerse, pero de repente oímos un grito y era que Billy se había tirado de cabeza por los peldaños. Bajé corriendo. Se había golpeado pero no pareció demasiado serio. Su papá lo examinó por todos lados. A mí me miró refeo, como si hubiera tenido la culpa yo. Le acarició la nuca y le dijo que no llorara, que se portara como un hombrecito. Dentro de poco el niño dejó de llorar. Le pregunté al señor si iba a llevarlo a la sala de emergencia para que lo chequearan. Él dijo que no, que no le parecía necesario. El cabro ya estaba jugando en su cuarto, riéndose con un CD del Pato Donald. Fuera hijo mío, lo habría llevado a la clínica por si acaso.

—Rosa —me dijo el señor cuando la crisis había pasado— tengo que hacer un viaje de negocios la semana que viene. Voy a partir el lunes. Necesito que usted me lave y planche todas las camisas para que yo pueda hacer las maletas. ¿Me entiende, Rosa?

A mí me carga que la gente me diga "¿Me entiende, Rosa?" como si fuera una idiota. Es cierto que no domino bien el inglés, pero no soy tonta, comprendo cuando me hablan. Bueno, él fue a su cuarto y se vistió y partió. Los dos niños no hicieron más que chillar ese día. Primero Berto le agarraba un juguete al otro y éste se ponía a gritar. Entonces Billy le daba una cachetada a Bertito o le tiraba el avioncito o le quitaba la frazadita. Estaba muy sublevado, a lo mejor por la caída. La verdad es que se me olvidaron las camisas.

Esa noche estábamos saliendo Alberto y yo cuando sonó el teléfono. Era la señora Carolyn.

—Charles está furioso —explicó—. Dijo que le pidió a usted que se ocupara de sus camisas y aquí están las camisas sin lavar.

—Ah —le dije—. No tuve tiempo.

—Bueno, Rosa —me respondió—. A usted le pagamos por hacer ciertas cosas y no podemos aceptar que no las haga.

—Mire, señora —le dije—. Pasaré mañana sábado en algún momento. ¿Está bien?

—Bueno —dijo—. No se olvide.

—¡Mierda! —dijo Alberto—. ¡Vai a pasar el sábado planchando? ¿Y a mí me pensái dejar solo con el cabro?

—¿Qué se le puede hacer? Llevo al niño conmigo, si querí.

—Bueno —dijo, calmándose—. Por lo menos serán unos pesos extras. Cóbrale bien caro, ¿oístes? No es como si el sábado no fuera un día feriado.

El sábado estuvimos ocupadísimos Alberto y yo. Fuimos a Silver Spring a comprar una alfombra para el líving. ¿No ve que es el único día que tenemos para ocuparnos de nuestras cosas? También fuimos al mercado y llevamos la ropa sucia al laundromat porque no tenemos máquina lavadora en el departamento. Cenamos con un chico que trabaja con Alberto y con la polola de él... una niña relinda... uruguaya... Fuimos a un pequeño restaurante chileno que hay en el centro y comimos empanadas y pastel de choclo. Llegué donde la señora Carolyn como a las diez de la noche.

Él abrió la puerta. Tenía cara de pocos amigos.

—Carolyn ya lavó las camisas —me dijo—. Sólo necesito que usted me las planche.

—Menos mal —le dije—. Sólo tengo una hora. Mi marido regresa por mí a las once.

Bajé al basement y me puse a trabajar. Me había dejado doce camisas, pero sólo logré planchar ocho.

—¿No va usted a terminar? —me preguntó la señora Carolyn.

—No puedo —le expliqué—. Alberto ya debe de estar esperándome en el auto delante de la casa.

Y entonces le dije: —Ah, señora Carolyn, usted me debe treinta y dos dólares.

—¿Y cómo?

—Por las camisas. Alberto me dijo que le cobrara cuatro pesos por camisa.

La señora Carolyn se puso lívida.

—¿Y usted piensa que le voy a pagar extra por hacer lo que debería haber hecho ayer? ¿Cómo se le ocurre? Mire, Rosa, —me dijo. Apenas podía articular las palabras. Era como si se le atragantaran. —Nosotros hemos sido bien flexibles con usted. Dejamos que venga con su niño, y no crea que yo no sé que usted se pasa el día entero tonteando con él en vez de limpiar la casa.

—Yo pongo un día bien largo, señora —le dije.

Allí es donde perdió la calma. Empezó a enredarse con el español... a decir dos palabras en inglés y una en castellano.

—¡Un día bien largo! —balbuceó.

Y entonces se descolgó con una gorda. —Pedazo de mierda —gritó. —Pedazo de mierda (o algo por el estilo, sólo reconocí la palabra *"shit"* y algunas otras barbaridades). ¿Tú pones un día bien largo? Tú trabajas unas dos horas al día en esta casa. El resto del tiempo estás cambiándole los pañales sucios a tu mocoso. Nosotros le pagamos exactamente lo que le pagaríamos a una mujer americana que hablara inglés y que pudiera llamar al doctor en una emergencia, que no estuviera aquí de ilegal, que pusiera ocho horas de trabajo...y tú te portas como una mierda con nosotros. ¡Porquería!

Algo así me dijo. Entonces se echó a llorar.

Don Charles metió la mano al bolsillo y sacó treinta y dos dólares.

La señora Carolyn seguía—: Y tú piensas que te vamos a pagar casi medio día por una hora de trabajo que hiciste. Si hemos estado esperándote todo el día. Ni siquiera llamaste. No sabíamos si venías o no venías. Y de repente apareces a las diez de la noche y haces un par de cosas y exiges que te paguemos casi medio día. Por Dios, Rosa, por Dios.

Hipaba mientras hablaba. Ya no estaba gritando.

—Cálmate —le dijo él—. No te aflijas, Carolyn. Total, ¿qué se le puede esperar a una mujer así? Por una mujer así no vale la pena afligirse.

—Tome —dijo, tendiéndome el dinero—. Y no vuelva.

—No se preocupe —le dije—. No pienso volver. A mí también se me llenaban los ojos de lágrimas.

Al subir al auto le conté a Alberto lo que había pasado.

—No importa —me dijo—. Encontrarás otro trabajo. Pero me di cuenta de que no estaba nada contento porque la que realmente mantiene a la familia soy yo. El no gana casi nada allí donde trabaja.

—No sé por qué esto tuvo que pasar —le dije.

—Cosa de mujeres —contestó Alberto—. No pueden estar sin armar boches... siempre peleando...

—Y justo ahora —dije—. Justo cuando el señor se va de viaje. ¿Qué va a hacer la señora Carolyn? No puede faltar al trabajo...

—Que se las arregle como pueda.

Pero la verdad es que me da pena esa mujer. Muchas veces pienso en ella y me pregunto cómo le habrá ido, si encontró a otra muchacha o si deja a Billy en una guardería...pobre niño... era un amor de chicoco...y ella... era redije, resimpática. Me gustaba trabajar en su casa. A veces tengo ganas de llamarla para ver cómo está... pero sé que no se puede. Es una lástima. De veras. Es una lástima.

# Mary y Magda

### I

**I WAS LUCKY** to find someone... that damn bus... I'm going to be late... So hard to find a woman, especially when you can't offer her a room of her own... but I think this one's going to work out all right... that bus... quicker to walk down to Wisconsin Avenue and take the 34... The thing is that I really need someone from about 7:30 in the morning... someone to get breakfast for Melinda and walk her to school... Otherwise, I'd be better off with a woman just during the day to do the cleaning... such a drag to have to have a person living in... especially in a small apartment... don't really have a choice... It's almost 8:30... I'm going to be late... Where the hell is that bus? Where the hell... That's the problem with the N2... always late... The last woman I had... the Pepnick woman... never on time... probably not her fault, though... had to take the bus in just like me... That's the thing about Washington... you need a car... but who can afford a car? Just can't depend on the buses... Downtown it's better, but out here it's a pain... Damn N2... doesn't come for an hour... then three or four all at the same time... She was always late, that Pepnick woman... I just couldn't live like that... never being sure if she'd be there to get Melina to school... rushing around to get dressed, get Melina dressed, get breakfast on the table... Then she wouldn't show up... Pepnick... and I'd have to take Melina to school myself and wind up walking into the office at 9:30... I was lucky to find Magda... There it is... I hope it's not crowded... [4]

---

[4] Qué suerte haber encontrado a alguien... ese maldito autobús... Voy a llegar tarde... Tan difícil que es encontrar una mujer, especialmente cuando no puedes ofrecerle su propio cuarto... pero creo que con ésta las cosas van a funcionar bien... ese autobús... habría sido más rápido caminar a Wisconsin Avenue y tomar el 34... Es que realmente necesito a alguien desde las 7:30 de la mañana... alguien que se encargue del desayuno de Melinda y de llevarla a la escuela... De lo contrario, estaría mejor con una mujer sólo durante el día para la limpieza... es una molestia tener a una persona puertas adentro...especialmente en un apartamento tan pequeño... pero puertas afuera no es posible... Son casi las 8:30... Voy a llegar tarde... ¿Dónde diablos está el autobús?...¿dónde diablos?... Éste es el problema con el N2... siempre se atrasa... Esa última mujer que tuve... la Pepnick... nunca llegaba a tiempo... aunque, probablemente no tenía la culpa... tenía que tomar el autobús igual que yo... Este es el problema con Washington... Necesitas un carro... pero ¿quién puede pagarse un carro? Sólo que no se puede contar con los autobuses... En el centro es mejor, pero aquí en las afueras es un dolor de cabeza... Maldito N2... no viene un bus durante media hora... y entonces llegan tres o cuatro a la vez... Ella siempre llegaba tarde, esa mujer Pepnick... Yo no podía vivir así... nunca estaba segura si ella iba a llegar a tiempo para llevar a Melinda a la escuela y poner el desayuno en la mesa... De repente no aparecía y yo tenía que llevar a Melinda por mi cuenta y entonces no llegaba a la oficina hasta las 9:30... Tengo suerte de haber encontrado a Magda... Ahí está el bus... Espero que no esté lleno...

## § § §

Pucha, la suerte mía de haber encontrado esta casa... esto es lo que me conviene, una casa así, lejos del centro... porque cuando una está aquí sin papeles, está medio fregada, no son tantas las posibilidades... aquí voy a estar bien, nadie me va a molestar... porque allá en el centro, en el restorán, claro que me pagaban más... trescientos veinte pesos semanales me pagaban... aunque yo tenía que pagar mi cuarto y comida, claro... pero ya no podía más con los sustos... que si venía la migra, que si me encontraban sin papeles... porque sin la famosa tarjeta verde... yo ya no podía más con los sustos... tiritando de nervios cada vez que venía un paco... claro que allá no estaba tan sola, tenía a los compinches... porque en el restorán había un motón de latinos... todos ilegales como yo... allí es donde conocí al Nano, buen cabro, el Nano... aunque medio chiflado... la Lula también, rebuena persona la peruana... pero no voy a dejar de verlos... los wíkens los tendré libres... puedo ir al centro... ahora la salvadoreña no me importa, la hondureña tampoco... la Panchi y la otra, ¿cómo se llama?... la verdad es que los centroamericanos... gente gritona, muy pesada... aquí voy a estar bien porque la señora Mary es muy dije, la gringa, y más o menos se defiende en castellano... y en un departamento así, ¿cuánto trabajo puede haber?... la niña está en el colegio todo el día, la señora en el trabajo... voy a poder hacer mis cosas... tejer... sin que nadie me friegue... y la verdad es que tuve suerte...

porque ahora con las nuevas leyes... es difícil encontrar trabajo... mucha gente no quiere emplear a una persona sin papeles... si te pillan empleando a un ilegal, pucha, te llega... te pueden llevar a la cárcel... pero esta mujer... la Mary... ella necesita a alguien... por eso está dispuesta a arriesgarse... y no estará encima mía todo el tiempo ... sí... voy a estar bien aquí...

## II

"Hello, Mom?"

"..."

"No, everything's fine. Just called to find out how you were."

"..."

"She's working out all right. Of course, everyone has quirks."

"..."

"Well, you know how it is. She has nobody to talk to all day, so when I get home, it's jabber jabber jabber."

"..."

"It's true I'm tired after a day's work, but look, Mom, you can't have everything. Where else am I going to find live-in help for $275? Maids get $400 or $500 a week here in Washington. Of course, this one is here without papers, so I..."

"..."

"Well, to tell the truth... but nobody cleans the house the way you'd do it yourself..."

"..."

"Sure, but listen, with Melinda she's very good. Has her breakfast ready on time, gets her dressed for school. It's a big burden off me."

"..."

"Well, of course the child's the important thing."

"..."

"I know, but there has to be someone here when Melinda comes home from school."

"..."

"But Mom, I only take home $600 a week myself. Of course it would be better if she did more cleaning, but I just can't afford to be too demanding. If this woman leaves, I'll be out on a limb."

"..."

"I understand that you're only thinking of my health. But I've got to be realistic."

"..."

"Mom, there's no sense in pursuing the alimony question any further. He's supposed to pay, but he doesn't."

"..."

"I know, but it takes too much out of me to go chasing after him for alimony checks. Besides, it's humiliating. I can manage."

"..."

"No, I do the cooking in the evening."

"..."

"Well, I can't expect her to put in a ten-hour day.

Anyhow, I want Melinda to see that even though I can't be here when she gets home from school, I care enough about her to get her dinner..."

"..."

"Oh yes, it is important. It's very important."

"..."

"Look, Mom, Magda's okay for now and without help, I just can't manage. Maybe when Melinda starts regular school... but while she's still in nursery school... At least, if there were a daycare center in the neighborhood, but even then... You know how it is with Melinda... always with colds and sore throats. She's out of school more than she's in..."

"..."

"I think she'll outgrow it, too, but in the meantime...[5]

---

5 —Aló, ¿Mamá?
   —...
   —No, todo está bien. Sólo llamaba para ver cómo estabas.
   —...
   —Me va bien con ella. Claro, todo el mundo tiene sus peculiaridades.
   —...
   —Bueno, tú sabes cómo es. Ella no tiene nadie con quien hablar durante el día, así que cuando llego a casa, me atropella con su blablablá...
   —...
   —Es verdad, estoy cansada después de un día de trabajo, pero mira mamá, uno no puede tenerlo todo. ¿Dónde más voy a encontrar una doméstica puertas adentro por $275? Las empleadas ganan entre $400 a $500 por semana aquí en Washington. Claro, que ésta está sin papeles, entonces yo...
   —...
   —Bueno, para decirte la verdad... pero nadie limpia la casa como una misma...
   —...
   —Seguro, pero escucha, con Melinda es muy buena. Tiene su desayuno listo a tiempo, la viste para la escuela. Es una descarga

§ § §

—¿Aló? ¿Lula? Con Magda.
—...
para mí.
—...
—Bueno, por supuesto que la niña es lo más importante.
—...
—Lo sé pero tiene que haber alguien aquí cuando Melinda regresa de la escuela.
—...
—Pero mamá, sólo gano $600 por semana yo misma. Claro que sería bueno que limpiara mejor, pero no puedo pagar más, así que no puedo ser demasiado exigente. Si esta mujer se fuera, me dejaría en una situación difícil.
—...
—Entiendo que tú sólo estés pensando en mi salud. Pero tengo que ser realista.
—...
—Mamá, no vale la pena cuestionar la manutención más a fondo. Se supone que él tiene que pagar pero no lo hace.
—...
—Lo sé, pero me cansa mucho perseguirlo por los cheques de sustento alimenticio. Además es humillante. Yo puedo arreglármelas sola.
—...
—No, yo hago la comida todas las noches.
—...
—Bueno, no puedo pedirle que trabaje diez horas diarias. De todos modos, quiero que Melinda vea que a pesar de que no pueda estar aquí cuando vuelve de la escuela, me importa lo suficiente como para darle de cenar...
—...
—Si, es importante. Muy importante.
—...
—Mira, mamá, Magda está bien por ahora y sin su ayuda no logro hacerlo todo. Tal vez cuando Melinda comience a ir a la primaria... Pero mientras vaya al kínder... Si por lo menos hubiera una guardería en el vecindario, pero aun así... Tú sabes cómo son las cosas con Melinda... siempre resfriada y con dolor de garganta. Pierde tantos días... Está en casa más que en la escuela...
—...
—Yo también creo que esto se le va a quitar cuando esté más grande, pero mientras tanto...

**127**

—Mira, no me puedo quejar...

—...

—Bueno, no es que no esté contenta... la señora es resimpática... pero aquí me muero de aburrimiento. No hay con quien hablar... no hay nadie que hable español. No es como allá... Allá en las casas siempre hay gente... la señora, sus amigas... empleadas... cabros... Pero aquí no hay con quien conversar...

—...

—Claro que hay otras empleadas en el edificio, pero son todas negras. Las veo cuando bajo a lavar ropa... unas negras grandotas... te juro que me lanzan unas miradas que quiero morirme...

—...

—¡Qué voy a tratar de conversar con ellas! Vierai cómo me miran... Esa gente cree que los latinos les quitamos puestos, ¿te dai cuenta?

—...

—No, el departamento es chico, no hay mucho trabajo. Con pasar un trapo dos veces por semana ya está. Me entretengo con la tele, porque si no, me vuelvo loca de aburrimiento. También estoy tejiendo unas chombas que voy a vender. ¿Cuánto creí que puedo sacar por una chomba de éstas que yo hago?

—...

—Si no hay por dónde ir a pasearse. Hay puros edificios de departamentos. Aquí cerquita hay un supermercado, pero aparte de esto no hay nada. Estoy pensando que si me escapo por unas horas mañana por la mañana nos podríamos encontrar... aunque también es cierto que a veces la señora llama por teléfono... No, mejor no arriesgarse...Mira, me encuentro contigo el sábado, ¿querí?

—...

—¿Cómo? ¿Tení que trabajar?

—...

—Bueno, el domingo, entonces.

### III

Dear Karen,

Thanks for your note. Of course, you're right. It's not an ideal situation, but for the moment, it's the best I can do. What bothers me most is that I suspect she has the television on all the time, and I expressly told her that I didn't want Melinda to spend the day sitting in front of the TV. She told me she never turns it on during the day, but all of the sudden Melinda is talking about Batman and—get this!—*As the World Turns*,[6] and I don't know where she's picking it up if the maid never turns on the set, unless maybe from the kids at school.

Another thing that really bothers me is that the house is a mess. She makes the beds and does

---

6    Telenovela popular

the wash, but it looks to me like she never dusts. Of course, I can't say anything because if she gets mad and leaves, I'll be really stuck. I guess that where she comes from, cleanliness isn't so important.

Remember those beautiful Danish glasses you and Herb gave me for Christmas? Well, I told her not to put them in the dishwasher, but she did anyway, and now two of them are chipped. I'm so mad. The truth is that the whole situation is getting on my nerves.

Let me tell you, I bet she spends half the day on the phone because almost every time I call, the line is busy. And twice there was no answer. Afterwards, she told me she had gone over to the grocery store to pick up some milk or something. But I keep thinking, what if she were out and they called from the school that Melinda was sick and had to go home? Anyway, I pay her to be there, don't I?

I don't know. I guess I'm too uptight about everything. It'll work itself out. Anyhow, thanks for worrying about me.

Love to you and Herb,

Mary[7]

---
7  Querida Karen,

Gracias por tu nota. Claro que tienes razón. No es una situación ideal, pero es lo mejor que puedo hacer por el

## § § §

—Oye, Lula, estoy que no puedo más. De repente esta mujer se ha vuelto loca. A cada rato me llama para preguntarme si estoy cambiando las sábanas, si he planchado la ropa, si la mocosa tomó su remedio... Ni momento. Lo que más me molesta es que sospecho que tiene la televisión prendida todo el tiempo, y yo le dije terminantemente que no quería que Melinda perdiera su tiempo viendo televisión. Ella me dijo que nunca la enciende durante el día, pero de la nada Melinda está hablando de Batman y —¿te imaginas?— *Como gira el mundo*, y no sé de dónde saca estas cosas si la empleada nunca enciende el televisor, a no ser que sea de los niños de la escuela.

Otra cosa que de verdad me molesta es que la casa es un desorden. Tiende las camas y lava ropa, pero me parece que nunca quita el polvo. Por supuesto, que no le puedo decir nada porque si se enoja y me deja, voy a estar atascada. Creo que de donde ella viene la limpieza no es tan importante.

¿Recuerdas esas hermosas copas danesas que tú y Herb me regalaron para la Navidad? Bueno, le dije a ella que no las pusiera en el lavaplatos pero lo hizo de todas formas, y ahora dos de ellas están rajadas. Estoy tan enojada. La verdad es que toda la situación está llegando a enervarme.

Déjame decirte algo más, te apuesto que se la pasa todo el tiempo en el teléfono porque casi siempre que llamo, la línea está ocupada. Y en dos ocasiones no había respuesta. Después, me dijo que sólo había ido a la tienda por leche o algo. Pero yo sigo preguntándome, ¿qué pasaría si llamaran de la escuela porque Melinda estaba enferma y tenía que ir a casa, y la Magda estuviera afuera? De todas maneras, yo le pago por estar ahí, ¿no es cierto?

Yo no lo sé. Creo que todo es porque estoy muy tensa y nerviosa. Todo saldrá bien de alguna manera. De todos modos, gracias por preocuparte por mí.

Cariños,

Mary

siquiera puedo sentarme a tejer, y si no termino esta chomba que estoy haciendo, la vieja Hovanovis o Jovanovich o no sé cuantitos que vos me presentastes puede cambiar de idea y decidir que no la quiere, y necesito la plata porque ésta me paga una miseria y yo, yo tengo a mis cuatro hijos que mantener. Tampoco puedo tejer de noche porque tengo que compartir el cuarto con la mocosa... Mira, yo no tengo ninguna privacidad...A veces voy a la cocina y me quedo tejiendo hasta tarde, pero entonces me cuesta levantarme por la mañana y si el desayuno no está en la mesa a las siete y media la mocosa llega tarde al colegio. Y ahora con el trabajo de los sábados que vos me conseguistes ando muerta de cansancio, pero tengo que ganar más plata porque allá con la inflación todo está carísimo— más caro que aquí, ¿te dai cuenta? —y con los chicos en el colegio en Rancagua y... por Dios... la gringa de porquería... creen que porque una es latina y está aquí de ilegal pueden aprovecharse... Mira, en esta casa se levantan tempranísimo y ni siquiera puedo echarme una siesta por la tarde porque la cabra se pone a chillar o si no, suena el teléfono y es la señora que quiere saber si todo está bien, si la Melindita ha llegado del colegio, si he recogido el correo... Últimamente se ha puesto insoportable... Fíjate que ni siquiera quiere que lave los vasos en el lavaplatos... ¿Qué mierda le importa a ella? Es para hacerme trabajar nomás... pero yo igual los meto en la máquina... Y desde el segundo en que llega empieza con la talla de la tele, que no quiere que la Melinda esté viendo televisión día y noche. Yo a todo le digo que sí, y durante el día hago lo que me da la gana. A la mocosa no puedo estar entreteniéndola toda la tarde. Que se siente a ver algún programa conmigo, ¿qué importancia tiene? Así puedo tejer un rato y terminarle la chomba a la vieja esa.


IV

—I'm so tired," she says to me, that... that... bitch. So tired, Señora. What the hell has she got to be tired from? She's got a job on Saturdays... thinks I don't know, but I heard her on the phone the other night. That's why she's too tired to clean my house. Lives here, sleeps here... eats my food... but too tired to clean my house. What's she need another job for? She makes enough... After all, she's got no expenses... has her room and board taken care of. What does she have to spend money on? Me, I wish I had almost three hundred bucks a week free and clear to spend on myself. Never did a goddamn thing in the house, all the laundry piled up and cobwebs in the corners... Cobwebs in my house and I paid that piece of trash two hundred fifty dollars a week to clean and look after Melinda! And then I come home and what do I find?... That... that... sitting on the sofa in her robe watching television and knitting. With a cup of coffee, yet. And Melinda, Melinda's sitting there next to her with a coloring book. And how many times have I told her I don't want crayons in the living room? How many times have I said I don't want the TV on during the day? I did the right thing by firing her... but Jesus, what am I going to do now? Who'll I get to take Melinda to school and who'll be here when she gets home? Maybe I shouldn't have lost my temper like that... but for God's sake, I just can't let myself be walked over all the time... No, I did the right thing... but Jesus, what am I going to do now?[8]

§ § §

Virgen santísima... ¿qué voy a hacer ahora? ¡Gringa de porquería! ¿Cómo se le ocurre llegar a mediodía sin avisar? Creen que una no es un ser humano, que uno no tiene derecho de sentarse a descansar de vez en cuando.

---

8 —Estoy tan cansada, —me dijo esa... esa... perra. Tan cansada, Señora—. ¿Qué diablos hace ella para estar cansada? Ha conseguido un trabajo los sábados, piensa que yo no lo sé, pero la escuché la otra noche en el teléfono. Por eso está demasiado cansada para limpiar mi casa. Vive aquí, duerme aquí... come mi comida... pero está muy cansada para limpiar mi casa. ¿Para qué necesita otro trabajo? Gana lo suficiente... después de todo no tiene gastos... tiene alojamiento y comida. ¿En qué gasta su dinero? A mí me gustaría tener casi trescientos dólares por semana para mí misma, sin tener que pagar impuestos. Nunca hizo una maldita cosa bien en esta casa... la ropa sucia amontonada sin lavar... telarañas en los rincones. ¡Telarañas en mi casa! Y yo le pagaba a esa basura doscientos cincuenta dólares por semana para limpiar y cuidar a Melinda! Entonces llego a casa y ¿qué es lo que encuentro?... Esa... esa... sentada en el sofá, en bata, viendo televisión y tejiendo. Y con una taza de café para más remate. Y Melinda, Melinda sentada ahí con un libro para colorear. Y ¿cuántas veces tengo que decirle que no quiero crayones en el líving? ¿Cuántas veces le tengo que decir que no quiero que prenda la televisión durante el día? Tuve razón al despedirla... pero por el amor a Dios, ¿qué voy a hacer ahora? ¿A quién le puedo pedir que lleve a Melinda a la escuela, y quién va a estar ahí cuando vuelva a casa? Quizás no debía haber perdido el control así... pero por el amor Dios, no puedo permitir que siempre me traten como un trapo sucio... No, hice bien... Pero Jesús, ¿qué voy a hacer ahora?

Es una vergüenza cómo me habló... ¿por quién se toma? Tuve razón al mandarla al diablo. Creen que porque son americanas pueden tratarla a una como se les ocurra... Hice bien en renunciar... Que se vaya a la mierda... Pero, ¿qué hago ahora? ¿adónde voy? A la Lula no la puedo llamar porque está trabajando en una casa ahora... Tampoco al Nano, ya volvió a Colombia... sin despedirse siquiera... llegó y se fue... ¿Y qué tiene que la mocosa se siente a ver televisión de vez en cuando? De que no haya ningún retrato de la Virgen en casa, de eso no se preocupa la gringa... de que no haya ninguna lámina del Niño Jesús... pero de la tele... de eso, sí. Y después me viene con que la casa no está limpia, con que yo no limpio bien... y ¿cómo es que no me haya dicho nunca nada? Yo pensaba que estaba conforme con la limpieza por lo menos... ahora se acuerda de decirme... es para tener algo que criticar nomás... Aunque tal vez... tal vez... debería haberle pedido perdón... porque ahora... No, hice bien... una tiene su orgullo... Pero, ¿qué voy a hacer ahora, Virgen santísima? ¿Dónde voy a dormir esta noche?

# De cómo José Ignacio de María de Jesús San Juan e Ynduráin aprendió a bailar la *Hora*[1]

*Para Liliana y Sam, con todo mi amor*

ES VERDAD QUE MI bisabuela era judía, pero es también cierto que teníamos treinta y dos años de escuela católica entre nosotros. Yo estudié por quince años en el Sagrado Corazón en Santiago y mi esposo, Ignacio, pasó quince años con los jesuitas en el colegio San Luis en Antofagasta, de ahí dos más en la Universidad Católica de Valparaíso. No hace falta decir que ambos fuimos bautizados y confirmados como Dios manda. El nombre completo de mi esposo es José Ignacio María de Jesús San Juan e Ynduráin. Fue nombrado por varios santos — sólidos, a la antigua, santos aprobados por el Vaticano, no como esos santos cuestionables como Cristóbal, de quien la iglesia después tuvo que decir que no era un santo en absoluto.

Por supuesto, sabíamos cuando la situación política en Chile se puso fea y decidimos mudarnos a los Estados Unidos, que todo sería diferente. Sabíamos que allá no todo el mundo era católico y que, de hecho, las cosas estaban bastante enredadas—es decir, que había personas de todas las razas y religiones, pero eso era parte del atractivo. Resolvimos no rodearnos de chilenos y no seguir haciendo las cosas de la misma manera que siempre. Queríamos ser gringos. Aprendimos inglés, mandamos a los niños a una escuela pública, comprábamos en el Safeway y nos levantábamos cuando tocaban el Star Spangled Banner.

Pero más lejos de eso no íbamos a ir. No nos íbamos a convertir en WASPs. Los niños iban a mantener su fe religiosa y acordarse siempre de quiénes eran. Nos encantó que en el equipo de fútbol de nuestro hijo la mitad de los chicos fueran coreano-americanos y la otra mitad, negros, pero eso no quería decir que íbamos a aguantar que Nacho se convirtiera al budismo, al protestantismo o al Islam.

Cuando llegó el momento para que Liliana, nuestra hija mayor, entrara en la universidad, la mandamos a una excelente institución jesuita. Creíamos que allí recibiría una buena educación en Business y que conocería a gente decente. —No tiene que ser chileno —, le dijo Ignacio, con lo que parecía, en aquel momento, una generosidad extraordinaria. —Puede ser colombiano o cubano o hasta irlandés. Pero no vuelvas a casa con algún mocoso protestante. ¡Sería el colmo! —Y por eso tuve que llamar al doctor y conseguir una receta para Valium para el pobre Ignacio cuando Lili, de vuelta de la universidad para las Navidades, anunció que se iba a casar con un judío ortodoxo.

—¡Un judío ortodoxo! —gritó Ignacio—. ¿Qué es un judío ortodoxo?

—No es para tanto, —dijo Mariana, nuestra hija menor—. Podría haberse arrancado con un Hari Krishna. ¡Ahora, eso sería realmente diferente!

Mariana era la más animada. Ella siempre veía lo positivo de cada situación.

—Mira —le dije—. No tengo nada en contra de la gente judía, pero nosotros somos católicos.

—No te preocupes por eso —dijo Mariana—. La mitad de los niños de mi escuela son judíos, y son algunos de los más listos. Casi todos quieren ser dentistas o pediatras.

—De ninguna manera —dijo Ignacio—. Ella no se va a casar con un judío ortodoxo. Se va a casar con un católico y punto.

—Papá dijo que no puedes —le dije a Liliana. Pero ella ya estaba tomando clases de hebreo.

—Esa niña es tan caprichosa —se quejó Ignacio.

—Sí, caprichosa, —me dije a mí misma—, tal como su papá. Ynduráin es un nombre vasco y los vascos son bien conocidos por ser obstinados. En mi familia siempre dicen que si hay una roca en medio del camino y vienen un gallego, un castellano y un vasco, el gallego y el castellano caminarían alrededor de ella, mientras que el vasco empujaría y empujaría hasta mover la maldita piedra.

Comencé a soñar con un yerno destinado a ser abogado, doctor o posiblemente director de cine. Quizás hasta me daría un papel en una película —tú sabes, un papel para una mujer mayor hermosa y cosmopolita, como Lauren Bacall—un rol así. Una mujer hermosa y cosmopolita con un ligero acento español...

Desgraciadamente, Baruch Edelman no era como me lo había imaginado. No pensaba entrar en la facultad de medicina, ni tampoco había trabajado en Hollywood, sino que había sido estudiante toda su vida—y ya tenía casi cuarenta. Lili lo había conocido en una clase de filosofía en la cual ella era estudiante, y él un ayudante del profesor. Estaba sacando su doctorado y, de hecho, trabajaba en su disertación desde hacía más de una década. Usaba un *yarmulke* en sus tupidos rizos castaños y tenía una oración y un proverbio para todo.

—¿Qué pasa con su cabeza? —preguntó Basilia, la empleada—. ¿Por qué la tiene tapada con ese gorro pequeño?

—Hay un hueco ahí —le dijo Ignacio con sequedad—. Lo tiene que mantener cubierto para que no se le salga el cerebro.

Cuando venía a casa, comía una ensalada en un plato de papel. No importaba cuánto me esmeraba en la cena, él siempre comía su ensalada en un plato de papel. Probé diferentes platos. Me pasé horas preparando las empanadas más suculentas, el pastel de choclo más exquisito, mi mejor biftec a lo pobre. No importaba cuánto trabajo le pusiera, él siempre comía su ensalada en un plato de papel.

—Es porque tu cocina no es *kósher*, mamá —me explicó Liliana—. Tienes que tener platos separados para la leche y la carne, y tienes que comprar carne en una tienda especial. Y luego tienes que limpiar el horno con un soplete y tapar el mostrador.

Pronto Liliana estaba comiendo ensalada en platos de papel también.

—Esto no tiene sentido —le dije—. Es una tontería. Tú no fuiste criada con todas estas locuras y no te vas a convertir al judaísmo.

—No —dijo ella—. No me voy a convertir. Afortunadamente no tendré que convertirme porque tú tienes una bisabuela judía. El rabino dice que lo judío se pasa por la línea femenina, así que técnicamente, 'Buelita Liliana y su madre también eran judías y también lo eres tú. Todo lo que tengo que hacer es remontar mi linaje a tu bisabuela... ¿Cómo era su nombre? Tengo que hacer una tabla para dársela al rabino.

—¿Cómo quieres que me acuerde de eso? Nunca la conocí... Espera, déjame pensar... su nombre era... su nombre era Agustina Raquel.

—¡Estupendo!

—Pero espera un minuto, Lili. Mi madre no era judía...

—¡Sí, lo era! Según dice el rabino, era judía. Sólo que ella no practicaba el judaísmo. ¿Ves lo fácil que va a ser todo? Todo cabe en su lugar. Es tan lindo... volver a tus raíces... Agustina Raquel... ¿Por qué no siguió así?

—¿Seguir con qué?

—Su fe. Tú sabes... su herencia...

—Porque... no lo sé... Supongo porque se casó con un católico. Digo, a no ser que vivas en una de esas pequeñas comunidades judías y pertenezcas a la Unión Hebrea, una prácticamente tiene que casarse con un católico. Eso era todo lo que había... De todas formas, ella se enamoró de tu bisabuelo.

—Gracias mamá. —ella dijo dándome un beso húmedo en la mejilla—. Has sido de gran ayuda.

—Liliana —le dije firmemente—. No vas a seguir con esto.

Ordené flores blancas y rosadas para la boda, con enormes lirios morados para contrastar. La florista hizo un trabajo extraordinario con la decoración del santuario y el bouquet de Lili quedó genial —un racimo de pequeñas flores blancas, atadas con largas cintas de seda. Mi hermana y su esposo volaron desde Santiago con sus tres hijas, y también vinieron mis hermanos, que vivían en Venezuela. La familia de Ignacio no vino. No los invitó. Estaba muy avergonzado.

Era un servicio muy largo, y lo hacía más largo el hecho de que yo no tenía idea de lo que estaba ocurriendo. No tuvimos que ensayar. El rabino hizo que Baruch y Lili se sentaran debajo de un pabellón y habló en una lengua extraña que no era latín, ni hebreo tampoco. No comprendí ni una sola palabra. Liliana, sí entendió todo. Ella había estado tomando clases de judaísmo.

A decir la verdad, estaba orgullosa de ella. Ya hablaba inglés y español con fluidez, y había tomado francés en la escuela. Y ahora estaba dominando el hebreo y también había aprendido esta otra lengua. Wow, pensé. ¡Cinco idiomas! ¡Crié a una niña superinteligente! Y era cierto. Ella acababa de ser aceptada en un programa doctoral de física en la universidad de Columbia. ¿Cómo no podría estar orgullosa?

Durante la cena que siguió a la boda mi esposo estaba al borde de las lágrimas.

—Se podría haberse casado por lo menos con el hijo de Michael Eisner —dijo tristemente—. Me refiero a que, si ella quería casarse con un judío... ¿Puedes creer que ella fue a la escuela con el hijo de Michael Eisner, el Director de Disney, Inc., y no se casó con él? ¡Por Dios, Virgen Santísima! ¡Baruch Edelman! ¿Qué les diré a mis amigos en Antofagasta? —Y después pasaron un libro de oraciones y todos leyeron en hebreo. Sentía que mi estómago se contractaba en nudos. ¿Qué tal si me pasaban el libro a mí o a Ignacio?

Yo me acostumbré. Cuando vinieron de Nueva York para Acción de Gracias, hice soplar el horno y cubrí los mostradores con papel de aluminio. Compré un nuevo juego de platos y mandé al pobre de Ignacio, con sus diecisiete años de escuela jesuita, al mercado *kósher* Shalom, donde recogió un pavo *kósher* que había pedido por teléfono, y un par de botellas de vino Manischewitz. Como aperitivo, hice ceviche (que es peruano, pero a Ignacio le encantaban esos deliciosos trozos de pescado marinados en limón y hierbas), un plato con frijoles que llamamos porotos granados, y esa deliciosa salsa picante chilena llamada pebre, que le iba perfectamente al pavo. Comieron todo. No pude hacer arroz con leche de postre, debido a la prohibición contra mezclar leche y carne en la misma comida, pero había muchos otros postres chilenos que podían ser preparados en mi nueva cocina *kósher*.

—Esto es estúpido —Ignacio se quejaba.

—Lo importante —le dije—, es que están aquí. Vinieron a cenar. Debemos estar siempre todos juntos para las fiestas.

—Pero, Gorda, ¿Cómo pudo pasar esto?

—Estamos en los Estados Unidos —le dije—. Aquí estas cosas pasan.

Sin embargo, cuando Lili me dijo que estaba embarazada, entré en pánico de nuevo. Tenía miedo de cómo lo iba a tomar Ignacio. La idea de tener un nieto que corría por la casa con un *yarmulke* puesto lo iba a volver loco. —Por favor, Dios, —recé—. Deja que el bebé sea niña. Por favor, Dios. ¡Que no haya *yarmulkes* y que no haya circuncisiones!

Ignacio me sorprendió. De hecho, quedé estupefacta cuando supe que él llamaba a Lili dos veces al día para preguntar cómo se sentía, si sufría de náuseas matutinas, si estaba tomando sus vitaminas, si ella y su esposo iban a clases de Lamaze, si dormía lo suficiente. Era Ignacio el que pasaba horas en Nordstrom's eligiendo ropa para el bebé, y él quien voló a Nueva York por lo menos seis veces para elegir muebles para su cuarto—la cuna, el moisés, la silla y el cochecito. Y era él quien estaba junto a Lili ante la primera punzada de las contracciones y quien permaneció con ella en el hospital por las treinta y seis horas que le tomó en dar a luz a Sam, nuestro hermoso nieto, el bebé más precioso del mundo. Yo estaba agripada esa semana, entonces no pude ir, pero Ignacio se quedó despierto durante esas tediosas horas, fumando y tomando café con su yerno, ambos con los nervios de punta. En la primera foto que tomaron de Sam, él estaba durmiendo tranquilamente en el hombro de José Ignacio María de Jesús San Juan e Ynduráin.

Afortunadamente, pensaba, no habría discusiones por el nombre, porque ya lo habíamos elegido. Lili había decidido en Agustina Raquel, en honor a su tatarabuela, si el bebé hubiera sido mujer. Los nombres de niña no eran un gran problema. Si el bebé era niño, ella quería nombrarlo Xeno, por Xenócrates, el antiguo lógico-matemático griego, quien veía las matemáticas como mediación entre conocimiento y percepción. (Tuve que buscar esta información. De Xenócrates, no sabía nada.) No nos olvidemos que Lili era una estudiante de física con una predilección por lo poco convencional.

—No. En absoluto. De ninguna manera. —dijo Ignacio, poniéndose firme—. Xeno se pronuncia como seno, o sea teta, en español. No puedo decirles a mis amigos en Antofagasta que mi nieto se llama Seno Edelman.

Lili, quien había tomado un curso en Lógica el semestre previo, vio la lógica en su argumento.

Ella y su esposo sugirieron varias alternativas —Mordecai, Moisés, Yasha, Uriel, Sholom.

Ninguno era aceptable. —Vivimos en Estados Unidos. —Ignacio decía—. ¿Por qué no le podían dar un nombre americano? ¿Algo como Mike, Jim... o hasta Ignatius?

¡Ignatius! Baruch y Lili estaban mortificados. Nombrar a su hijo por San Ignacio de Loyola, el fundador de la orden jesuita. —¡Es una atrocidad! —chilló Lili.

—¡Olvídate! —le dije a mi esposo—. No vas a ganar esta batalla.

Terminaron por darle al bebé un nombre que sonaba muy extranjero, con muchos sonidos extraños... Shmuel... Label... No sé qué más. Pero Lili dijo que su nombre en inglés iba a ser Samuel y podíamos llamarlo Sam.

Yo estaba enamorada de ese bebé desde el momento en que me enteré de que estaba en el vientre de Lili, pero cuando lo tuve en mis brazos por primera vez... ¿Qué puedo decir?... Me disolví en un charco de miel. Era tan calentito y minúsculo, olía tan dulce y la manera en que se retorcía en mis brazos... Era como agarrar a una mariposa contra tu piel desnuda. Pensé que iba a morir de felicidad.

Unos días después de mi primera visita, Lili me llamó.

—Claro, que vendrás al *bris* —dijo.

—¿*Bris*? ¿Qué es *bris*?

Ella me dijo.

—¿Le cortan el prepucio de qué? ¿En público? ¿En una ceremonia? ¡Virgen santísima! —Mariana inmediatamente me trajo comprensas frías para mi frente.

—No —le dije cuando finalmente me calmé—. No voy a ir. Lili, estás llevando las cosas muy lejos. No voy a participar en eso.

—¡Esto es una... una... barbaridad! —balbuceó Ignacio. Estaba tan trastornado que apenas podía hablar—. ¡Como si ese estúpido nombre que le dieron a mi nieto no fuera lo suficiente horrible! ¡Shmuel San Juan e Ynduráin! ¿En tu vida has escuchado algo tan ridículo?

Le recordé que el nombre del bebé era Sam Edelman, no Sam (o Shmuel) San Juan e Ynduráin, pero él siguió vagando por la casa, como si se le hubiera olvidado dónde estaban los cuartos, como si fuera un animal perdido en su propia madriguera. Me callé. Esta vez, pensé que mi esposo tenía razón. Habíamos cedido en todo. Los habíamos apoyado y habíamos tratado de comprender. Tratamos de ser buenos padres y buenos abuelos. ¡Pero una circuncisión! ¡La circuncisión pública de un bebé!

¡Una ceremonia de mutilación! Era demasiado.

Además, habíamos venido a los Estados Unidos para ser americanos. ¿Y qué era esto? ¡Esto era foráneo!

Durante los siguientes días, Mariana me traía periódicamente aspirinas y Maalox. Nacho consiguió que una de las otras mamás lo llevara a sus prácticas de fútbol, para que yo no tuviera que hacerlo. Eran buenos chicos.

Intenté calmar a Ignacio. Estaba como una masa confusa de cables expuestos al vivo.

—No te preocupes. —le decía una y otra vez—. No vamos a ir.

Lo que me hizo cambiar de opinión fue la manicura. Yo soy microbióloga, y mientras todo esto estaba pasando, estaba trabajando en un proyecto en el Instituto Nacional de Salud. Es decir, no tenía mucho tiempo para mí misma. Sin embargo, de vez en cuando iba a hacerme las uñas, no porque me importaban tanto mis cutículas, sino porque me gustaba mucho mi manicurista. Lilianne era una mujer muy sabia, una sobreviviente de muchas tragedias, quien tenía los dos pies en la tierra. Era judía, de familia tunecina. Allá en Tunisia, donde su abuelo había sido rabino, vivían condenados al ostracismo por la mayoría musulmana. Un día se confiscó toda su propiedad—libros, porcelana, muebles, casa—pero a pesar de esta tragedia, ella y sus hermanas se las arreglaron para sobrevivir y salir adelante. Una de las hermanas se mudó a Israel y llegó a ser profesora de historia; la otra se mudó a Paris y se destacó como artista. Lilianne tuvo un mal matrimonio y acabó manteniendo a sus dos hijos por su cuenta. Sin embargo, a través de los años había construido un buen negocio, comprado una casita, e invertido su dinero con astucia, llegando a ser un miembro hecho y derecho de la clase media norteamericana. En tiempos de estrés, voy a ver a Lilianne. Ella sabe cómo poner las cosas en perspectiva. Además, siempre hablábamos en francés y francamente, me encantaba tener la oportunidad de practicarlo.

Lilianne siempre le había tenido cariño a Liliana, no sólo porque compartían el mismo nombre e incluso el mismo cumpleaños—el 11 de octubre—sino también porque a las dos les gustaba Mozart y odiaban a Daniel, el estirado peluquero que trabajaba en el puesto junto a la ventana. Y ahora que Lili estaba practicando el judaísmo, su vínculo estaba incluso más fuerte.

—Pero esto es demasiado, —le dije—. ¡Una circuncisión pública! ¡Quién ha oído hablar de tal cosa! No voy a ir. Es horrible.

—No es horrible en absoluto, —dijo Lilianne, masajeándome el antebrazo—. Dios mío, estás tensa. ¡Relaja esta mano!

—Es horrible. Horrible, horrible, horrible.

—Pero un bris es una ocasión muy jubilosa. ¡Es una *mitzvah*, un regalo, una dádiva! Además, la abuela tiene un papel muy importante en una circuncisión. No puedes dejar de ir.

—¡Una ocasión de gozo! ¿Cómo puede mutilar los genitales de un bebé con un cuchillo ser una ocasión de gozo?

—La abuela es esencial... y como los padres de Baruch no van a estar ahí... —Baruch era huérfano.

—¿Ah, sí? ¿Por qué? Me estremecía. ¿Qué me van a pedir que haga? ¿Empuñar el cuchillo? ¿Cocinar el prepucio?

—Después de la ceremonia, la abuela toma en brazos al bebé.

—Toma en brazos al bebé...

—Ah, *oui*. Es el deber de la abuela calmarlo. ¿Cómo puedes dejar al bebé Sam solo en un momento como ése?

Empecé a comprender a lo que se refería. Pasar por el cuchillo de un carnicero no podía ser divertido. El bebé estaría chillando. En cualquier día del año, en Nueva York, sin duda cientos de niños judíos eran circuncidados. ¡Sam no podía ser el único de toda la ciudad sin una abuela para consolarlo!

—Mira —dijo Lilianne—. El mundo está lleno de miseria. El mundo está lleno de mierda. Así que cuando tengas una razón para celebrar, entonces celebra. Y si puedes ir a una fiesta, pues anda. ¡Sé feliz! ¡Sé alegre! Vas a tener bastantes razones para llorar en tu vida. ¡Cuando tienes una ocasión para regocijar, hazlo!

Palabras que iba a recordar por el resto de mi vida. Como ya lo dije, Lilianne tenía una manera de poner las cosas en perspectiva.

Elegí mi vestimenta para la ocasión con cuidado. Recordé que no debía llevar pantalones, pero que sí tenía que llevar sombrero, y me aseguré que mi falda me tapaba las rodillas. Mariana y Nacho no fueron con nosotros porque ambos tenían clases. Además, ninguno de los dos tenía el menor interés.

—¡Ahh, sangre! —exclamó Mariana, agarrándose el estómago.

—Pobre pirulín, pobre pirulín —Nacho no paraba de decir, apretando las rodillas como si estuviera tratando de protegerse los genitales. Siempre ha sido un payaso.

Recogimos a Lili y Baruch en Manhattan, en su departamento cerca de Columbia. Lili había puesto un letrero en la puerta que decía: BEWARE OF DOGma (Cuidado con el dogma.) Era un día helado. Las voces parecían congelarse en el aire, romperse en pedacitos y caerse al suelo. Envolvimos a Sam en una frazada y lo pusimos en el coche. De ahí manejamos a una pequeña sinagoga en Kew Gardens, donde el ritual iba a ocurrir.

Cuando vi el lugar, me mordí el labio. ¿Cómo podía existir ese sitio en Estados Unidos? El abatido edificio parecía una aberración, inadaptado para el acogedor barrio de apartamentos con jardines bien cuidados, tiendas de una sola planta con letreros en español o chino.

¿Era sobra de alguna época remota de la historia del barrio? ¿Había sido transportado de un decrépito pueblo de Europa oriental? En la puerta, la pintura gastada y quebrada revelaba tablas de madera tan viejas que se astillaban. La fachada me recordaba a un raído sofá.

¡Nuestra querida hija! ¡La habíamos criado para ser una princesa! Le habíamos dado la mejor educación, para que pudiera deslizarse a una sociedad que les abría los brazos a los vencedores. ¿Cómo podría estar ocurriendo esto? Para nosotros, Estados Unidos era la limpieza, la belleza, la comodidad—¡hileras de casas impecables, céspedes bien cuidados, brillantes Jeeps y discos satélite, ¡no esto!

El rabino —un hombre llamado Berkowitz— y su hijo Ben estaban afuera, saludando a los invitados. Baruch nos indicó el camino. Dijo algo en hebreo y nos presentó en inglés. Se dio la mano con el rabino y después con Ben, un hombre joven de unos veinte. Mi esposo, claramente nervioso, siguió su ejemplo.

—Buenos días, Rabino, —dijo. Berkowitz, un hombre de ojos cálidos y piel como requesón, una gran barba y un sombrero negro, tomó la mano de Ignacio en la suya.

—Qué simpático haber manejado desde Washington D.C. —dijo—. Estamos felices de tenerlos aquí con nosotros.

Luego Ignacio se dio la mano con Ben y siguió a Baruch al edificio. Me fijé que ni el padre, ni el hijo tenían acentos en inglés. No eran extranjeros.

Ahora me tocaba a mí. —Buenos días, Rabino —le dije. Nuevamente, el rabino tendió la mano.

—Ah, la *bobe*. Estamos tan contentos de que hayan venido desde Washington D.C. para acompañarnos. Bienvenida.

*Bobe*, según Lili me explicó luego, significa "abuela" en *yídish*. Supuse que estaba contento de verme porque en el drama que estaba por desplegarse, la *bobe* sería un personaje principal. No podría haber ceremonia de circuncisión sin la *bobe*.

Di un paso más y extendí mi mano a Ben. —No hacemos eso, —dijo fríamente, manteniendo sus brazos rígidamente a los lados.

Lo miré. ¿No hacemos qué? me pregunté. Me sentí como si alguien hubiera dejado caer un carámbano por la parte posterior de mi vestido. Pero el siguiente invitado ya se le estaba acercando y tuve que apartarme.

—¿Qué pasó? —le pregunté a Lili—. ¿Qué hice?

—No se dan la mano con mujeres —ella dijo. No se veía contenta—. Para los judíos ortodoxos, no es apropiado que un hombre toque a una mujer que no sea su esposa.

—Pero me di la mano con el Rabino.

—Porque el rabino Berkowitz es un *mensh* y Ben es un *shmuck*. El rabino Berkowitz sabe que no conoces las costumbres y no quería avergonzarte. En la religión judía, es más importante hacer que un invitado se sienta cómodo que seguir las reglas. Pero Ben...

—Está bien, —dije— No te preocupes por eso. Ben es un niño.

—Ben es un arrogante y un imbécil. ¡Piensa que es el último huevo duro del picnic!

—¡La última Coca Cola en el refrigerador!

—¡El último curita en el botiquín!

Estaba feliz que, a pesar de su nueva religión, Lili no hubiera perdido su sentido de humor chileno.

Entramos a una gran habitación húmeda que olía a calcetines sucios.

—Ése es el *mohel* —dijo Lili—El hombre que realiza el... uh... corte. —Me encogí.

Me quedé en la parte de atrás de la sinagoga, para no ver la ceremonia. Temblando, apretaba los ojos y los mantuve cerrados, tratando de no pensar en lo que estaba pasando. Cuando el bebé comenzó a llorar, sabía que el rito había terminado y di un paso adelante para cumplir con mis obligaciones de abuela. Los hombres a cargo dieron al pequeño Sam un poco de vino para calmarlo. Después me lo entregaron.

—Pobrecito, pobrecito —le iba susurrando al oído— Pobre niñito.

Nos trasladaron a una sala grande con libros amontonados a lo largo de las paredes. Me imaginaba que durante la semana la usaban para clases, pero ahora iba a servir de comedor. En los dos lados había mesas cargadas de comida —bagels, salmón ahumado, bacalao, pasteles, pasta, montones de vegetales, cantidades de ensalada, y vino. Todo se veía tentador, pero mi rol era tranquilizar al bebé. Todavía lloriqueaba, así que me puse a caminar con él entre las mesas, hasta que se quedó dormido y luego me senté.

—Pobre, pobre, pobrecito —susurraba como una paloma enamorada.

Nadie más estaba sentado. Los otros estaban en grupos, riendo y chismeando. Los hombres se veían bastante exóticos, como si fueran de la Europa oriental. Todos tenían barbas y usaban sombreros negros, y con gruesos rizos que sobresalían por los lados. Todos llevaban abrigos negros y muy largos. Qué extraño, pensé. ¿Por qué no se habrán sentado a comer? ¡Toda esta comida se ve tan rica! Me moría por probar el bacalao, pero parecía no ser permitido, así que me quedé sentada y esperando, meneando al bebé en mis brazos, cuchicheando y sintiéndome dichosa. Tal vez esperan que alguien más venga, pensé. O tal vez tienen que decir alguna oración o realizar un rito.

Finalmente, me cansé de esperar. Me levanté y me puse a pasear por el cuarto. Inmediatamente los hombres se abalanzaron sobre la comida. Como cuervos hambrientos, agarraron pedazos de bacalao, salmón y hasta migajas de bagel hasta que no quedaba nada. Entonces se sentaron a la mesa y comenzaron a comer vorazmente, conversando casi a gritos. Ignacio estaba con ellos. Parecía, como decimos en casa, una gallina en gallinero ajeno, o una paloma en el nido de un petirrojo, o una barracuda en la piscina. En otras palabras, se veía totalmente fuera de lugar, con su traje plomo a rayas y su corbata azul y rojo con pequeños elefantes en ella. Pero luego encontró a alguien con quien conversar y vi que meneaba la cabeza y sonreía. De vez en cuando metía pedazos del suculento salmón ahumado en su boca.

Encontré a Lili. Estaba rodeada de mujeres jóvenes que se vestían como viejas. Llevaban pañuelos en la cabeza a pesar del calor que hacía en la sala.

—¿Qué está pasando? —pregunté.

—Ven a sentarte —dijo—. Come algo.

—Ah —dije—. Ahora entiendo. Todos los hombres estaban en una mesa y las mujeres en otra. —Se sientan separados.

—Así es —dijo Lili—. No podían comer porque tú estabas sentada a su mesa. Esperaban que te levantaras.

—¿Por qué no me dijiste?
—No me di cuenta... No estaba prestando atención. No me fijé hasta que te levantaste...
Lili me sentó en el lugar de honor, al lado de la esposa del rabino. Sam estaba profundamente dormido en mi hombro, un fragante bulto de pelusa y talco.
—Entonces... —dijo la *rebetsn*—. Entonces... tú eres la *bobe*...
No se me ocurrió qué responder, así que le dije lo primero que se me vino a la cabeza.
—¿Le gusta el teatro?
No supe cómo interpretar la extraña mirada que la *rebetsn* tenía en la cara.
—¡Yo adoro el teatro! Mi esposo y yo venimos a Nueva York seguido... por supuesto, ahora venimos a ver a los muchachos, pero incluso antes de que estuvieran casados... —balbuceé nerviosamente.
—¿El teatro? —ella dijo finalmente.
—Sí, los musicales. Broadway.
—¿Cómo? —dijo la *rebetsn*. Su tono era ligeramente socarrón—. ¿No tienen teatros en Washington? —Tenía un pronunciado acento de Brooklyn.
¿Qué clase de comentario era ése? Obviamente había algo que yo no estaba captando.
—Ellos no van al teatro —Lili murmuró—porque en el teatro los hombres y mujeres se sientan juntos.
Estaba avergonzada y no sabía qué hacer.
—Sh... sh... Duérmete mi amor —le susurré a Sam, como si estuviera tratando de hacerle dormir, aunque en realidad no se había despertado.

**155**

La *rebetsn* se dio cuenta que me había dejado aturdida y trató de arreglar la situación.

—Entonces —ella dijo después de una pausa—. Le gusta el teatro. Y viene a Nueva York a ver el teatro y a ver a su hija...

—Por supuesto. Vengo a ver a Lili.

Ahora era su turno de mirar perpleja. Levantó una ceja.

—Aquí mi nombre no es Lili —mi hija me corrigió—. Aquí, mi nombre es Rifka.

—¡Rifka! ¡Rifka! ¡Cómo puede tu nombre ser Rifka! ¡Qué clase de nombre es ése! ¡Llevas un nombre de familia! Liliana es mi nombre, el nombre de mi mamá, el nombre de mi abuela. Cierto, no era el nombre de mi tatarabuela, pero era...

Por supuesto, no dije estas cosas en alto. Las dije en mi cabeza. Me sentí como si hubiera sido traicionada por mi mejor amiga.

—Ah, sí —dijo la *rebetsn*—. Rifka es una chica encantadora. Estamos felices de tenerla en nuestra comunidad.

Un silencio frío y pegajoso se instaló en la mesa. Quería disolverme en el *borsht*. Hubiera ido corriendo a contarle a Ignacio lo que había pasado —¡*Lili ya no es Lili! ¡Es Rifka! ¡Nuestra preciosa Lili! Ahora es alguien más. ¡Es Rivka!*— pero tenía miedo de que los cuervos de repente se volaran, y, además, Ignacio parecía estar absorto en una conversación.

¿Qué estaba pasando aquí? ¿Qué ocurría? ¿En qué país estábamos? ¡El rabino, su esposa, eran extranjeros!

¿Extranjeros? ¡Nosotros éramos los extranjeros! Ellos habían nacido aquí. Sólo que se vestían como si viviesen en un barrio de muerte polaco —los hombres todos de negro y las mujeres todas con vestidos largos, con pelucas y *babushkas*—; y hablaban lenguas extranjeras: ruso, polaco, yídish, hebreo, alemán. ¿Quién sabe qué más? Yo miraba a las mujeres sentadas alrededor de la mesa, sus caras como un queso mohoso, como leche agria. Quería llorar.

Afortunadamente, Ignacio vino minutos después y se sentó a mi lado. Su mirada decía, —¡Bueno, por lo menos sobrevivimos lo peor! —Me sentí mal por él. Yo sabía cuán difícil esto era para él, aunque parecía que estaba arreglándoselas mejor que yo. El acarició al bebé y lo tomó en los brazos. Elogió a Lili por la comida. ¿Lo había escogido todo ella?, quería saber. ¿Dónde había comprado el bacalao? ¿Había un lugar para comprar comida *kósher* cerca de Columbia o tenía que ir hasta Kew Gardens? No había pedido ayuda, pero ¿necesitaba algo de dinero para pagarle al rabino? ¿al *mohel*? ¿al *caterer*? No había *caterer*, dijo Lili. Ella y Baruch habían hecho todo, con la ayuda de sus amigos. Tenían muchos amigos, explicó. Nunca se sentía sola ahora, porque era parte de esta cálida y acogedora comunidad. Siempre había un lugar para ir, alguien con quien hablar.

De repente, noté que nosotros tres estábamos sentados solos a la mesa.

—¿Dónde está todo el mundo?

—Papá se sentó en la mesa de las mujeres.

—La mesa de las mujeres... pero claro, entonces todas las mujeres se levantaron y se fueron.

—Exacto.

—Y de nuevo, no dijiste nada...

—No importa. Ahora que estoy viviendo aquí en Nueva York, no tengo la oportunidad de verlos seguido... no se preocupen por eso.... Ellos comprenden que ustedes no entienden... que no... que no son...

—¿Qué?

—Uno de nosotros.

—¿Uno de nosotros? Nosotros éramos los extranjeros. Todo ese gran esfuerzo que habíamos hecho por aprender *The Star Spangled Banner*, y nosotros éramos los extranjeros.

Yo estaba lista para salir a la calle y pedirle a cualquier extraño que me llevara a Manhattan, pero entonces, la música comenzó.

No había instrumentos, pero los hombres comenzaron a vocalizar —la, la, la, la—creando una clase de cadencia de fondo para un solista, quien cantó una melodía y después se incorporó al coro. Entonaban despacito al comienzo, pero poco a poco el ritmo del estribillo se hizo más fuerte, rápido, e intenso. ¿Qué estaban diciendo? Sonaba como sílabas incoherentes. La, la, la, la, la, la, la, la, lalalala. Sam se despertó, pero no lloró. Miró con sus grandes ojos de bebé a los cantantes. Sonreía con la boca medio abierta, con una espontánea y húmeda risita. Estaba fascinado. Al principio, miró sin mover un músculo, pero después comenzó a mover sus diminutos pies al compás de la música. Me pateaba, más rápido, más rápido, más rápido.

Algunos hombres se pararon y comenzaron a bailar. Entonces estiraron las manos a los que seguían sentados a la mesa. Bailaban en un círculo. Los brazos en alto, aleteaban los abrigos negros, movían sus pies al tiempo que generaban música con sus voces. Algunos comenzaban a alterar los pasos. Un salto ocasional. Cuclillas de vez en cuando. Se abandonaban al ritmo de la música, volaban torciendo sus cuerpos en el aire, metiendo sus rodillas, luego sacando las piernas. Los mejores bailarines parecían desafiar la gravedad. Parecía que levitaban, manteniéndose suspendidos en el aire, retozando y deslizándose como marionetas cuyos movimientos eran regidos por un maestro titiritero. Otros, más amarrados a la tierra, simplemente se movían alrededor del círculo con pequeños pasos, levantando los brazos y chasqueado sus dedos con el ritmo. Uno de ellos alcanzó a Ignacio y lo jaló al círculo. Luego la canción cambió y los pasos se volvieron más intricados y más coreografiados. Los hombres se movían juntos como una unidad, ligados por un mágico hilo místico. Patada, patada, paso, paso... era de ensueño. Era hermoso, espléndido. Impulsado por una fuerza misteriosa, ya no eran más simples cuervos, sino maravillas aves que extendían sus alas negras, que explayaban sus negras colas de plumas. Todos ellos, incluso los más viejos, parecían estar flotando un centímetro o dos del piso, ajenos a todo menos al baile.

Ignacio bailó también. Ignacio, con su traje gris, sensato, pero con estilo, su camisa blanca, su corbata roja con azul de seda con elefantes pequeños en ella, y el *yarmulke* azul con blanco que Baruch había colocado en sus lustrosas canas con un alfiler. Ignacio, con sus diecisiete años con los jesuitas. Ignacio bailó también.

Era una parte de todo aquello. Se veía alegre, como si se hubiera transportado a otra dimensión.

—Están bailando la *Hora* —Lili-Rifka me susurró.

La *Hora*. Nunca había escuchado de ese baile, pero me acordé de las palabras de Lilianne. —Celebra cuando puedas. Sé feliz cuando puedas. Regocija el momento y busca razones para ser feliz.

Apreté mi precioso nieto contra mi pecho. Estaba en paz.

## Los Sánchez, de enfrente

CUANDO LOS SÁNCHEZ se mudaron a la casa de enfrente —la que había sido propiedad de los Schapiro— las cosas fueron de mal en peor.

Nosotros vivíamos en una calle pequeña con un nombre en español —la mitad de las calles en Los Ángeles tenían nombres en español— cerca de la avenida Fairfax. Un transeúnte pasajero podría perderse la *mezuzá* de la derecha del marco de la puerta de cada casa pero el cartero sabía la composición del barrio. En la esquina, los Braverman. Luego los Lang, los Zimmerman, los Meisner, los Gottlieb, los Weinberg, los Schapiro, los Goldstein y los Horowitz. A un lado de nosotros vivía Harry Rabbinowitz, su madre, su esposa Anne y las cuatro niñas Rabbinowitz. Al otro lado, vivían los Friedman —Ben y Ethel y sus hijos Rachel y Jonathan. Nosotros éramos los Rivkin —Abe, Rose, Leah (mi hermana mayor), Amy (yo), Aaron y Gail.

Leah era el cerebro de la familia. Ella era la clase de chica que siempre tomaba las materias más difíciles. Otros muchachos tomaban francés o español para cumplir con el requisito de lengua extranjera. Leah tomó ruso. Otros niños tomaban clases de matemáticas hasta el nivel de álgebra. Leah tomó trigonometría. Era como un bulldog. Una vez que decidía hacer algo, no se echaba nunca para atrás. Yo jamás pude competir con Leah, y dejé de intentarlo más o menos en el tercer grado. Yo era una escolar mediocre, la que recibía notas medianas. Era la editora del anuario, la presidenta del club atlético, pero no brillaba en las clases.

Aaron era el payaso de la escuela. Él era del tipo de chico que pegaba chicles en el asiento de la profesora. Una vez le pidió prestada una motocicleta a su amigo. ¡Vrrrroom! Corría en moto por los venerados pasillos de la secundaria de Fairfax, la mejor secundaria académica de Los Ángeles. Conducía como un demonio. Era el terror del Borscht Belt (el nombre que se le había dado al barrio cerca de la avenida Fairfax donde vivían los judíos).

¡Vrrrrooooom! Subía las escaleras en su corcel de asalto motorizado. ¡Vrrrrooom! Los chicos gritaban y aplaudían y las chicas le animaban, bailando y cantando como porristas. El señor Arnot, el subdirector del colegio, se ponía del color de una berenjena. Una vez suspendió a Aaron por dos días. —¡Oy, si tan solo este chico se aplicara! —solía decir mi mamá—. Podría ser abogado o político. Él tiene la *chutzpa* para llegar a ser algo. —¡Hasta podría llegar a ser presidente! —añadía papá—. —¡O, Papa! —Aaron gritaba, de pie sobre el taburete de la cocina de mamá, agitando una servilleta desplegada como una bandera—. ¡Un Papa judío! ¡Sería genial!

La distinción de Gail era que tenía más fotos de artistas de cine famosos que cualquier otra chica de la escuela Bancroft Junior High. Durante varias fases su habitación estaba cubierta de fotografías de Elvis

Presley, Pat Boone, y luego, los Beatles —la clase de fotos que recibes de la revista *Dig* al mandar un gran sobre estampillado con tu propia dirección y un dólar. Gail siempre estaba en una relación "estable" con alguien— usualmente chicos que rara vez la llamaban y nunca venían a visitarla, pero ellos eran los ídolos del séptimo grado y los héroes de los interminables dramas que ella describía a sus amigas por teléfono. Su cuaderno estaba lleno de grafitis: Steve ama a Beth; Sue ama a Harvey; Gail ama a ~~Bill, Mark~~, Jim. —¿Por qué nunca te has fijado en el chico de la esquina? —decía mamá—. Es un muñeco y siempre recibe buenas notas.

Mi madre se refería a la gente por el lugar donde habitaba en la cuadra. Por ejemplo, —Braverman, la de la esquina, compró un nuevo sofá, pero no tenían el color beige que ella quería, así que tuvo que conformarse con el verde. O bien —Weinberg al otro lado de la calle me dijo que iba a comenzar a trabajar en May Company un par de días a la semana. Minkoff de alrededor de la cuadra va a cuidar a sus hijos. O bien, —Lang al lado de los Braverman tiene que quitarse los ovarios. A veces el nombre desaparecía por completo. —La de la vuelta de la esquina me llamó esta tarde. Ella me dijo que su Bárbara iba con el de enfrente de Meisner al baile. El de al lado dijo que lo habían aceptado en Berkeley. Al oyente le tocaba adivinar a quién mamá se refería. Tenía que descifrar si él se refería a Carl, el hijo de Jill y Ralph Gottlieb, quienes vivían al lado de los Meisner, o a alguien más.

—Este vecindario —decía mi padre— tiene demasiados judíos. Es una situación mala.

—¡Oh de nuevo está *kvetshing*! Abe, por favor. ¿Por qué es tan terrible que sea un barrio judío?

—Te vuelven *meshugana*, esta gente con sus *bar mitzvahs* y sus fiestas y su *meshugaas*. Siempre presumiendo. Eso es lo que son. Judíos presumidos.

Pero ése no era realmente el problema. El verdadero problema era que papá quería ser americano, realmente americano, y para él, los judíos eran inmigrantes. Él quería vivir en un vecindario donde la gente tenía apellidos como Smith y Livingston y hablaban en voz baja, algo que papá asociaba con los protestantes: las damas de cabello azul y credenciales de la D.A.R., quienes vivían en el área de la avenida Highland. Los ruidos fuertes, en la opinión de papá, eran la marca de aquellos quienes que, veinte años más tarde, serían etiquetados como "étnicos."

Papá no era un esnob. Realmente no. En base a uno a uno, le gustaba todo el mundo. Pero papá estaba obsesionado con la asimilación. En la celebración de herencias que nuestra escuela organizó, en la cual cada estudiante debía traer platos típicos de su país de origen, papá apareció con seis libras de salchichas Swift Premium y un enorme tarro de mostaza. Mi papá había nacido en Jersey City y jugó béisbol de niño.

—Mira, —él decía si le recordabas que tenía raíces en Minsk—, Soy de Jersey. Jugué béisbol. ¡Béisbol, el juego de todos los americanos, por Dios! Justo ahí en el lote vacío por la tienda Baroni. Junto con Phil Marcus, Tom

O'Riley y Eddie Balducci. E incluso Ronnie Fairweather, ¿ves? Incluso Ronnie Fairweather. ¡Su padre vino en el maldito Mayflower! Yo era un gran bateador. ¡Un gran bateador! Y otra cosa: bailé el lindy y el fox trot. ¿Crees que bailé la maldita *Hora* cuando era niño? ¡Bailé a la música de Benny Goodman!

La mayoría de los otros—los Braverman, Horowitz, Rabbinowitz, Schapiro— llegaron de Rusia o de Alemania o Polonia después de la guerra. A papá le gustaban. Incluso diría que papá los quería. No había nada que él no hiciera por ellos. Cableó sus casas y arregló sus circuitos y nunca les cobró un décimo. Llevaba a sus esposas al hospital para que tuvieran sus bebés y se sentaba toda la noche con el futuro padre en la sala de espera, fumando un cigarrillo tras otro. Asistía al *bar mitzvah* de sus hijos, les ayudaba a hacer los arreglos de matrimonio de sus hijas. Él escuchaba sus problemas. Él les prestaba dinero en un caso de apuro. Y sin embargo, estas personas no eran el tipo de americanos que papá ansiaba de tener por vecinos. Ellos tenían acento y adherían a sus tradiciones antiguas. Los sábados caminaban de regreso de la sinagoga, con *yamulkes* en sus cabezas.

—Así que ¿cuál es el problema, Abe? —mi mamá decía. —Mi madre y mi padre hablaban con acento. Tu padre y tu madre hablaban con acento....

Lo que el barrio necesita, papá pensó, era algunos protestantes. No católicos. Los católicos probablemente serían irlandeses, polacos o italianos, o que Dios me perdone, mexicanos. Para papá los católicos no eran más americanos que los judíos.

El nombre de papá era Abraham Rivkin y era electricista. Tenía una tienda en Larchmont Boulevard, y recibía muchos trabajos de las damas que vivían en las enormes casas de estilo español detrás de la avenida Highland. Éstas eran magníficas casas con extensos céspedes, puertas de hierro forjado, patios y terrazas embellecidas con adelfas, rosas, alceas y fragantes árboles de limón, naranja, olivos, membrillos. Para propósitos profesionales papá utilizaba el nombre de Conrad Greer, que tenía un timbre bonito, y lograría —pensó— complacer a la clientela que tendría pocas ganas de hacer negocio con un electricista llamado Abe Rivkin.

Ocasionalmente, alguien llamaba a casa y pedía hablar con el Sr. Greer, y si mi mamá contestaba y decía algo como —*Oy, vey*, este hombre está *meshugana* con sus nombres finos. ¡Abe, es para ti!— Y papá, quien estaría preocupado de que la persona que había llamado la hubiera escuchado, gritaba. —¡Cállate, Rose! —Y mi madre fruncía el ceño y decía, —Por favor Abe. Pórtate como un *mensch* y no uses ese lenguaje delante de los niños.

Mi hermano Aaron y mis dos hermanas, Leah y Gail, estallaban en carcajadas, y mamá encogía de hombros, pero papá cerraba la puerta del pasillo donde estaba el teléfono para que la persona no nos oyera.

Mamá no compartía los prejuicios de papá. A ella le gustaba el vecindario y era amigable con todas las mujeres a lo largo de la calle. Ella caminaba a la sinagoga con ellas todos los viernes por la noche, aun sabiendo que no le importaba lo que llamaba "todas esas galimatías de la religión" y no creía ni en la mitad de lo que el rabino decía.

Era un grupo cohesivo. Si la Sra. Goldstein estaba enferma, la Sra. Lang cocinaba para toda la familia. Si el carro de la señora Zimmerman fallaba, la Sra. Rabbinowitz lleva a los niños a la escuela. Mamá todo lo hacía por todos, y todos eran bienvenidos en nuestra casa. Estas personas habían pasado por situaciones en las que, si no permanecían juntas, no sobrevivían y por eso se ayudaban con alegría, sin que se lo pidiera y sin compensación.

A mamá le gustaba el vecindario por otros motivos también. Estaba a pie de distancia de la avenida Fairfax, donde trabajaba como recepcionista en las mañanas en un salón de belleza de descuentos. La Sra. Braverman y la Sra. Meisner solían cortarse el cabello ahí, y también la Sra. Minkoff del otro lado de la cuadra. En el salón, mi mamá se enteraba del chisme local e hizo algunas buenas acciones. Cuando la hija de la mujer negra de limpieza se cayó de la bicicleta y se rompió un diente, mamá regresó a casa a recoger el carro y manejar hasta la parte sur de San Gabriel sólo para recoger a la pequeña y llevarla al dentista. Y cuando la mujer del portero nocturno —también negra— murió de cáncer, mi mamá cocinó para la familia por dos semanas. En las tardes, mamá paraba en la carnicería *kósher*, en el deli, en la tintorería y en el Safeway, todos cerca de la avenida Fairfax. El carnicero y el deli le entregaban las compras a domicilio y mi mamá traía las provisiones del Safeway en un carrito de metal que había comprado con ese propósito. A mamá no le gustaba manejar porque el tráfico la ponía nerviosa; se ponía tras el volante solamente cuando la situación le obligaba.

Mamá compraba de Katz, el carnicero *kósher*, porque le gustaba chismear con él y porque pensaba que él tenía mejor carne que el Safeway. —Aunque el Safeway es bueno—,me decía confidencialmente—. Mejor que Ralph's en la Third Street. Pero más fresco que Katz, no vas a encontrar en ningún lado de la ciudad.

Mamá no mantenía una cocina *kósher*. Una razón era que a todos nos gustaba el tocino. Por otro lado, para ella, las reglamentaciones de dieta no tenían sentido —en "este día y a esta edad" y en un país limpio como los Estados Unidos. La Sra. Lang, quien sí mantenía una cocina *kósher* y estaba en nuestra casa un día cuando mamá explicaba su posición, dijo que mi mamá tenía razón, pero —¿Qué puedo hacer Rose? Mi esposo es tradicionalista. ¿Entonces?

—Entonces hazlo y mantén la paz en la familia.

—Eso es exactamente lo que pienso yo, Rose. Disputas y peleas sobre algo tan estúpido como si un plato es para *milkh* y el otro es para *fleysh*, ¿para qué? ¿Sabes a lo que me refiero? Mejor hacerlo a su manera.

—Verdad. ¡Aquí, toma otro *kikhl*!

—Gracias. Estos están deliciosos, Rose.

—Son de Sadie, la esposa de Katz. Ella hornea.

Puesto que hay suficiente miseria en la vida, para qué buscar más. Así que, si él quiere un plato especial para *milkh*, que lo tenga, Bessie, aún si no crees en todo ese *meshugaas*. ¿Qué importa? ¿Cuánto trabajo extra es mantener un juego de platos extra?

—Lo mismo digo yo.

Una vez a la semana mi mamá y la Sra. Braverman iban a U.C.L.A., para tomar un curso. A mamá le gustaba ir con una vecina porque a la Sra. Braverman no le importaba conducir. No había lógica ni orden en los cursos que mamá tomaba, pero ella los tomaba en serio y siempre sacaba una A. Un semestre ella tomó un curso de formación de opinión pública. Otro semestre estudió la historia moderna del Medio Este. Su curso favorito era etnomusicología, el cual era enseñado por un simpático iraní llamado Farhat, quien se sentaba en un cojín y tocaba la cítara. Una noche, mamá lo invitó a cenar. Ella hizo repollos rellenos y sirvió sin vino porque sabía que iba en contra de su religión. Después de comer se sentó en el piso y nos entretuvo por horas.

—Así que es musulmán —ella dijo, —¿y qué? Es un hombre culto. ¿Por qué no lo iba a tener en mi casa? Podemos aprender de él y él puede aprender de nosotros.

Rose Frieda Rivkin era una mujer razonable. Todo el mundo decía eso. Es por eso que Aaron, Leah, Gail y yo no podíamos entender por qué protestaba tanto sobre los Sánchez de enfrente.

La noticia de que Esther y Morris Schapiro estaban vendiendo su casa no había sorprendido a nadie. Esther y

Morris habían vivido en el vecindario por mucho tiempo. De hecho, habían estado entre los primeros residentes judíos, se habían mudado justo cuando el área dejaba de ser irlandesa. Pero ahora eran mayores y la casa era demasiado para Esther, que tenía condiciones del corazón. La única hija de los Schapiro se había graduado de la universidad y se había casado con un quiropráctico ("¡*Sheyne meydl*, Dios la bendiga!") La joven pareja ahora tenían un hijo por su cuenta y se habían comprado una casa en Santa Mónica. Entonces, Esther y Morris habían decidido que no tenía sentido aferrarse a una casa que había comenzado a ser una carga. Las paredes de estuco se estaban rajando. El cableado necesitaba reparación. Pasto crecía alrededor de las losas del patio, y la madreselva estaba cubriendo las rosas. Los Schapiro pusieron su casa al mercado y anotaron sus nombres en la lista de espera de Park La Brea Towers, un complejo de apartamentos para gente mayor.

    Ocho meses después, la familia Sánchez —once niños, tres perros, dos padres y una abuela— se mudaron. Tenían el más grande, desordenada, y destartalada variedad de pertenencias que cualquiera en nuestra calle había visto —sofás y sillas que no combinaban, falsas lámparas barrocas y mesas con querubines y flores estampadas en todos lados, pinturas en terciopelo negro de toreros en colores brillantes, bicicletas estropeadas que obviamente habían pasado de un niño al otro y crucifijos. ¡Crucifijos!

    Mamá se sentó en el living y lloró.

Los Sánchez no habían usado una empresa de mudanzas. Habían arrendado una camioneta y los hombres y niños Sánchez transportaban los muebles pesados al césped, mientras que las mujeres Sánchez clasificaban los aparatos domésticos en el porche. Tres o cuatro niños corrían a través del desorden, saltando de la cabina de la camioneta a la calle, saltando sobre las camas y las cajas como si estos objetos formaran una carrera de obstáculos.

—*Oy, vey*. Viven como animales —dijo mamá.

Mamá mantenía su líving impecable. No era para vivir—líving—en absoluto. Cada sillón y sofá estaba cubierto de un plástico, el cual se quitaba sólo si había invitados. En la pared había una pintura del campo inglés que mis padres habían comprado en una subasta, y mi mamá desempolvaba el marco a diario. También quitaba el polvo a las mesitas, las lámparas, el piano y el banco, los estantes de libros, y las baratijas que había acumulado con los años —una estatua de una mujer vestida como Martha Washington, una taza y plato de Limoges, un pájaro de cerámica y una caja musical francesa. A mis hermanas, a mi hermano y a mí se nos permitía estar en el líving solamente para practicar nuestras lecciones de piano.

Ver día tras día los muebles viejos y descuidados de los Sánchez estaba enfermando a mamá. Su respiración se volvió irregular y le dio hipo.

Papá vino y se paró detrás de ella.

—*Oy, oy, oy* —él dijo. Por su tono, uno diría que acaba de recibir la noticia de la muerte de su tío favorito—. ¿Has visto alguna vez tal *khazeray*? Este barrio va de mal en peor.

Ahora todos estábamos amontonados detrás de mamá, tratando de echar un vistazo a los Sánchez.

—¡Once niños! ¡Dios mío, once!

—¡Mira el sofá! ¡Apuesto que lo consiguieron en el Salvation Army!

—¿Dónde van a colocar a todas esas personas? Hay sólo tres dormitorios en esa casa.

—Cuatro, si cuentas el estudio de atrás. Pueden usar eso como un dormitorio.

—Mira a todos esos niños. Quizás pueda conseguir un trabajo de niñera.

—Sí, Leah, como si de verdad necesitasen una niñera con todos esos adolescentes y la abuela también— Aaron le pellizcó el brazo sonriendo con esa sonrisa ganadora suya que siempre lograba que Leah cambiara de parecer cuando ella estaba a punto de golpearlo.

—Tú, mantente alejada de esas personas, Leah —le advirtió papá—y tú también, Gail, y tú también, Amy — me miró directamente a mí cuando dijo mi nombre.

Papá estaba nervioso y celoso al mismo tiempo. De los once niños de los Sánchez, nueve eran varones. —Tantos hijos varones, —dijo papá pensativo—. ¿Por qué los judíos no podían tener tantos hijos?

Y luego, como si recordara una vez más la amenaza de tener tantos hombres jóvenes—hombres latinos, con todo el temperamento que la palabra implicaba para su propia familia, papá repitió su advertencia:

—Amy, Leah, Gail, manténganse alejadas de esa gente. ¿Me escuchan?

—¿Por qué, papá? —preguntó Gail.

Papá pausó, como si la respuesta fuera demasiado obvia para articularla, aunque todos sabíamos que estaba intentando pensar en algo convincente.

—Son peligrosos.

—¿Por qué, papá? ¿Por qué son peligrosos? Papá salió del cuarto.

—¿Cómo nos pudo hacer esto? —se lamentaba mamá.

—¿Quién? —preguntó Leah.

Gail, que tenía doce, escudriñó a un joven que tenía los jeans colgados de las caderas. Tenía el pelo liso y negro, hombros anchos y la piel del color del té. Estaba bajando una pintura de la camioneta, y sus brazos estaban tensos para mostrar sus músculos al mayor provecho.

—¿No es maravilloso, Amy? —Gail me susurró.

Le dije que se callara. Pero Aaron la había escuchado y comenzó a reírse.

—Le voy a decir a papá, —él bromeaba.

—¡Tú le dices y yo voy... yo voy... yo voy a echar a tu pez dorado en el inodoro y soltar agua!

—No comprendo cómo ella nos pudo hacer esto, —suspiró mamá.

—¿Quién, mamá? —preguntó Leah de nuevo— ¿Quién pudo hacernos qué?

—Dios mío, —mamá dijo con un gesto de asco—. Ahora van a apestar las escuelas.

La secundaria de Fairfax era el orgullo del vecindario. Tenía un porcentaje elevado de aceptaciones en las universidades para sus graduados. Era casi enteramente judía.

—¿Quién, mamá? ¿Cómo que quién pudo hacer esto?

—Al otro lado de la calle. Después de todos estos años.

—¿Quién al otro lado de la calle, mamá?

—¿Quién crees al otro lado de la calle, Leah? ¿De quiénes estamos hablando?

—No lo sé, mamá. Una familia de mexicanos vive al otro lado de la calle ahora.

—¡*Oy, vey*! Tal boca en esta niña. No te pongas fresca conmigo, Leah. ¡La Schapiro de enfrente! ¿Cómo pudo vender su hermosa casa a ese *shmuts* mexicano y arruinar el vecindario? ¿Quién iba a pensar que Connie Schapiro iba a vender su casa a *goyim*? ¡Una hermana de la Hadassah! Ganó una medalla el año pasado por ser miembro de larga duración. Y él. En el B'nai Brith, desde lo que más puedo recordar.

—No van a arruinar el vecindario, mamá, —se rio Aaron—. ¡Unos cuantos pimientos picantes van a condimentar la calle! De alguna manera, los Schapiro tenían que vender su casa. La tenían en el mercado por ocho meses y su apartamento estaba listo en Park La Brea Towers. Sé razonable, mamá.

—Mexicanos, —dijo mamá ignorando a Aaron. Son peores que los *shvarts*. Como animales. ¿Quién tiene once hijos hoy en día?

—*Bobe* y *Zeyde* tenían once hijos.

—Eso es diferente, Gail. Se usaba en ese entonces, pero no ahora. Cuando mi mamá era joven todos tenían familias grandes. Las personas no sabían cómo controlar sus... sus... esas cosas.

—*Bobe* Rivkin tuvo nueve hijos.

—Eso es lo que estoy tratando de decirte, Gail. Todo el mundo tenía familias grandes en ese entonces.

—Entonces ¿qué tratas de decir, mamá? Es que no hay nada intrínsecamente malo con las familias grandes.

—¡No te pongas fresco conmigo, Aaron! ¡Ni siquiera abras la boca!

Nadie se había dado cuenta de cuán turbada estaba mamá realmente hasta que volteó su cara. Las lágrimas corrían por sus mejillas. Se fue de la sala. Era su vecindario, el único que había conocido desde que se mudó a Los Ángeles de Nueva Jersey al final de los años cuarenta, y ella lo amaba tal como había sido todos estos años. Y ahora el vecindario se estaba echando a perder.

Los chicos Sánchez se inscribieron en las escuelas del vecindario: Fairfax High School, Bancroft Junior High School y Rosewood Elementary School. Las crías abarcaban diecisiete años, así que había chicos Sánchez que ya estaban trabajando al mismo tiempo que había Sánchez aún en cochecitos.

Leah y yo rara vez los veíamos. Leah tenía diecisiete y estaba en su último año. Yo era menor por un año. Ambas estábamos en la secundaria, en cursos acelerados. Habíamos pensado que a los chicos Sánchez se les situaría en cursos de lectura correctiva o de carpintería, pero Aaron, quien, el primer día había cruzado la calle, a vista de su padre, para dar la bienvenida a la nueva familia, nos dijo que todos estaban en cursos regulares. Excepto Johnny. Johnny Sánchez estaba en la clase acelerada de matemáticas. A Aaron le gustaba la mayor de las chicas Sánchez, Neli, que era alumna del segundo año como él. Estaban en una clase de historia juntos.

Aaron era un chico inteligente. El más inteligente de sus hijos, mamá solía decir. No era un estudiante motivado y por eso nunca estaba en las clases aceleradas, pero era un genio para reparar las cosas y podía hacer cálculos mejor que cualquiera de nosotros. Él podría haber sido un ingeniero, mamá dijo años después, cuando ya era demasiado tarde. Un ingeniero, no un abogado o político, es lo que estaba destinado a ser.

—El que tiene el... el que estaba descargando las pinturas... ¿Cómo se llamaba? —Gail le preguntó a Aaron en la cena. Papá no estaba en la mesa. Estaba afuera trabajando en algún lugar, arreglando el cableado de alguien.

—¿Al que estabas mirando con ojos de cachorra enamorada?

—¡Cállate imbécil! ¡no estaba mirando!

—Haz lo que quieras, pequeña estúpida loca por los chicos. Su nombre es Vince. Aunque es demasiado mayor para ti. Tiene diecisiete. Y tú no te olvides que sólo tienes doce.

Gail lanzó una mirada llena de veneno a su hermano mayor y se puso de mal humor. Aaron se inclinó y la despeinó. Ella le escupió un bocado de puré de papas y salió corriendo a carcajadas. El fingió golpearla en el estómago y luego se limpió las patatas de la ceja.

Durante esos primeros meses después de que la nueva familia se mudó, ninguna de nosotras las chicas nos aventuramos a ir a la casa de los Sánchez. Para nosotras era territorio prohibido. Pero Aaron estaba ahí cada día. Él y los chicos Sánchez jugueteaban con los carros, jugaban a la pelota en la entrada de coches o escuchaban música. Así es como nos convertimos en los primeros judíos de la cuadra en saber que el verdadero apellido de Ritchie Valens era Valenzuela.

—¿Qué es lo que hace? —mamá le preguntó a Aaron una noche después de cenar.

—¿Quién?

—Sánchez, el de enfrente.

—Tiene una tienda.

—¿Es dueño o trabaja en ella?

—Es dueño.

—Un *macher* —dijo papá, sin quitarle los ojos a su rostizado

—En el este de Los Ángeles.

—Entonces ¿por qué no vive en el este de LA como el resto de ellos?

—Si tuvieras que escoger entre el este de LA y aquí, —preguntó Aaron, —¿dónde vivirías?

Mamá no contestó. Sólo se levantó para servirse otra taza de té.

—¿Cómo es por allá? —preguntó cuando se volvió a sentar.

—Tal como lo es aquí, —respondió Aaron— Sólo que más bullicioso.

—Porque son mexicanos.

—No, —dijo Aaron— Porque hay más de ellos. A propósito, no todos esos chicos son del Sr. Sánchez. Cinco de ellos son de su hermano. Su hermano murió en un accidente en México.

Mamá levantó la vista de su té. Era sensible a la desgracia.

—Un accidente de tractor, en una granja donde estaba trabajando. Y la mamá no podía sustentar a todos los hijos, así que los Sánchez de enfrente tomaron a todo el grupo y los están criando como si fueran propios.

—Wow, —dijo Leah—. Tendrías que ser prácticamente un santo para hacer algo así.

—Eso realmente es algo, —dijo Gail—. ¿Vince es el hijo o sobrino del Sr. Sánchez?

Mamá no dijo nada por largo tiempo, pero sabíamos que estaba conmovida. Finalmente, habló: —Tú no tienes que ser judío para ser un *mensh*, sabes. Un mexicano puede ser un *mensh*.

—Pero igual siguen siendo mexicanos —dijo papá.

—Sí, —mamá dijo—. Aún son mexicanos.

Mamá pasó mucho tiempo mirando a los Sánchez de enfrente. Antes, muy rara vez iba al líving, excepto para limpiar. Pero la ventana del líving ofrecía la mejor vista de la casa de los Sánchez, e incluso ahora, se quedaba por largos períodos —quince o veinte minutos— con el trapo de desempolvar en sus manos, mirando a la Sra. Sánchez y a su suegra plantando pensamientos y tirando las madreselvas mientras que los niños saltaban a la cuerda en la entrada de coches.

Pronto el jardín se vio mucho mejor que en muchos años.

—¿Por qué no se lo dices? —sugirió Aaron. —¿Por qué no vas y le dices a la Sra. Sánchez cuán bonitas sus flores se ven? A ella le va a gustar oír eso de ti. Nadie en el vecindario ha ido a conocerla.

Mamá movió la cabeza y empezó a desempolvar en serio.

Pero un día de la semana siguiente, cuando mamá y yo volvíamos de hacer compras, la Sra. Sánchez, quien, como de costumbre, estaba trabajando en el patio, nos saludó.

—Hola, —dijo mamá. — Lindas flores.

—Gracias, —contestó la Sra. Sánchez, sonriendo ampliamente.

Esa noche, Aaron fue al frente para estudiar con Johnny, quien era el único chico del vecindario que era más listo que él en álgebra. Regresó con un enorme plato de enchiladas.

—Aquí tienes, —él le dijo a mamá—. La Sra. Sánchez quiere que nosotros probemos esto.

—Mamá las miró como si fueran excremento, y yo estaba segura de que las iba a tirar a la basura. Pero a la hora de la comida, las puso en la mesa, apartadas en un lado, como un asistente no invitado, junto con el pollo horneado y una ensalada.

—¿Qué es esto? —preguntó papá.

—De los Sánchez del frente —dijo mamá.

—Se llaman enchiladas, —le explicó Aaron.

—Parecen *blintzes*, —dijo papá.

Leah tomó una espátula y levantó una enchilada que goteaba una salsa roja espesa en el plato de servir.

—¡Es buena! —ella declaró después del primer bocado.

—Lo sé, —dijo Aaron—. La Sra. Sánchez es muy buena cocinera y también lo es la abuelita Sánchez.

Mamá se veía disgustada.

—¿Comes ahí? ¿Has comido estas cosas antes?

—¡Por supuesto! Enchiladas y tacos y chiles rellenos... Prueba uno, mamá.

Mamá no iba a probar las enchiladas de la Sra. Sánchez, a pesar de que el resto de nosotros sí lo hicimos— incluso papá. Para el final de la cena, las habíamos comido todas, también el pollo al horno de mamá, el cual teníamos miedo de dejar, no sea que se ofendiera.

—Dile gracias, —mamá le dijo a Aaron al lavar el plato para devolvérselo a la Sra. Sánchez—. Dile que estaban muy buenas.

La siguiente vez que hizo *blintzes*, mamá mandó tres docenas de ellos para los Sánchez.

—Oh, una familia tan grande, —ella dijo mientras mezclaba la masa. Esto va a costar una fortuna.

Pero ella hizo panqueques del grosor de un papel y los llenó de queso uno por uno sin más quejas. De ahí colocó los *blintzes* en un Pyrex y lo cubrió con papel encerado y se lo dio a Aaron.

—Dile que debe comerlos con mermelada o crema agria, —le instruyó.

—¿Por qué no los llevas tú misma, mamá? La Sra. Sánchez siempre dice cuánto le gustaría conocerte.

—En otra ocasión.

—Tú siempre dices eso.

Pero Aaron no insistía porque él sabía que muy en el fondo, no eran los Sánchez, lo que le molestaba a mamá, sino el hecho de que el barrio estaba cambiando y su pequeño mundo se estaba quebrando. Era doloroso para ella verlo desaparecer.

Aaron se quedó a comer los *blintzes* de mamá con los Sánchez e informó que a todos les gustaron mucho.

—¿Ella los probó? —mamá quería saber.

—¿Quién, mamá?

—La Sánchez de enfrente, Aaron. ¿De quién estamos hablando?

—¿La Sra. Sánchez?

—Por supuesto, que la Sra. Sánchez.

—Hay cuatro mujeres en la familia Sánchez, mamá.

—'Buelita, la Sra. Sánchez, Neli y Lupe. ¿Se supone que debo saber a quién te refieres?

—¡Tal boca la de este niño! ¡Nunca vi una cosa así!

—Sí, ella los probó.

—¿Con mermelada?

—Con crema agria.

—¿Los mexicanos saben qué es la crema agria?

—Por supuesto que los mexicanos saben sobre la crema agria. Uno puede incluso poner crema agria en las enchiladas.

—*Blintzes* rojos, eso es todo lo que son —fastidiaba papá desde detrás del *Los Ángeles Times*—. ¿Qué idioma hablan ahí, Aaron?

—Inglés.

Papá soltó el periódico.

—Por supuesto que inglés. Son americanos, ¿no ve?

—Son mexicanos.

—Son mexicanos, como nosotros somos rusos judíos, papá.

—No te pongas fresco con tu padre, Aaron. No abras una....

Pero papá le cortó la palabra.

—¿Quieres decir que todos hablan inglés?

—Sí, todos hablan inglés. Alguna vez la abuela y la Sra. Sánchez hablan español juntas, pero casi todo el tiempo hablan inglés. Y los niños siempre hablan en inglés, el Sr. Sánchez insiste en ello. Él dice que no vino aquí a vivir de la misma manera que vivía en México. Él es un ciudadano americano naturalizado, papá. Es un republicano como tú, ¡por el amor de Dios!

Papá miró a Aaron por mucho tiempo, de ahí se empezó a reír.

—¡Pucha! —dijo finalmente.

—Sí, papá. El Sr. Sánchez es un americano verdadero como tú.

Si papá se sentía insultado por la comparación, no lo demostró. Sólo se quedaba sentado riéndose entre dientes detrás de su periódico.

—¿Cómo se ve allí? —mamá quería saber—. Connie Schapiro eran tan limpia como un alfiler. Incluso cuando estaba enferma ella mantenía a su casa y tenía una *shvarts* que venía una vez por semana a limpiar. Yo apostaría que tienen todo en pleno revoltijo. Vi el *dreck* que ellos *schleppearon* dentro cuando se mudaron.

—La Sra. Sánchez también es tan limpia como un alfiler, mamá. Y 'Buelita está siempre limpiando.

—¿Y los muebles?

—Los viste. Son viejos, pero se ven bien ahora que están instalados. Ese sofá rosáceo se convierte en una cama. Ahí es donde los más pequeños duermen por la noche.

—¡*Oy*!

—Cada cosa tiene su lugar. Es sólo... digamos... un estilo diferente del nuestro.

—Sí, ya lo diría.

Pero mamá se veía aliviada que había una apariencia de orden en lo que antes fue el líving de Connie Schapiro.

Neli Sánchez iba a cumplir quince años y su tío, Víctor Sánchez, el de enfrente, le estaba organizando una gran fiesta. Aaron trajo las noticias.

—Es una tradición mexicana —él dijo—. Cuando las muchachas cumplen quince, se convierten en mujeres. Se vuelven, tú sabes, elegibles... sólo que no realmente. Neli sigue siendo una niña. No es que vaya a huir y casarse. Quiere terminar la escuela y estudiar para enfermera. La fiesta sólo es simbólica. Tú sabes, como un *Sweet Sixteen*. De todos modos, están lanzando una gran fiesta. Mariachis, piñatas, con todo. Sus parientes están llegando de todos lados. Tal vez hasta de México.

—Si son tan americanos, —dijo Leah— ¿Por qué no celebran un *Sweet Sixteen*?

—Nosotros somos americanos y yo tuve un *Bar Mitzvah*, señorita sabelotodo.

De nuevo la sonrisa.

—Cállate, Aaron. Eres un pesado.

—¡Bueno, la mejor parte es que ellos nos han invitado!

—¿Nosotros?

—Sí, todos nosotros, incluso a mamá y a papá. Porque cuando los mexicanos ofrecen fiestas, ellos no segregan a las personas por edad. Ellos van a invitar a personas mayores, a gente de la edad de mamá y papá, a niños y adolescentes, a todo el mundo. 'Buelita va a cocinar con todo su corazón, mamá. ¡Tenemos que ir!

—Vamos a ver.

—Vamos, mamá. Cada vez que dices "vamos a ver" significa que no.

—Ellos ni siquiera nos conocen —,dijo Leah—. Sólo te conocen a ti.

—Bueno, quieren conocer a todos nosotros y ésta es nuestra oportunidad. Gail estaba dando vueltas y saltos como un poni.

—¿Puedo usar mi vestido amarillo? —suplicó—. ¿Puedo?

Yo realmente pensaba que mamá no iba a dejarnos ir. Siempre cambiaba de tema cada vez que Aaron mencionaba la quinceañera de Neli.

—Yo tengo que ir, —anunció Aaron, después de que mamá había evitado de hablar del tema durante una semana. —Vayan o no las chicas. Soy el invitado especial de Neli. Va a bailar el primer baile conmigo.

—*Oy* —se quejó mamá—. Mi Aaron bailando con una *shikse*. Y para más remate con una mexicana. Nunca pensé que vería tal cosa en mi vida. ¿Te he criado para esto, Aaron?

Aaron soltó una carcajada.

—No te preocupes, mamá, —dijo— No nos vamos a casar. Te prometo, no me voy a casar con una *shikse*.

Aaron mantuvo su promesa. Ojalá que hoy estuviera vivo y bien casado con Neli Sánchez.

Mamá se retuvo hasta el último minuto, dando un millón de razones del por qué no deberíamos ir. Primero, ellos eran mexicanos y esta iba a ser una fiesta mexicana, en la cual no teníamos nada que ver. ¿Y quién iba a las fiestas con *goyim*? ¿Y quién sabía qué iba a ocurrir? Iban a beber probablemente —beber excesivamente. Y, *oy vey*, ¿qué dirían los vecinos? ¿Qué diría Braverman de la esquina? ¿Y Minkoff del otro lado de la calle? ¿Y los Rabbinowitz de la casa de al lado? Después de todo, las niñas de los Rabbinowitz no iban a ir, no estaban invitadas. Así que ¿qué pensarían Harry y Anne Rabbinowitz si los Rivkin permitieran que sus hijas fueran y bailaran en los brazos de *goyim*? ¡Y mexicanos! ¿Qué dirían en la sinagoga? ¿Qué diría el rabino?

—Oh, vamos, mamá —dijo Aaron, molesto. —A ti no te importa lo que diga el rabino. Siempre dices que es un imbécil. No te importó lo que iba a decir el rabino cuando invitaste al profesor Farhat a cenar.

Aaron tenía razón, pero igual, mamá no se sentía tranquila con el asunto. Sin embargo, al final dijo que sí, aunque ella no iría. Ella horneó su *Apfelkuchen* especial y compró un *Punschtorte* de la esposa de Katz, y los mandó con nosotros.

Era una fiesta fabulosa. Cientos de invitados llenaban el patio y los interiores de la casa. Traían comida, pasteles y regalos. Había grupos de mariachis vestidos con trajes negros brillantes y sombreros rojos. Tenían instrumentos de latón y tocaban las favoritas de los mayores. *Cucurrucucú paloma*, *Cielito lindo* y, por supuesto, *Las mañanitas*, también muchos corridos famosos y rancheras que no recuerdo sus nombres. Neli estaba hermosa con su larga cabellera trenzada que envolvía su cabeza y su voluminoso vestido blanco. Bailó con Aaron y con sus hermanos, hasta los más pequeños, y especialmente con su tío, el Sr. Sánchez, quien la había criado desde que su padre murió.

Cuando papá vino a recogernos a las dos de la mañana, la fiesta aún continuaba. El Sr. Sánchez le dijo que pasara y papá aceptó. Se quedó por una hora, hablando y riendo con el Sr. Sánchez y comiendo burritos y enchiladas. Al final, se llamaban por sus nombres, Víctor y Abe, y hacían planes para meter al Sr. Sánchez al Club de Leones. Partimos a eso de las tres, pero la fiesta siguió hasta el amanecer. La Sra. Weinberg y la Sra. Goldstein, quienes vivían a cada lado de los Sánchez, tenían mucho que decir acerca de aquello al día siguiente. Mamá sólo se encogió de hombros y dijo que eran mexicanos, así que qué debían esperar, ellos tenían sus propias maneras de hacer las cosas.

Pero mamá estaba triste porque, no se lo podía negar ahora, el vecindario había cambiado y no había nada que hacer al respecto.

Leah se graduó al final del año escolar. Mamá organizó una fiesta pequeña en la casa, pero no invitó a los Sánchez. Era sólo una fiesta familiar, dijo. Sólo una cosa sencilla.

En septiembre, Leah se fue a U.C.L.A. para estudiar biología. Yo la seguí al año siguiente. Ambas vivíamos en el campus, en Hershey Hall, la única residencia para chicas en la universidad. Papá habría preferido que viviéramos en casa, pero mamá dijo que la experiencia de hacerlo todo por nuestra cuenta iba a ser bueno para nosotras.

—Tienen que aprender lo que significa planchar una blusa, —ella dijo—. Era sólo una manera de hablar. Leah y yo habíamos planchado blusas por años.

Aaron todavía estaba en la secundaria, y nos mantuvo informadas de lo que hacía la familia de los Sánchez del otro lado de la calle. Gracias a papá, el Sr. Sánchez había ingresado al Club de Leones. Los dos hombres iban a reuniones juntos los jueves por la noche cada mes. Vince Sánchez se había graduado de la secundaria el mismo año que Leah. Vivía en su casa y estudiaba en Los Angeles City College. Johnny había obtenido una beca para ir a California Institute of Technology. Él quería ser ingeniero. Neli estaba solicitando entrar en U.C.L.A. para el siguiente semestre. Ella aún esperaba llegar a ser enfermera.

—No son *schleppers* esos niños, —mamá me dijo por teléfono—. Tienen *chutzpa*.

Aaron era otra historia.

—Quisiera que tu hermano fuera más como esos chicos Sánchez.

Cada vez que nos juntábamos, mamá movía la cabeza y retorcía las manos de una manera melodramática, pensábamos en el momento. —Lo que va a ser de este niño, sólo Dios sabe —ella decía.

Aaron decidió no ir a la universidad después de graduarse. Estaba cansado de estudiar, dijo. Quería tomarse un par de años libres. Tal vez trabajaría con papá para aprender el negocio. Después volvería a la escuela. Estudiaría ingeniería eléctrica, se lo aseguraba a mamá, sólo que no de inmediato. Mamá le rogaba, pero Aaron estaba decidido.

—Todos los otros van a la universidad, —se quejaba—. Todos excepto el mío. Lang del frente, Minkoff del otro lado de la cuadra. Incluso los Sánchez. Esos chicos mexicanos van a la universidad mientras que el mío pierde el tiempo en la tienda de su papá. ¿Quién ha escuchado de tal *meshugaas*? Un niño judío que da la espalda a la educación: *Oy vey ist mir*. Podrías morir por tal absurdo.

Mamá tenía razón. Era un asunto serio. Estábamos en guerra. En junio de 1964, Aaron se graduó de la secundaria. Arrendó un departamento en San Vicente Boulevard con un amigo de la secundaria llamado Jerry, quien estaba estudiando reparación de televisores. A finales de 1964, Aaron fue reclutado.

—No te preocupes, mamá, —él le dijo—. No mandan a los judíos al frente. Los ponen detrás de los escritorios.

—Cuida a mamá, —me susurró al oído. De ahí me besó en la mejilla. —Si algo me llegara a pasar, te dejo mi pez —le dijo a Gail riéndose. La abrazó estrechamente. Luego abrazó a Leah y al último, a papá, quien estaba luchando contra las lágrimas.

—¡No te portes como payaso. ¡No andes en motocicleta en el comedor!

—Ay, ay, Capitán, —dijo Aaron. Papá había sido capitán de la fuerza aérea durante la segunda guerra mundial.

El 7 de mayo de 1966, mi hermano Aaron murió en Vietnam.

Un telegrama vino temprano en la mañana. Lo vi pero no puedo recordar exactamente lo que decía. Algo así como... sólo recuerdo pocas palabras... "Lamento profundamente... informarle... su hijo... muerto en combate." Yo estaba en la universidad. Leah se había graduado y estaba trabajando en un laboratorio de investigación en U.C.L.A. Tenía su propio apartamento en Strathmore Street en Westwood.

Mamá difícilmente podía hablar.

Aaron ha muerto, —dijo sencillamente—. Nuestro querido Aaron ya no es. Al comienzo, estaba demasiado aturdida para reaccionar. Siempre supimos que podría pasar, desde el día en que fue reclutado, pero la realidad de la situación tomó tiempo en penetrar. Dicen que cuando las personas reciben noticias devastadoras, algunas veces niegan su autenticidad. Pero nunca se me ocurrió a mí negar las palabras de mamá. Nunca se me ocurrió que podía haber un error. Yo sabía desde el instante en que ella lo dijo que era verdad. Nuestro querido Aaron ya no era.

Mi cuerpo entero empezó a temblar y finalmente, comencé a sollozar. No pregunté más excepto si había o no llamado a Leah.

—Sí, la llamé.

No había nada más que preguntar. Los detalles no importaban. Yo podía sentir el dolor de mamá por el teléfono. Era como una pesada presión opaca, justo debajo del esternón. Quería decir algo para aliviar su sufrimiento, pero ¿qué le puedes decir a una madre cuyo hijo acaba de morir?

Llamé a un taxi y fui a casa. Leah estaba ya ahí. Mamá se había enloquecido, dijo. Mamá había llamado a Jerry, el excompañero de cuarto de mi hermano, y exigido hablar con Aaron. Cuando Jerry le dijo que Aaron no vivía en el apartamento desde hacía al menos dos años, ella lo insultó. Lo llamó mentiroso y *ganev* cruel que estaba tratando de alejarla de su hijo. Pero ahora estaba calmada.

Nos sentamos alrededor de la mesa de la cocina, Leah, Gail, mamá y yo, demasiado adoloridas, demasiado aturdidas incluso para hablar.

Después de un rato, nos levantamos. Lloramos por horas, cada una sola, en nuestras esquinas separadas, la cabeza en las manos, la cara contra la pared.

La tarde vino. Gail llamó al Dr. Pinkus. Normalmente no hacía visitas a domicilio, pero esta vez vino. Le dio a mamá algunas píldoras y a papá una inyección para hacerlo dormir. Después se sentó a la mesa y tomó una taza de café con nosotras. Era de los médicos de la vieja escuela. Él había atendido el parto de Aaron.

Gail fue al frente a comunicarle a la Sra. Sánchez pero la Sra. Sánchez ya lo sabía. Ella había estado sacando la basura cuando Leah llegó en el taxi y estaba mirando por la ventana cuando yo llegué unos cincuenta minutos después, mi cara encogida y húmeda. Era una hora extraña para volver a casa. La Sra. Sánchez sabía que algo estaba terriblemente mal.

Cuando Gail regresó, aún estábamos sentadas en la mesa en la cual habíamos hablado, reído, y discutido tantas veces, y en la cual habíamos comido tanta comida nutritiva—tantas carnes rostizadas, tantos repollos rellenos. Mamá miraba fijamente en el espacio, agarrando un Kleenex remojado. A veces lo desgarraba como si tratara de arrancar la muerte de Aaron.

Mi propio dolor era tangible, físico. Al principio, sentí como si un punzón me hubiera atravesado el estómago, torciéndome y destripándome en vivo. De ahí venían las diminutas garras de cangrejo dentro de mi pecho que pellizcaban y agarraban impidiendo el flujo de aire a mis pulmones. Mi mandíbula dolía. Mis rodillas dolían. Mis tobillos y mis brazos dolían. Rasgué una manga, interpretando inconscientemente un antiguo rito judío de duelo, de que en aquel tiempo nunca había oído hablar.

Papá dormía con un sedante. Sabíamos que nunca más iba a despertar para ser el mismo padre que conocíamos.

El timbre sonó. Yo era la única que lo oyó y fui a atender.

Era la Sra. Sánchez. Llevaba un vestido azul sencillo y desteñido y estaba sin maquillaje. Sus ojos estaban colorados y sus párpados irritados. Bajo un brazo, traía una caja. Con su brazo libre me apretó los hombros sin decir nada. Nunca antes había estado en nuestra casa.

La Sra. Sánchez me siguió a la cocina. Puso la caja sobre la mesa delante de mamá, de ahí la abrió para que la mirara. Era un *kuchen*.

—Lo compré de Katz, —murmuró—. Su esposa lo hizo.

Mi mamá miró a la Sra. Sánchez. Al principio pareció no comprender. Pero después, una pequeña sonrisa de gratitud partió sus labios. Leah hizo espacio en la mesa de la cocina para la Sra. Sánchez, quien se sentó al lado de mi mamá. Ninguna de las mujeres habló, pero mamá abrió la mano y la Sra. Sánchez la tomó en la suya. Después de un rato, Leah fue a recostarse. Gail y yo salimos a sentarnos en el jardín. La temperatura había bajado y el atardecer era fresco. Pero la Sra. Sánchez y mi madre se quedaron en la cocina, tomadas de la mano, llorando juntas, por un largo, largo tiempo.

# Las amigas de Francisca

DOÑA FRANCISCA ESTABA completamente enredada. Hoy le tocaba ver a Raquel, a Nola, a Mariana y a las demás, y la verdad era que no se acordaba muy bien de los detalles de las complicadas vidas de sus amigas. Antes doña Francisca había estado al tanto de todos sus embrollos y líos, pero había tenido que ausentarse por más de un mes para ocuparse de un asunto relacionado con los negocios de su difunto esposo, y durante ese tiempo había perdido de vista a todas.

Doña Francisca le cortó un pedacito de carne a la gata y colocó el plato de plástico en el piso. Entonces se preparó una taza de café y se sentó en la sala a considerar la situación. Cuando había dejado a la Nola, ésta estaba desesperada porque su adorado marido Jasón había sido brutalmente asesinado. La policía pensaba que Nola misma era culpable y la había arrestado, aunque la había soltado después. Doña Francisca no se acordaba por qué. ¿Alguien había salido fiador por la Nola? Le parecía que sí, pero no recordaba quién era. Lo que sí sabía es que la pobre Nola era inocente. Había estado enamoradísima de Jasón. La tragedia la había dejado totalmente traumatizada. Allí mismo en su sala doña Francisca había escuchado día tras día los lamentos de la pobre mujer. La Nola había sollozado amargamente, y la sensible vieja había llorado con ella, acordándose de cómo se había sentido cuando su propio marido había muerto de arteriosclerosis.

Ahora, la Mariana, ¿qué estaría pasando con ella? Se había casado con Ricardo, pero estaba enamorada de Jaime. Y parecía que él también la quería a ella porque justo antes de la boda fue a su casa a verla. La visita había dejado muy turbada a la pobre muchacha. A doña Francisca le daba pena ver a la Mariana tan afligida, aunque reconocía que la joven tenía una gran parte de la culpa por haberse enredado con Ricardo. La Mariana no era una mala muchacha, se decía doña Francisca, pero era una aturdida.

La gata había terminado de comer y entró en la sala. Se restregó contra los tobillos hinchados de doña Francisca y entonces saltó a la silla. La gata —un descarnado animal de color indefinible que doña Francisca había encontrado en la calle— se acomodó en su falda. La anciana sabía que Misu le iba a cubrir el vestido negro de pelos, pero no le importaba. Era un vestido viejo y desgastado que se había deshilachado en varios lugares por culpa de las uñas afiladas del animal.

Doña Francisca acariciaba a su compañera felina y volvió a sus contemplaciones.

La que realmente le caía mal era la Raquel. Ésa sí que era una sinvergüenza. La anciana seguía acariciando a la gata y sorbiendo su café. La Raquel, recordaba doña

Francisca, había tenido un problema con su hijita, la Amanda. ¿Qué le había pasado? Doña Francisca hizo un esfuerzo por acordarse. Sabía que la Amandita había estado en la clínica, pero ¿por qué? ¿Una enfermedad?

¿Un accidente? Doña Francisca no estaba segura, pero lo cierto era que la niña se había sanado, y cuando llamaron a la Raquel para llevar a su hijita a casa, no la podían ubicar. La Raquel siempre andaba corriendo por todos lados. Nunca tenía tiempo para la niña. A doña Francisca se le llenaban los ojos de lágrimas cuando pensaba en la pobre Amandita, prácticamente abandonada por su mamá. No era justo que una mujer como la Raquel tuviera hijos mientras que ella, Francisca, que adoraba a los chicos, nunca los había tenido.

La Misu caminaba silenciosamente por la espalda del sillón. Doña Francisca se levantó y fue a la cocina. Colocó varios bizcochos y pasteles en un plato. Eran para la tarde, cuando viera a las amigas. Preparó una taza de café más, aunque el café no le gustaba mucho, y suspiró.

—Todo habría sido diferente si yo hubiera tenido hijos, —se decía mientras enjuagaba la jarrita para la crema. —No estaría sola en este hoyo donde no entra la luz del día. Estaría viviendo con algún hijo mío, rodeada de nietos, ocupándome de ellos, de su comida, de su vestimenta. Me sentiría... útil.

A doña Francisca le temblaba los labios y una lágrima brillaba en la esquina de su labio.

Doña Francisca volvió a la sala, el plato de dulces en la mano. Le dolían las piernas y se sentía cansada, aunque no se explicaba por qué. No había hecho nada en todo el día.

—Bueno, —se decía—, por lo menos existían la Mariana, la Nola y tantas otras. Pero sí, pensó, daba gusto tener un hijo.

Aunque doña Francisca sabía que no era siempre así. Las mismas amigas se lo habían enseñado. No había que buscar más lejos que… ¿cómo se llamaba el chico?... ¿Tad? ¿Tod? Tenía un nombre norteamericano del cual doña Francisca ya no se acordaba cómo se pronunciaba, hacía tanto tiempo que no lo veía. El caso era que este muchacho había sido un hijo muy desobediente. Tomaba drogas o algo así y les daba un montón de problemas a sus padres… ¿cómo se llamaban? Por Dios, se dijo doña Francisca, ¿cómo se le iban a escapar los nombres de los padres del muchacho? ¿La mamá era Connie? No, ésa era la tía de Hayley. ¿María? No, ésa era la mamá de Jessica, la que quería meterse a monja contra la voluntad de sus padres.

Doña Francisca se sintió impaciente consigo misma. ¿Cómo se había confundido tanto? ¿Se estaba poniendo chocha? Le entró un sentido de desesperación y tuvo ganas de llorar. Si esa gente era lo único que tenía en el mundo. Que no estuviera al corriente de todas sus actividades, bueno, eso se entendía. ¿Pero cómo no se iba a acordar de sus nombres?

Se quedó mirando la pared amarillenta de la sala por un largo rato. El labio inferior le temblaba. Tuvo la impresión de estar ahogándose.

Pero de repente se alegró. Dentro de poco iba a ver a todas esas caras conocidas. Se acomodó una vez más en el sillón a esperar que aparecieran, una por una. La gata ronroneaba en su falda.

Doña Francisca, al examinar todas las posibilidades, tuvo que reconocer que conseguir la información que le faltaba no sería tan difícil. Las mujeres del barrio estaban al tanto de todo lo que pasaba. Era cuestión de levantar el auricular del teléfono y marcar un número. Pero a doña Francisca no le gustaba molestar a las vecinas. Las mujeres del barrio le desagradaban. Las encontraba pretensiosas y mezquinas. Hablaban hasta por los codos de sus hijos y de sus reuniones de familia, pero en realidad nunca hacían nada interesante. A doña Francisca la tenían en menos porque estaba sola. Ella no tenía nada en común con ellas y no le importaba, se decía, que no la invitaran a sus recepciones, a sus canastas, a sus tés... Ella prefería la compañía de las otras —de la Nola, de la Mariana, de la Connie— porque eran mujeres que tenían más mundo. Ésas sí que eran mujeres fascinantes, aun las menos simpáticas de ellas. Se pintaban y se arreglaban de la manera más maravillosa. Debían de comprar su ropa en las tiendas más elegantes. Norteamericanas casi todas, eran altas y rubias, de ojos claros y pestañas largas. Eran tan exóticas. Les pasaban las cosas más increíbles. Iban de una aventura a la otra. Experimentaban la vida en toda su plenitud. No como las mujerucas del barro, se decía doña Francisca. No. Se veía que esas otras eran de un ambiente diferente.

A doña Francisca se le llenaba el alma de emoción al pensar que pronto las iba a ver de nuevo, que iban a entrar en su misma sala.

Faltaba poco. Era cuestión de minutos. Doña Francisca, impaciente, se levantó y prendió el televisor. Dentro de un rato se oía música y se leían en la pantalla las palabras: "Los doctores". Apareció la cara de una mujer madura pero muy bonita. Se le notaba en la cara que había sufrido mucho. Su pelo rubio rizado le llegaba hasta los hombros. La voz del locutor se escuchaba por encima del fondo musical… "En el último episodio, Nola se entera de que Jasón había estado…"

Doña Francisca se sonrió. Se sentía aliviada. El locutor iba a explicar lo que había pasado en los episodios anteriores. No había por qué preocuparse. Pronto, después de ver dos o tres capítulos, se acordaría de los nombres de todos los personajes y estaría al tanto de todo. Doña Francisca mordió un pastel y empezó a masticar tranquilamente.

# Preparaciones para la boda[9]

ERA UN DÍA perfecto para una boda. Marta tenía miedo de que lloviera, pero las nubes habían desaparecido y el sol dorado brillaba en el cielo áureo. Este día tenía que ser perfecto, pensó Marta, porque lo había esperado por mucho tiempo. Todos lo habían esperado.

Marta se sentó frente al espejo y dejó que Silvia le pasara un cepillo por el pelo. Silvia misma tenía el pelo dividido en secciones de pequeños óvalos, cada uno envuelto en un bigudí rosado o amarillo. Cuando Silvia terminara de hacerle el peinado a Marta, las dos mujeres cambiarían de lugar y Marta peinaría a su mamá.

Silvia dividió la gruesa cabellera rizada de Marta en dos secciones, luego amarró cada una con un elástico. Enrolló una porción en un nudo y lo aseguró con horquillas. Después de que había repetido la operación al otro lado, envolvió los nudos con mallas casi invisibles y adornó cada una con pequeñas rositas de cinta. Silvia quería que Marta luciera perfecta.

La mujer más joven se paró y examinó su imagen en el espejo con más atención. La cara que vio le gustó.

---

9 Traducido del inglés por M. Luisa Vásquez-Huidobro Edelson.

Silvia había estirado el pelo oscuro de su hija en dos moños apretados, pero le había dejado suaves ondas y rizos alrededor de las sienes. Este peinado daba énfasis a los enormes ojos de Marta, que eran café y luminosos como chocolate líquido. El cutis de Marta era suave y de color canela; sus labios eran gruesos; su nariz, ancha en sus ventanillas y fina en el caballete. Marta sujetó en alto un espejo de mano y se dio media vuelta para ver mejor su peinado.

—¿Crees que uno está más alto que el otro?

Silvia se paró directamente detrás de su hija, que era como dos pulgadas más alta que ella, y miró los moñitos con los ojos entrecerrados.

—Me parece que están parejos.

—Creo que el de la derecha está un poquito más alto.

—¿Quieres que te lo haga de nuevo?

—¿Te importaría?

—Siéntate. Te lo haré de nuevo.

Silvia desenrolló el alambre con las rositas de cinta soltando la malla del pelo. Sus dedos se movían como peces que revoloteaban entrando y saliendo de entre brillantes ondas negras. Sus dedos eran la parte más ágil de su cuerpo.

—No puedo creer que esto esté pasando —dijo Marta. Su madre le cepillaba el lado derecho de la cabellera.

—Ni yo tampoco. Después de todos estos años.

—Estoy contenta, mamá. Muy contenta.

Silvia dejó de trabajar y se agachó para darle un beso a su hija. Qué linda se veía su hija a los veintidós, pensó. A esa edad, Silvia ya había tenido tres de sus cinco hijos: Evangelia, Jerónimo y Juan. La primera, la niña, le había costado muchas lágrimas. Silvia trató de no acordarse.

Silvia se enderezó. Era una mujer corpulenta y había sufrido un ataque al corazón el año anterior. El doctor dijo que tenía suerte de estar viva. El ataque al corazón fue la razón principal por la cual Silvia había insistido en que la boda se hiciera este verano. Quería asegurarse de que todo estuviera bien entre la familia y Dios, por si acaso.

Algunas veces Silvia se movía con más facilidad, pero hoy estaba muy despaciosa, con su energía disminuida por el sin fin de preparacionee para la boda. Había estado en pie desde el alba.

—Estoy feliz, mamá —dijo Marta nuevamente.

—Yo también estoy muy contenta —dijo Silvia—. Enrique es un buen hombre. Mejor que muchos.

—Ha sido fiel, mamá.

Marta entendía por "fiel" que él siempre volvía.

—Tan fiel como se puede esperar que sea un hombre —dijo Silvia.

En el barrio San Juan de la Cruz, se esperaba que un hombre tuviera buenos apetitos corporales. Su valor, su firmeza de carácter y su aguante se medían por su habilidad para pelear con brío, beber mucho, y joder duro y regularmente. Como el honor del hombre exigía que éste mantuviera su independencia sexual, tanto la seducción como el engaño se cultivaban como arte. Al hombre que dejaba que una mujer lo llevara pegado al dobladillo de su falda no se le consideraba hombre.

"Ah", decían los demás si un tipo no salía a andar con los pillos, "en ese hogar ella lleva los pantalones, y él anda con las faldas." Las faldas y los pantalones eran materia de un sin fin de chistes en esos tiempos. En la radio, una mujer ministro de alguna u otra cosa habló de los derechos de la mujer. Un nuevo día iba a llegar, decía ella, cuando las mujeres se elevarían por sobre sus rutinas mundanas y ocuparían posiciones importantes en cada campo de trabajo. En los bares de San Juan de la Cruz los hombres escuchaban la radio, levantaban sus vasos y se mofaban: "¡Arriba las faldas, abajo los pantalones! ¡Arriba las faldas, abajo los pantalones!" Si algún hombre no se doblaba en dos de la risa, empezaban las risitas disimuladas y las pullas. "No es un verdadero cruceño" —decía alguien. "¡En San Juan de la Cruz, el hombre bebe licor y descarga su pistola donde se le antoja!"

Enrique había disparado su pistola por aquí y por allá, Marta lo sabía. Él trabajaba en la compañía de teléfonos y su trabajo lo llevaba a barrios elegantes donde la gente tenía electricidad y las mujeres llevaban medias-calzón y sostenes de encaje. Enrique seguramente había encontrado en su camino algunos blancos tentadores y disparado su pistola en la más bonita —o en la más dispuesta —de ellas, pero él siempre quedaba sin municiones en algún lugar a lo largo del camino y tenía que volver a casa. De todas maneras, todas estas pequeñas explosiones no eran nada comparadas con la dinamita guardada en su propio dormitorio. Las mujeres de San Juan de la Cruz también tenían sus apetitos.

A pesar de las escapadas de Enrique, Marta y Silvia sabían que era básicamente un hombre hogareño. Había conservado su trabajo con la compañía de teléfonos por cerca de diez años —aunque no había podido darse el lujo de tener él mismo un teléfono —y no malgastaba su dinero. Se había comprado la casa donde todos vivían, como también un par de cerdos y cabras que criaba en el patio. La prueba de su domesticidad era el hecho de que estaba dispuesto a casarse.

Silvia estaba amarrando el pelo de su hija con un elástico. Marta recogió unas horquillas para pasárselas una a una a Silvia. Le sonrió a su madre a través del espejo. Marta tomó una horquilla y la cogió en su boca mientras Silvia trabajaba el pelo. En el reflejo, la horquilla negra parecía una extensión del pequeño lunar que tenía Silvia justo sobre el labio superior.

Marta estaba pensando que, casado o no, Enrique tendría sus expediciones de tiro. Todos los hombres eran cazadores —acechadores o perseguidores —que acosaban a su presa hasta que la cazaban. Algunos se movían cautelosamente, luego brincaban y descargaban su arma en un ataque sorpresivo. Otros apuraban a su víctima, abriendo fuego temprano, disparando tiro tras tiro hasta que la diezmaban.

—¿Tú crees que las cosas van a cambiar ahora, mamá?

—¿Cambiar cómo? ¿Qué quieres decir, cambiar?

—Tú sabes.

—Por supuesto que las cosas cambiarán, hija. Tú te vas.

—Pero me refiero a Enrique. ¿Tú crees que Enrique va a cambiar?

—¿Tú crees que el matrimonio cambia al hombre? Tú sabes el viejo adagio: "El matrimonio es para la mujer. La mujer puede casarse. El hombre nunca lo hace."

—Supongo que no se puede esperar que un hombre deje su placer.

—No.

—Es suficiente que Enrique esté de acuerdo con esto.

—Ay, hija, no te dejes embaucar por él. Está dejando que todos piensen que lo hemos engatusado. ¿Qué esperas? Está arriesgando su orgullo, ¿me entiendes? Pero la verdad es que Enrique es de ésos que anhelan estabilidad. Algunos hombres esparcen las semillas por todo el campo, pero de todas maneras les gusta llegar a su hogar a la misma mujer.

Marta sonrió.

—Creo que tienes razón.

En el patio, los niños estaban jugando. Marta podía oír a las niñitas molestar a los cerditos. Los cerdos eran criaturas astutas. Un cerdo podía seguir a un niño como si fuera un perro o dejarse vestir con un sombrero y una camisa y dejarse pasear alrededor del patio en una carretilla.

Niños y animales chillaban salvajemente. Era casi imposible distinguir los ruidos de las niñas de los de sus compañeros de juego. Eva, o ella, debería empezar a arreglar a las niñas para la ceremonia, pensó Marta. Probablemente Eva. Eva era la tercera y la más joven de las hermanas y tenía un don especial para tratar a las chiquitas. Ana y Verónica le hacían más caso a ella que a Marta.

—¿Crees que las niñas me perdonarán alguna vez por irme, mamá?

—No sé. Supongo que se acostumbrarán a la idea.

—Tienes que explicarles que tenía que hacerlo.

—No entenderán. Son muy jóvenes. ¿Cómo puedo explicarles que te fuiste a los Estados Unidos para trabajar? ¿Qué significa eso para ellas, los Estados Unidos?

—Pero después de la boda...

—Sí, por ahora, pensemos sólo en la boda. Después, encontraré una forma de ocuparme de Ana y Verónica.

Silvia había terminado de volver a poner el nudo en su lugar y lo estaba envolviendo con la malla. El arreglo del cabello era lo último que tenía que hacer. Las preparaciones para la boda habían empezado mucho tiempo atrás, casi un año atrás. Durante todo ese tiempo las mujeres de la casa de los Ortiz habían estado revisando revistas cuidadosamente, coleccionando fotos de novias, discutiendo pequeñeces sobre estilo, midiéndose unas a otras, deshaciendo vestidos viejos, cosiendo y bordando.

Habían preparado coloridas flores de cinta para decorar el vestido de la novia. Habían hecho flores de tela para adornar la casa y la capilla y habían bordado una capa azul brillante para ponerle a la Virgen de San Juan de la Cruz para que la usara durante la ceremonia. La Virgen, que estaba de pie a la entrada de la iglesia, era dueña de muchos vestidos y capas que las familias de San Juan le habían hecho, ya fuera para mostrarle su aprecio por los milagros que les había cumplido o para convencerla de que intercediera por ellas ante Dios el Padre. Como el resto del ropero de la Virgen, se dejaría la capa azul en la iglesia. El padre Ulises la guardaría en un gabinete especial con los otros tesoros de la iglesia y las mujeres de San Juan de la Cruz vestirían a la Virgen con ella para ciertas ocasiones especiales. Así la capa sería un recuerdo duradero de este importante y solemne suceso: la boda.

La costura fue interminable. Eva había hecho cortinas nuevas para la sala, que servía tanto de sala de estar como de comedor. Su hermana Evangelia había hecho almohadones de un género de colores brillantes para decorar el sofá. Marta había escobillado y dado un nuevo acabado a los pisos y había tejido una alfombra nueva para la entrada. Silvia había bordado un nuevo cubrecama. Cuando éste estuvo terminado, lo dobló con cuidado, luego lo envolvió en papel de diario y lo puso debajo de la cama hasta después de la boda.

Los hombres se preocuparon de la casa y del patio, el que había pasado por toda clase de mejoras para la recepción. Enrique y Jerónimo habían arreglado el techo y pintado el lugar por dentro y por fuera. Juan había reconstruido el cerco que guardaba los cabritos y los cerdos, un trabajo que era necesario hacer independientemente de la boda, ya que los animales siempre estaban abriéndose paso con la nariz para salir.

Los alimentos habían estado en preparación durante semanas. Había cochinillos y chiles rellenos, pollos desmenuzados con arroz y arvejas, empanadas hechas con carne adobada y pimientos, tiras de carne de vacuno cubierto con una rica salsa roja, arroz y frijoles negros cocinados con cebollas y tocino, tortillas de maíz y tortillas de harina de trigo, ensaladas de avocados, tomates, aceitunas y cebollas, plátanos fritos y budín de pan, flan de huevos y platos de frutas y nueces, cerveza y ponche y un fuerte whiskey hecho en casa. Y, por supuesto, la torta. Todo el vecindario estaría ahí, así como los parientes que habían venido del campo. Cada invitado trajo un plato especial para agregar a la comida. La conservación de las provisiones hasta el día indicado era un problema en una comunidad sin electricidad o refrigeración. Las ensaladas, cremas, y platos con carne había que prepararlos en el último momento, obligando a las mujeres a cocinar a la carrera durante los últimos días anteriores a la boda. Todo el barrio participó. En San Juan de la Cruz, una boda era un fenómeno.

Silvia estaba dándole los toques finales al peinado de Marta.

—Cuando yo tenía tu edad —dijo—, no había nadie que se preocupara de menudencias como mi pelo.

—Lo sé, mamá.

Cuando Silvia Ortiz cumplió veintidós años, ya había conocido a varios hombres, pero nunca había ido a una boda.

La gente decía que la madre de Silvia —la abuela de Marta— era de una ciudad de la costa. Su nombre era Ana Vilma Ortiz y había ido a Reina de las Virtudes, una aldea a los pies de la sierra, a visitar a unos parientes. Inocencio Banderas no era particularmente buen mozo o inteligente, pero tenía un lunar justo en el labio superior que atrajo la mirada de Vilma. Inocencio vivía con una mujer llamada Gloria, que servía a las mesas en el único restaurante chino de millas a la redonda. Mientras Gloria llevaba platos de arroz frito desde la cocina llena de moscas al comedor lleno de polvo, Inocencio le mostró las vistas a la recién llegada. Para cuando Vilma se fue, debe ya haber tenido tres meses de embarazo, porque antes de terminar el año había vuelto a Virtudes con un bebé en los brazos. Dijo que era de Inocencio y probablemente lo era, porque se parecía mucho a él. Incluso tenía un pequeño lunar de un centímetro o dos sobre su pequeño labio. Inocencio le dio algo de dinero a Ana Vilma y ella se fue a la costa otra vez, llevándose al bebé con ella. Inocencio probablemente pensó que había roto con ella, pero Ana Vilma volvió tres o cuatro años más tarde con una niñita. La dejó en las gradas de la casa de Inocencio y le recomendó que le dijera a cualquiera que pasara que era la hija de Inocencio Banderas Vargas y que él la cuidaría.

—Y si no te creen —dijo Ana Vilma—, muéstrales el lunar.

Gloria llegó a casa esa noche antes de que Inocencio lo hiciera. Cuando Silvia retransmitió el mensaje de su madre, Gloria recogió una silla de tejido de mimbres y la golpeó contra la pared. No hizo mucho ruido, así que caminó hacia el otro lado del cuarto, agarró una olla de cerámica de la cocina y la quebró contra el estuco, mientras Silvia miraba con los ojos desorbitados. Gloria agarró a Silvia de una trenza y le dio una palmada en la cara, luego se fue para afuera a estar enfurruñada en el baño. Se fue por más de una hora. Entretanto, Inocencio volvió. Juntos, el padre y la hija esperaron a Gloria. Inocencio no parecía perturbado. Recogió los pedazos de la olla que Gloria había roto y los envolvió en un periódico. Silvia empezó a llorar, pero Inocencio apenas se encogió de hombros. Gloria pronto vería la ventaja de tener en la casa a una muchachita de buena voluntad con un par de brazos fornidos, pensó. Sus propias hijas, Birsa y Leonida, no eran perezosas, pero había trabajo que hacer en la casa y la recién llegada podría ayudar. Además, Leonida ya tenía dieciséis años y pronto se iría para ser independiente, y hasta Birsa, que era sólo una niña, ya estaba mirando a los muchachos. Inocencio tenía razón. Cuando Gloria regresó a la casa, ella ya había decidido permitirle a Silvia que se quedara.

Gloria no era afectuosa, ni siquiera con sus propios niños, y con Silvia ella fue evidentemente fría. Sin embargo, con el paso de los años, la muchacha se dio cuenta de que en su interior Gloria era tan suave como el pan blanco. Ella era del tipo de mujer cuya corteza se había endurecido hasta tal punto que enmascaraba la bondad interna. Silvia le estaba agradecida a Gloria por el hogar que le proporcionó. Una década después, cuando Gloria quedó ciega por efecto de la diabetes, Silvia fue la única de los hijos que estuvo dispuesta a volver a casa para cuidarla. Por ese tiempo, Silvia tenía catorce años y tenía un niño propio.

Silvia no había hecho el amor en un pajar del campo con un Tenorio adolescente como lo había hecho Birsa, la mayor de sus medio-hermanas. El bebé de Silvia tenía orígenes menos alegres.

Cuando la muchacha tenía aproximadamente doce años, Inocencio se enteró de que doña Felicia, la esposa de un hacendado importante del área, estaba buscando a una niñera para que cuidara de su recién nacido. Inocencio le pidió a su amigo Fabio, que trabajaba para el marido de doña Felicia, que viera si él podía conseguirle el trabajo a Silvia. Unos pocos días después, Fabio le informó que doña Felicia ya había tomado a otra mujer para la posición, pero que necesitaba a una lavandera extra. Inocencio envió a su hija a hablar con la esposa del hacendado.

Silvia trabajó para doña Felicia un tiempo muy corto. El día después de que ella empezó sus deberes, un mecánico que había ido a arreglar alguna maquinaria de la granja la acorraló en el camino al pozo. Silvia nunca registró una imagen clara de su cara, pero el hedor de alcohol y sudor y semen, el escozor de sus uñas mugrientas en su carne, el violento trompetazo de risa en su oreja cuándo ella gritó pidiendo ayuda —éstos eran tan vívidos en su mente hoy, el día de la boda, como en el momento en que ella los había vivido. Silvia no sabía que ella había sido violada. Sólo sabía que sangraba debido a alguna profunda herida en el interior de su cuerpo y que el dolor era insoportable. La lavandera principal la encontró tumbada en su sangre, mientras gemía como un cachorro asustado. Ella la llevó de vuelta a la casa y la bañó, y le dijo que no le dijera a nadie lo que había pasado. No había nada de qué preocuparse, dijo. Tales encuentros eran desagradables, pero ellos nunca dejaban a las muchachas con bebé.

La lavandera estaba equivocada. Nueve meses y medio después, Silvia dio a luz a una niñita, a quien ella dio el nombre Evangelia.

—Es importante para una mujer casarse, mamá. La hace... especial.

Silvia suspiró. Nunca se le había ocurrido a ella buscar al padre de Evangelia. Ciertamente, a ella no se le pasó por la mente la idea de casarse con él o siquiera de pedirle dinero. Para ella, él no era nada más que una sombra. Era como si su primer niño hubiera nacido de un espíritu. Por eso fue que ella la llamó Evangelia. Por medio del bebé, pensó Silvia, Dios le estaba anunciando a ella un destino nada prometedor.

En realidad, su vida no había resultado tan mala. Hoy, después de todo, ellos estaban celebrando una boda.

—No puedo recordar la última vez que alguien se casó en este barrio —Silvia le dijo a Marta.

—¿Tina Morales, no te acuerdas? Ella se casó con Carmino Soto.

—Es cierto, pero ellos no celebraron su boda aquí. Fueron a Chihualca donde vive su gente. Luego regresaron a buscar todas sus cosas y se mudaron para no volver. La familia de Carmino tenía un terreno por allá por las provincias orientales. No muy grande, de uno o dos acres. Cultivaban anacardos y no sé qué más. También tenían algunos animales.

—Entiendo que ellos perdieron mucho ganado. La hermana de Tina, Lalia, me lo dijo.

—¿Por la fiebre?

—Los soldados. Primero las tropas gubernamentales vienen y quieren un ternero, y si uno no se lo da a ellos, lo llaman comunista y le disparan. Entonces vienen los guerrilleros y quieren una cabra, y es la misma historia. Antes de que uno se dé cuenta, ya no queda nada de su granja. Hasta la tierra se ha acabado, porque uno pasa vendiendo pedazos del terreno para comprar más animales; y un buen día ya no le quedan más parcelas que vender ni le quedan animales. Hiciste bien en irte de Virtudes, mamá. Si te hubieras quedado, tu vida habría sido horrible. Si no hubieras dejado el país y no te hubieras venido a San Juan de la Cruz, nosotros nunca habríamos estado celebrando esta boda.

—Regresarán aquí probablemente algún día, Tina y Carmino.

—Lalia dice que Tina lamenta haberse casado, porque ahora ella quiere recoger sus cosas y venirse a casa, y no puede.

—Así, ¿por qué es mejor para la mujer casarse? Quizá es mejor para una mujer ser libre, para que si un hombre no la cuida de la manera en que él debiera, ella pueda empacar y llevarse sus cosas y sus niños y pueda regresar a donde su madre. Como lo hiciste tú, Marta.

—Yo me habría casado con Puro, mamá.

—¡Ay, m'hijita!, no seas tonta. El día que quedaste embarazada de Verónica, tu novio Puro tomó todo el dinero que habías ganado con el planchado que le hiciste a doña Amarilis, y se fue de San Juan de la Cruz para siempre. A lo mejor entró al ejército, quién sabe.

—O se fue a los Estados Unidos.

—Si se fue a los Estados Unidos, espero que no lo veas allí. Él estropeará tu vida de nuevo.

—Yo realmente lo amé, mamá.

—Lo amaste, sí. Amaste a Manolo, también. Pero un hombre cambia después de que él hace a un bebé. A Manolo no le gustó que te tuvieras que quedar en casa para cuidar de Anita, que no tuvieras suficiente energía como para salir a fiestas y a beber con él. Él no quiso ocupar el segundo lugar en tu vida; él quería ocupar el primero. Fue por eso que él se puso mezquino.

—Yo no amé a Manolo, mamá. ¿Cómo podía amarlo? Él me pegaba.

—Él te pegaba después de que tuviste a tu bebé. Antes de que Ana naciera, decías que lo amabas. Incluso cuando te dije que él no era bueno para ti, que había dejado a Lucy Mendoza con un bebé y una costilla rota, dijiste que lo amabas más que a nada en el mundo. ¡Ay, m'hijita! ¡Qué mala memoria tienes! Eso es lo que les pasa a las muchachas de por aquí. En ese sentido, el barrio no es mejor que el campo. Una muchacha tiene doce o trece años y entra en relaciones con un muchacho porque él es guapo, porque tiene un poco de dinero, o porque él sabe pelear bien o es un buen bebedor. El hace promesas. Una chica no sabe nada de la vida a esa edad. Pero sabe que puede atraer a un hombre y eso la hace sentirse importante. Él le dice que es bonita. Eso es todo lo que las muchachas quieren oír, que ellas son las más bonitas del barrio. Nunca piensan en el futuro. Quieren probar que son mujeres, tal como los muchachos quieren demostrar que son hombres. ¿Pero quién sufre al final? ¡La muchacha! Antes de que se dé cuenta, su barriga está llena y el muchacho se ha ido al ejército o a las guerrillas o a los Estados Unidos.

—¿Y tú, mamá? ¿Eras tú diferente? Tú tenías tres niños antes de que conocieras a papá. Con tres niños y completamente sola y sin ningún lugar a donde ir. Porque después de que Gloria se murió, tú no tenías nada en Virtudes. Inocencio ya se había ido a California para trabajar. Por lo menos yo sólo tenía dos bebés, y tenía una casa a la cual regresar... con una madre en ella.

Si las palabras de Marta ofendieron a Silvia, la mujer mayor no reveló nada.

—Tú sabes que no fue lo mismo, m'hijita. Yo no tuve relaciones con algún guapetón del barrio. Yo estaba trabajando para doña María Elena de Valbuena en Santo Tomás. Tú sabes... ellos tenían una estancia grande en Santo Tomás. Su hijo se prendó de mí. Tú has oído la historia un millón de veces. Él me hizo muchos regalos... una cruz de oro, una pulsera. Yo todavía las tengo. Iba a venderlas y entonces pensé, no, algún día puedo necesitar el dinero más que ahora. Era muy generoso. Hasta me prometió construirme una casa en Virtudes, ¿te puedes imaginar, hijita? Y entonces yo quedé embarazada de Jerónimo y todas las mariposas bonitas salieron volando a la brisa. Doña María Elena me dio algún dinero y me envió de vuelta a Virtudes a tener a mi bebé. Después de un tiempo vino por mí. Me dijo que dejara a Jerónimo con Gloria y que fuera a trabajar de nuevo para ella. Pero yo le dije que no. Gloria era ciega. ¿Cómo podría cuidar de un bebé? Fue entonces que decidí venirme a la ciudad.

—Y en la ciudad tú conociste a mi padre.

—Ay, Marta, qué hombre era, tu padre. Alejandro Zapata. Un tipo guapo. Tenía los ojos como esmeraldas. Fue la única vez que tuve un novio de ojos verdes... Y tenía una sonrisa que podía iluminar la noche.

—Pero bebía demasiado.

—Sí, bebía demasiado. Por eso fue que tuvo esa pelea. Estaba borracho y farfullaba, dejando salir palabras que... Cielos, él no sabía lo que decía... Pero el otro tipo tenía muy mal genio... el tipo con quien él estaba jugando a los naipes... y a él no le gustó lo que

Alejandro estaba diciendo... la manera en que Alejandro lo estaba rebajando... Así que él sacó un cuchillo y lo miró directamente a los ojos. Se acercó a él y le dio una mirada como de soslayo, con los ojos entrecerrados, con maldad en ellos... así.

Silvia entrecerró los ojos frente al espejo.

—Él les iba a mostrar a todos que la hoja de su cuchillo era tan filuda como la lengua de Alejandro...

—No describas la escena.

—Fue horrible. Cielos, fue horrible."

—Lo sé...

—Un mes después naciste tú. Luego tuve tres.

Marta suspiró.

—Los hombres de este barrio no son buenos —dijo finalmente.

—Todos los hombres son iguales. Enrique es mejor que la mayoría.

—Es más responsable.

—Él ha sido un buen padre para los niños de otros hombres.

Silvia soltó el peine.

—¿Quieres peinarme ahora o peino a tus hermanas?

—Péinalas a ellas primero. Yo te peinaré a ti al último, justo antes de que partamos para la iglesia.

Marta entró a la cocina donde Eva y Evangelia estaban cubriendo una enorme torta de novia con una alcorza blanca como la nieve.

—Mamá quiere peinarlas ahora —les anunció Marta.

217

—No todavía —dijo Evangelia—. Quiero ponerle las flores a la torta. Mira, una fila de azules aquí y rosadas aquí y aquí, y unas blanquitas diminutas por todo el costado.

—¿Y tú, Eva?

—Yo tengo que darles su baño a Verónica y a Ana.

—Yo puedo hacer eso.

—Les prometí que yo lo haría. Peina a mamá ahora.

—Yo pensaba que ella debería ser la última.

—¿Qué importa? Hazlo ahora. Cuando termines, yo estaré lista

Marta regresó a la alcoba.

—Siéntate —le dijo a su madre—. Te toca a ti.

—¿Dónde está Eva?

—Está bañando a los niños. Es mejor que se acostumbren a ella. Estoy feliz de que la amen más que a mí. Realmente, mamá. Me hace más fácil el tener que irme.

Silvia se arrellanó en la silla mimbre y Marta empezó a sacarle los bigudíes del pelo. Marta tenía manchas en la cara y los ojos rojos, pero ella contuvo las lágrimas.

—Me siento tan mal, mamá.

—¿Qué se le va a hacer? Tú has decidido ir, y eso es todo. No llores. Se te estropeará el maquillaje.

—No he tenido el valor para decírselo. Irme furtivamente en medio de la noche sin decirles una palabra... ¿Qué dirán cuando despierten en la mañana y descubran que su madre se ha ido?

—Entonces díselo hoy.

—No puedo hacerlo, mamá. No antes de la boda.

—No hay ningún después.

—Lo sé, mamá.

—Se recuperarán.

—Cuando empiece a enviarles dinero entenderán que lo hice por ellos; ¡para que ellos puedan tener una vida mejor!

Los niños no ven las cosas de esa manera. Todo lo que ellos verán es que su madre los abandonó. Créeme, yo lo sé. Mi madre me abandonó a mí. Pero, de cualquier manera, sobrevivirán.

—No digas eso, mamá. Ellos estarán contentos aquí contigo y con Evangelia y Eva. Eva los cuida mejor que yo.

—Tú eres su madre, Marta.

Marta se mordió el labio y continuó desenrollando los bigudíes.

—Es mejor casarse —dijo con un suspiro—. Cuando una es casada, una puede sostener la cabeza en alto. Eso es lo que yo quiero: sostener mi cabeza en alto. A una mujer casada se la trata con consideración.

—Supongo que sí.

—¿Tú supones?

—No, m'hijita, claro que tienes razón. Es que simplemente... apenas puedo creerlo. Nunca pensé que pasaría.

—Cuando una es casada, se es alguien. Le da importancia a una. Es la señora de García o la señora de

219

Díaz. Una no es sólo una mujer cualquiera del barrio. Es una señora casada.

La mayoría de las mujeres del barrio habrían estado de acuerdo. Pocas de ellas eran casadas, pero la mayoría anhelaban serlo. Como miles de otros barrios de los suburbios, San Juan de la Cruz fomentaba las relaciones informales. A menudo éstas eran permanentes. Una mujer podía probar a varios compañeros antes de establecerse y vivir con alguno, pero una vez que ella se establecía, era probable que se quedara con un hombre por todo el tiempo que él la quisiera tener. Había hombres y mujeres que habían estado juntos durante cincuenta años sin gozar del beneficio de la bendición del sacerdote. Las bodas eran caras y los hombres se resistían a las ataduras formales, así que no importaba cuánto se enfureciera el Padre Ulises durante la misa, la mayoría de las parejas continuaba sin casarse.

No era ningún escándalo ser concebido fuera del matrimonio en San Juan de la Cruz, donde noventa por ciento de los bebés venían de padres solteros y el término "niño ilegítimo" no tenía ningún significado. El Padre Ulises bautizaba a los recién nacidos y oraba porque sus padres se casaran algún día. La mayoría de ellos nunca lo hacía, y se consideraban ser buenos católicos de todas maneras. ¿Después de todo, acaso no perdonaba Dios?

¿Acaso la Virgen no entendía que la mujer era la presa del hombre y víctima de sus propias pasiones? En San Juan de la Cruz, tanto los hombres como las mujeres por igual aceptaban el mundo como lo encontraron. La gente era imperfecta, de la manera que Dios la hizo; así que ¿qué había de lo cual sentirse culpable?

Y, sin embargo, a la mayoría de las mujeres de San Juan de la Cruz les habría gustado ser conocidas como la señora de alguien. La argolla de matrimonio concedía un prestigio inherente a ella. Con el matrimonio se obtenía una nueva identidad social. Las mujeres casadas estaban en una clase propia; se les trataba con un respeto reservado para aquellas que eran... bien... respetables.

Y ahora, después de tantos años, una de las mujeres Ortiz iba a casarse.

Silvia tenía ya más de cuarenta y cinco años, pero todavía tenía el pelo negro como el ébano, sin ni una sola cana. Era el único vestigio que le quedaba de su juventud. Su cuerpo voluminoso había empezado a engordar cuando ella todavía andaba por los veinte años y ahora era una mujer barrigona, cansada, cuyo aire imperturbable reflejaba años de haber criado a niños y de haberse afanado en las casas de otras mujeres. Como otras cruceñas, usaba maquillaje para las ocasiones especiales, pero no tenía ninguna noción del cuidado del cutis. Aunque aún tenía la piel suave, las arrugas y la sequedad la hacían verse deteriorada por el sol y la intemperie. Su pelo era lo único que hacía recordar a la linda muchacha que había sido. Ella lo llevaba largo hasta la altura del hombro. Marta se lo peinó en ondas flojas.

Los vestidos estaban colgados de la puerta en colgadores plásticos. El blanco estaba adornado con las diminutas flores de cinta que Eva y Evangelia habían hecho. Los otros eran rosados, con encaje y volantes cosidos hacia abajo desde el corpiño.

Marta se rio suavemente.

—Yo no sé si el color blanco es apropiado en realidad, dadas las circunstancias.

—¿Qué más da? ¿Qué le importa a Dios? ¿Tú crees que a Dios le importa el color del vestido de una mujer? Dios tiene otras cosas de qué preocuparse.

—Tienes razón, mamá. Una novia puede ponerse lo que quiera. Es su día.

Las hermanas de Marta habían terminado la decoración de la torta y de bañar a los niños. Verónica y Ana andaban correteando precipitadamente por todos lados con sus vestidos de fiesta con volantes.

—Déjense de corretear —les ordenó Marta—. ¡Se van a ensuciar!" Y entonces ella miró hacia otro lado, porque se le habían llenado de lágrimas los ojos y la piedra que se le hizo en la garganta era tan puntuda y le producía tanto dolor que no podía tragar.

Evangelia se sentó en la silla mimbre y Silvia empezó a pasarle una peineta por su grueso pelo negro. Marta se quitó el vestido y sacó de su colgador uno de los trajes. Eva deshizo una de las trenzas de Verónica que se le había soltado y empezó a trenzarla de nuevo.

—No puedo creer que esto esté pasando de verdad —dijo Eva—. Yo no puedo creer que éste sea realmente el día.

—Yo tampoco.

La voz de Marta era ronca y baja. Estaba haciendo un gran esfuerzo por contener las lágrimas. Pasó los dedos por encima de la falda rosada como si esta estuviera arrugada, para impedir que le temblara la mano. Mañana a esta hora, ella se iba a haber juntado con el coyote que llevaría a un grupo a los Estados Unidos. Habría una gran celebración después de la misa de matrimonio —baile, comida, canto, bebida. Antes de que hubiera terminado, ella se habría ido. Se preguntó lo que sus pequeñas hijas dirían cuando se dieran cuenta de lo que ella había hecho. Tenía que irse, se dijo a sí misma. Era la única manera. No había nada para ella aquí en San Juan de la Cruz. Las muchachas estarían suficientemente fuera de peligro con Silvia. Pero, —ésta era la pregunta que le roía las entrañas: ¿la perdonarían alguna vez?

—¿Dónde está Enrique? —preguntó Eva.

—Con Jerónimo y Juan —dijo Evangelia—. Todos ellos están arreglándose en la casa de Roberto Roibal.

¿Acaso no sabes que es mala suerte que el novio vea a la novia?

—¡Como si el novio nunca hubiera visto a la novia! —dijo Silvia riéndose.

Eva besó a su madre en la mejilla.

—Es una tradición, mamá.

Por fin estaban vestidas y listas. Silvia miró a sus hijas y a sus nietas. — Ustedes son hermosas, —les dijo simplemente.

Los parientes y los vecinos se habían juntado en la sala para acompañar a las cuatro mujeres y las dos chicas a la iglesia. Caminaron por la polvorienta calle en grupo al que se le fueron agregando otros invitados por el camino.

Una vez dentro de la capilla, la novia y sus damas ocuparon sus puestos. Silvia estaba tranquila y radiante.

Cuando Manuela Rodríguez empezó a tocar la marcha nupcial en el desvencijado piano, Silvia avanzó por el pasillo con lentitud, pesadamente. Era una mujer corpulenta. La vida del barrio había tenido un grave efecto en ella y, a pesar de tener el pelo absolutamente negro, Silvia parecía mayor de lo que era. Sin embargo, para una mujer de casi cincuenta años que había tenido y criado a cinco niños, ella resultaba ser una novia encantadora.

Marta sonrió a pesar de sus lágrimas. Éste era el momento de Silvia. Silvia había estado con Enrique por más de veinte años. Como las otras mujeres de San Juan de la Cruz, ella había madurado temprano y se la había arrastrado al torbellino sexual antes de que ella hubiera alcanzado la adolescencia. Un tipo la había violado. El hijo de un hacendado la había seducido. Un hombre-calavera de ojos verdes había entrado en relaciones con ella en la ciudad, luego armó una reyerta en la que lo mataron. De sus tres hijas y dos hijos, Enrique había engendrado sólo a los dos más jóvenes —Eva y Juan. Y, sin embargo, él los había criado a todos como si hubieran sido sus propios vástagos, y todos y cada uno de ellos lo llamaba papá. Había sido un buen padre para los niños de otros hombres. Y se había quedado.

A la mañana siguiente, Marta estaría camino a los Estados Unidos, siguiendo a un coyote hacia el norte de

México y a la frontera donde él los ayudaría, a ella y a otros veinte, a entrar furtivamente a Texas; luego los pondría en un avión que los llevaría a Washington, D.C. Se decía que era más difícil ahora que el gobierno americano había aumentado la patrulla fronteriza, pero el coyote había garantizado que él los pasaría. Marta empezaría una nueva vida. Quizá algún día ella podría enviar por sus niñitas. De todos modos, ella las dejaría con su madre, una señora respetable, la envidia del barrio.

## La llamada

CADA VEZ que Cándida López veía un carro extraño en la calle, repasaba en su mente las formas más eficaces de llevar a cabo un suicidio. Si Riqui estuviera muerto, dos Marines tocarían a la puerta y recitarían el mismo discurso de siempre, el que les decían a todas las madres cuyo hijo había hecho "el último sacrificio". Después, ellos saldrían a beber una cerveza. Pero ¿qué hay de la madre? Píldoras, pensó Cándida. Quedarse dormida y nunca más despertar. O monóxido de carbono.

—¡Qué pena que no sepa usar un arma! —ella decía en voz alta.

Pero ¿y si Riqui estuviera herido? Hubiera una llamada, probablemente de algún hospital en Baghdad o del centro médico en Landstuhl. Muchos de los chicos transportados por vía área a Landstuhl nunca llegaban vivos a casa. O bien volverían demasiado estropeados para llevar una vida normal. Ella había leído todo sobre eso en *La Opinión*.

La doctora le había dicho que dejara de leer las noticias, que dejara de ver Univisión, que dejara de escuchar la radio, pero ella estaba adicta. Revisaba el internet diez o aun doce veces al día. Cada vez que una bomba explotaba o un avión caía, se arrodillaba a rezar.

—Por favor, Virgen santísima que no sea Riqui.

—¿Para qué sirve escuchar las noticias? —su amiga Carolyn le regañaba—. Todo lo que logras es perturbarte.

—Lo sé, suspiraba Cándida. —Se sentía encadenada en una cárcel de desesperación.

—Me enteré de una abuela que se unió al ejército —le dijo a Riqui antes de que éste partiera—. Fue a Iraq a cocinar para las tropas para estar cerca de su nieto. ¿Qué tal yo si hiciera eso?

—¡Ni por broma, mamá!

—Riqui... —Cándida sintió como si tuviera una piedra áspera en la garganta—. Tú eres mi único hijo, mi único niño.

—Todo va a estar bien, mamá. Todos los muchachos se protegen entre ellos.

—Dios te oiga, hijo. Espero que Dios esté escuchando.

El teléfono sonó. Cándida se estremeció. Se quedó ahí mirando el objeto negro colgado en la pared, como si fuera una rata muerta.

Finalmente, recogió el auricular.

—Aló, —dijo.

—Hola, Cándida, soy Carolyn ¿estás bien? Cándida exhaló en alivio.

§§§

Cuando dejó El Salvador en 1985, la guerra asolaba al país con furia. El FMLA estaba acechando a quien sea que tuviese una vaca o una radio y le ponían una pistola a la cabeza. La propiedad privada era maldita, ellos decían. Todo lo que tenías pertenecía a la revolución.

—No debemos preocuparnos —insistía Ricardo, el esposo de Cándida—. No tenemos nada que ellos quieran.

Pero estaba equivocado.

Una noche, mientras Cándida acostaba a los niños, se sentía horriblemente intranquila. De repente, una explosión la hizo tambalear. Había sólo dos cuartos en la minúscula casa, la habitación y un cuarto de uso general para cocinar, comer y todo lo demás. Ése era el único cuarto que tenía una puerta y alguien la había abierto.

—¡Escóndanse! —ella ordenó.

Riqui, que entonces tenía tres años, se zambulló bajo la camita, pero era demasiado tarde para Nélida, de once años. Los soldados —una pandilla de matones que se llamaban guerrilleros— ya estaban en la habitación. Uno de ellos agarró a la niña y le arrancó el vestido, mientras que los otros tiraron a Cándida al piso. De ahí se desabrocharon los pantalones y se turnaron.

Cuando Ricardo volvió de la casa del tío Raúl, lo primero que notó fue que el gallinero estaba vacío. Se paralizó y escudriñó el patio. Plumas, cáscaras de huevo y heces humanas estaban sembrados por todos lados. Las sienes de Ricardo comenzaron a palpitar y sus dedos se convirtieron en hielo. Habían volado la puerta de la casa, que ahora estaba en pedacitos. Las ollas y sartenes que normalmente colgaban de la pared habían desaparecido.

Encontró a su esposa histérica y retorcida de dolor. Su hija inerte estaba tendida en un charco de sangre.

Cándida estaba balbuceando algo: muchachos, violación, Virgen María. No podía distinguir las palabras, pero entendía lo que había sucedido. Junto a Nélida yacía una estatua despedazada y ensangrentada de la Santa Madre. Había sido el único objeto de belleza en la casa. La habían quebrado en la cabeza de Neli, probablemente para silenciarla o tal vez sólo por diversión.

Ricardo se derrumbó. Su hermosa niña —sus amplios ojos atigrados, su suave piel morena, sus labios llenos, su cuerpo en florecimiento.

La enterraron en el cementerio del pueblo. Ricardo sujetaba al pequeño Riqui en sus brazos y observaba a sus tíos y primos bajando el ataúd a la fosa. Él era un hombre pobre e insignificante, pero no iba a dejar que esos brutos se salieran impunes de este delito.

—Voy a unirme al ejército —juró. —Voy a encargarme de ellos.

—Los soldados del gobierno son tan brutales como los guerrilleros, —contrarrestó su primo Juan—. Lo que necesitas hacer es irte de aquí. Encuentra un coyote que te escabulle por México y por la frontera de Estados Unidos.

—¿Quién tiene dinero para un coyote?

—Podríamos juntar nuestros recursos.

—¿Cuánto podríamos reunir todos? Los coyotes cobran entre tres y cuatrocientos dólares por cabeza. — Ricardo inhaló su fétido cigarrillo.

—Por lo menos, lo suficiente como para Cándida y Riqui, —dijo el tío Raúl—. O si no, puedes pedirle dinero prestado a Tello. Ha financiado a muchas personas. Le devolvieron la plata una vez ahí. ¡Oí que uno puede ganar cuarenta o cincuenta dólares por día en los Estados Unidos!

¡Imagínate! ¡Serías capaz de pagarle a Tello dentro de un par de meses!

Tello era el dueño de la única tienda del pueblo de San Teófanes. Vendía de todo, desde alimentos para pollos, hasta cerveza, hasta pantis de mujeres.

El tío Raúl encendió un cigarrillo con las manos temblorosas. Su piel era frágil y arrugada como una vieja bolsa de papel, y sus dedos anudados como cuerdas. Pero su mente era lúcida. Ricardo estaba escuchando.

—Tú se lo debes a tu hijo. Tienes que sacarlo de aquí.

—¿Qué hay si los atrapan?

—Los coyotes conocen todas las rutas secretas.

Después que Cándida se establezca, tú puedes seguirle.

—Virgen santísima, —se quejó Cándida. Pero sabía que el tío Raúl tenía razón.

§ § §

Cruzó la frontera en el compartimiento oculto de un camión, con su hijo escondido debajo de ella. El chofer los despachó en un bus a Los Ángeles, donde una mujer salvadoreña llamada Vilma, quien rutinariamente registraba la estación para recién llegados, les ofreció un cuarto por $100 al mes.

—No tengo tanto dinero —le dijo Cándida.

—Lo tendrás —dijo Vilma.

Las calles del barrio estaban cubiertas de basura y los muros cubiertos de chillones grafitis. Por todas partes, hombres que le recordaban a los desvergonzados que la habían violado a ella y a Neli vagaban por las calles, fumando y arrojando obscenidades. Le daban escalofríos. Vilma le consiguió un trabajo en un restaurante lavando platos. Riqui iba también, porque no había donde dejarlo. Por la noche, ella asistía a clases de inglés en la iglesia del vecindario. Ahí es donde conoció a una mujer de Etiopía llamada Aisha, quien le habló de una familia en Beverly Hills que estaba buscando niñera.

—Deja este barrio antes de que sea demasiado tarde —le dijo Aisha—. Antes de que las pandillas se apropien de tu muchacho.

—Es sólo un bebé.

—Exacto. Aún hay tiempo.

Cándida se había escapado de una zona de guerra, pero el barrio era una zona de guerra también. Ella tomó el trabajo de niñera.

—¡Mantente en contacto! —Vilma le dijo a Cándida cuando ésta se mudó—. Ven a comer tamales y pupusas conmigo los domingos.

—Claro que sí —Cándida le aseguró.

Y así lo hizo. No sentía nostalgia por San Teófanes, pero adoraba los aromas familiares de la cocina de Vilma. Le encantaba escuchar el dialecto familiar y ponerse al día con las noticias. El pequeño grupo de Vilma le daba un sentido de comunidad en este país nuevo y extraño.

Beverly Hills era como una especie de fantasía —cuadras y cuadras de césped bien cuidado, palmeras florecientes y adelfas carmesí, entradas de auto con coches exóticos—. Janine McGovern, la empleadora de Cándida, era una abogada muy ocupada, demasiado ocupada, así que era el trabajo de Cándida recoger a los niños de la escuela y ocuparse de la casa. Ella y Riqui tenían su propio cuarto con un baño y un inodoro que echaba agua. Al poco tiempo, Riqui estaba en la escuela del vecindario, libre de merodeadoras pandillas. Todo va a estar bien, pensaba Cándida, mientras pudiera mantenerse fuera de la vista de las autoridades de inmigración —la migra— y no hiciera nada estúpido como solicitar el estatus de refugiado. La señora McGovern le había dicho que menos del tres por ciento de los Centroamericanos que lo pedían lo conseguían. Al pedirlo, uno sólo atraía la atención a sí mismo.

—Lo siento, —ella le decía— a pesar de que soy abogada, con esto no te puedo ayudar.

Dos años después, Cándida ya había aprendido un inglés pasable.

—Don' forget you mat' book! ¡No te olvides de tu libro de mate! —Le recordaba a David, el hijo de diez años de la señora McGovern, cuando partía para la escuela.

Cándida agarró un segundo trabajo en un salón de belleza en Beverly Boulevard, lavando las cabezas de señoras elegantes los sábados. Necesitaba más dinero.

Estaba ahorrando para traer a Ricardo a Los Ángeles. Era en el salón de belleza donde conoció a Carolyn, una esteticista con cabello rubio rizado y un corazón de oro que palpitaba bajo unos pechos enormes.

Cada mes Cándida le mandaba un giro a Tello para pagar su deuda y otro para el tío Raúl para aliviar sus cargas. El tío Raúl no sabía escribir, pero de vez en cuando Tello le mandaba una nota con noticias de la comunidad. La esposa de Juan acababa de tener un bebé. Raúl había comprado una vaca y dos cabras a las que cuidaba como niñitos. Ricardo se había unido al ejército y nadie lo había visto en meses. Cándida fue a la iglesia y encendió una vela para su marido.

—Virgen, —rezó— a pesar de que abusaron de ti en nuestra casa, no nos abandones.

Eventualmente las cartas dejaron de llegar. Para entonces, Cándida ya le había pagado la deuda a Tello, pero seguía enviando giros a tío Raúl. Trató de llamar —había servicio telefónico en San Teófanes— pero nadie nunca respondió.

Cándida le explicó el problema a Vilma, quien le prometió que iba a preguntar por ahí.

Tomó algunas semanas, durante las cuales Cándida rezó y lloró mucho. Cuando la respuesta finalmente vino, era devastadora. Las tropas gubernamentales habían invadido San Teófanes, saquearon la tienda de Tello, robaron los animales de Raúl y dispararon a todos menos a la gente que había logrado huir. Ahora había teléfonos, pero no había nadie que los contestara.

—¿Y Ricardo?

—Nada de Ricardo. Tal vez esté muerto.

—Tal vez lo esté, —dijo Vilma con mucha naturalidad. —Después de todo, es una guerra.

—Yo nunca jamás dejaré a mi hijo ir a la guerra —dijo Cándida.

§ § §

Para el año 1992, el conflicto en El Salvador había terminado. Miles de salvadoreños regresaron a casa, pero Cándida decidió quedarse. Había dejado a la señora McGovern un par de años antes. Carolyn la había convencido de que estudiara para su diploma de equivalencia de secundaria y para una licencia de esteticista. Era agotador permanecer de pie por horas con las exigentes mujeres, mezclando tintes, peinando rizos, recordando quién acababa de divorciarse y quién había pasado sus vacaciones en la Costa Azul, pero Cándida no se quejaba. Tenía un pequeño apartamento en Santa Mónica y un Toyota usado. Si no fuera por la migra, habría podido respirar tranquila. Pero la migra era una constante preocupación.

¿Y si se metían al salón de belleza y se llevaban a todos los ilegales? Sería una pesadilla para ella, por supuesto, pero también para la propietaria, quien había sido amable con ella. ¿Y qué sería de Riqui, ahora en el quinto grado y más gringo que guanaco?

Un día en 1997, la señora McGovern la llamó. Había habido un terrible terremoto en Centro América y el gobierno de los Estados Unidos había aprobado una ley de socorro que permitía que los nicaragüenses y salvadoreños indocumentados permanecieran en el país.

—Ahora puedo conseguirte una *green card* —le dijo la señora McGovern.

—Bueno, —se dijo Cándida a sí misma— he pasado por mi propio terremoto personal, así que tal vez califique.

—¿Alguna noticia de Ricardo? —agregó la señora McGovern.

—No, señora, nada.

§ § §

Cándida acababa de levantarse y encender la radio cuando la voz sonora del locutor anunciaba que un avión se había reventado en el muro del World Trade Center de Nueva York. Cándida asumió que un piloto amateur había rozado la pared. —¡Idiota!—se dijo en voz alta.

Cambió a la estación de música, donde estaban tocando "Ni tú ni nadie". Cándida tarareaba, perdida en sus cálculos de los gastos de Riqui, que acababa matricularse en clases en el Santa Mónica College. De repente, el locutor interrumpió el programa. Un segundo avión había volado a una de las torres, dijo, y un tercero se dirigía a Washington, D.C.

Cándida sintió que le apretaba el estómago. Recordaba cosas. Un presentimiento de peligro. Una explosión. Guerrilleros matones apisonando el suelo de su casa. Los gritos de Neli. La estatua de la Virgen reventándose en el piso.

—No, —susurró—. No.

Unos meses después, regresó al departamento para encontrar a Riqui en la sala con un reclutador de los Marines.

—Dios mío —exclamó Cándida—¿Qué es esto?

Riqui se había convertido en un joven guapo. Habría sido alto en El Salvador, pero aquí él tenía una altura mediana, de más o menos cinco pies y diez pulgadas. Tenía los mismos ojos atigrados que su hermana, las mismas cejas amplias y piel morena. Su cabello negro caía sobre su frente seductivamente. Agarró una mata de pelo en la mano y sonrió ampliamente a su mamá.

—Echa un buen vistazo, mamá, porque la próxima vez que me veas, tendré la cabeza rapada.

—Apenas empezaste los estudios, Riqui. —Estaba luchando por mantener la calma.

—Este país nos ha acogido, mamá. Y ahora estamos en guerra.

Cándida comenzó a sollozar. —Pero no somos ciudadanos, —dijo finalmente.

El reclutador, un hombre alto y negro, con una mirada estoica y sensata, miró por encima de su cabeza.

—Él tiene diecinueve años y es un residente legal, señora. Puede inscribirse.

El reclutador se fue. Riqui se sentó en la mesa con las piernas abiertas, los ojos brillantes, ya con esa sonrisa de Marine altanera.

Cándida tenía que admitir que estaba orgullosa. Pero también estaba asustada, tan asustada que sentía nauseas.

—Escucha, mamá, —dijo Riqui, de repente serio—. Cuando yo era pequeño... allí en El Salvador... tú me protegías. No podía defenderte... o a mi hermana —su voz se suavizó—pero nunca voy a dejar que nada malo te vuelva a suceder.

Cándida todavía estaba sollozando y temblando como un gorrión en un viento invernal.

—Mira, —dijo Riqui—. Te voy a mostrar algo.

Fue a su cuarto y regresó con un papel. Bajo la imagen de un águila con las alas extendidas estaban las palabras, "Servicios de Ciudadanía y Naturalización de los Estados Unidos". Señaló con el dedo las líneas que había destacado en amarillo. "Las disposiciones especiales de la Ley de Inmigración y Naturalización (INA) autorizan a los Servicios de Inmigración y Ciudadanía de los Estados Unidos a acelerar el proceso de solicitud y naturalización de los miembros actuales de las fuerzas armadas de los Estados Unidos y de los miembros que han recibido recientemente su licenciamiento".

—¿Lo ves, mamá? Si yo sirvo, podemos ser ciudadanos americanos. No más preocupaciones por la migra o renovaciones de las *green cards*.

—No lo hagas por mí, Riqui. Yo preferiría vivir en las sombras para siempre.

Unos días después, el teléfono sonó. Cuando pensó en ello después, le parecía que toda la escena había ocurrido en cámara lenta. Era la llamada que ella había estado esperando —y temiendo—. Un oficial estaba llamando de San Salvador. Ricardo estaba muerto, dijo. No había detalles. Eso fue todo.

Cándida buscó el equilibrio tratando de apoyarse contra la pared. Ahora su hijo se iba a la guerra. ¿Habría algún día otra llamada? Ya había perdido a su hija y a su esposo.

—Oh, ¡Virgen Santísima! —rezó—. ¡Cuídalo!

El insomnio comenzó incluso antes de que Riqui saliera para el campamento militar. Durante el día, Cándida dormitaba parada. Por la noche, permanecía despierta durante horas, calculando las posibilidades de supervivencia de Riqui. Hasta ahora, sólo treinta y siete soldados estadounidenses habían caído en Afganistán. Un número diminuto. Pero si fuera tu hijo el que muriera... Empezó a tomar Excedrin PM —primero una, después dos, tres, cuatro—. Cuando por fin caía en un sueño irregular, soñaba con bombas y tanques en llamas. Durante el día contemplaba el suicidio.

—Mi amor, —dijo Carolyn, apretándole los hombros— tienes que conseguir ayuda.

En la frente de Carolyn y alrededor de sus ojos se habían formado surcos y su barbilla se había vuelto esponjada. Pero su cabello seguía rubio —sabía cómo aplicar tintes, después de todo— y estaba tan amable y atenta como siempre. Cándida pensó que tenía suerte de haberla encontrado como amiga.

La doctora había escrito una receta para Ambien, pero eso no la ayudó. En marzo del 2003, los Estados Unidos invadieron a Iraq y en agosto Riqui anunció que lo mandaban al frente. Estaba lleno de bravuconería. Música fuerte y amenazas con patearles el culo.

Cándida se volvió morosa y obsesionada con los noticieros. Comenzó a sufrir de falta de aliento. Oró, pero no encontró ningún alivio. La melancolía la seguía como un feo perro negro. Extrañamente, en el salón, nadie más que Carolyn sabía que algo le pasaba. Cándida de alguna manera mantuvo las apariencias, aunque se sentía como si se estuviera sofocando.

Todos los días, le enviaba un email a Riqui. Pasaron semanas sin respuesta.

—Lo siento, mamá, estaba trabajando. —Riqui le explicó cuando finalmente llamó. Lo hacía sonar como si estuviera barajando papeles en una oficina de seguros.

Eran fines de enero del año 2004 y Cándida no había recibido noticias de Riqui desde Navidades.

—Te notificarían de inmediato si estuviera muerto—,Riqui había bromeado antes de partir—. Si no recibes una llamada o una visita, no te preocupes.

Cada vez que oía la noticia de la muerte de un soldado americano, Cándida se sentía culpable por sentirse aliviada. Era un alivio que no fuera Riqui, pero horrible que alguna otra mujer como ella estuviera de luto.

Se sentía culpable de otras cosas también. Riqui había puesto su vida en riesgo para protegerla. Para que tuviera su ciudadanía, para que nunca más tuviera que preocuparse por la migra o la *green card*.

—No te preocupes por mí, Riqui, —susurró en las sombras—. Sólo te pido que te mantengas vivo.

Una noche tomó más Ambien de lo que debía, y luego se quedó tendida en la cama mirando en la obscuridad. El timbre del teléfono la sacudió. ¡Una llamada en medio de la noche! Jadeó para respirar y se aferró al receptor.

—Aló.

No había nadie.

—Aló.

Todavía nadie.

Cándida se sentó en la oscuridad, hiperventilando. El reloj digital con los números verdes brillantes marcaba la hora: 1:32. Finalmente, colgó.

Pasó el resto de la noche esperando que el teléfono sonara.

—Llamarán de vuelta —se dijo a sí misma.

Pero no volvieron a llamar. El mismo sentimiento la invadió que el día en que Vilma le había dicho que Ricardo probablemente estaba muerto. Estaba segura, absolutamente segura, de que esto terminaría de la misma manera.

Pero después de un mes, Riqui llamó.

—¿Estás bien? —preguntó Cándida sin aliento—. El teléfono sonó una noche ... pensé ... que algo podría haber sucedido.

—No, no ha pasado nada. Su voz sonaba decisiva.

Conversaron unos minutos sobre nada en especial y luego Riqui preguntó de repente:

—¿Cuándo recibiste esa llamada?

—Enero ... debe haber sido alrededor del día veinticinco. Era la 1:32 de la mañana. Estoy segura de la hora.

Silencio.

—¿Hijo?

—No, nada. —Él se despidió y le dijo que no se preocupara, como siempre.

Pero Riqui sabía lo que había ocurrido el 25 de enero. Era un día que nunca olvidaría. El teniente Metzer lo había enviado a un pueblo en las afueras de Ramadi, donde se rumoreaba que la gente local albergaba a un operativo de al-Qaeda. Sus instrucciones eran observar lo que podía. Debería llevar consigo un teléfono celular militar para mantener informado a Metzer. Él y otros cuatro Marines partieron temprano por la mañana, pero justo antes de que llegaran, Riqui se dio cuenta de que no tenía el teléfono. Intentó recordar dónde lo había dejado. Repasó en su mente las últimas horas antes de partir y recordó que se lo había dado a uno de los intérpretes iraquíes para que éste hiciera una llamada autorizada.

Pensó que el hombre se lo había devuelto, pero ahora no estaba tan seguro.

A las 11:32 de la mañana —1: 32 de la mañana en Los Ángeles— el teléfono de Riqui López detonó una bomba en Ramadi que mató a un Marine y dejó a tres heridos de gravedad. Riqui también habría sido una víctima, si Metzer no lo hubiera enviado a esa misión. Riqui debió haber muerto ese día. De alguna manera, el teléfono llamó a su madre. ¿Cómo sucedió? Riqui no podía explicarlo.

Cuando Riqui dejó los Marines en 2006, lo primero que hizo fue solicitar la ciudadanía estadounidense. Tan pronto como la consiguió, pudo patrocinar a Cándida. Una noche, llevó a su mamá a cenar y le contó la historia del teléfono.

Cándida sintió como si la mano de Dios le acariciara la mejilla.

—Fue la Virgen que me llamó para decirme que estabas bien, —dijo. —Sólo que yo no supe cómo interpretar el mensaje.

—Claro que sí, mamá —dijo Riqui, mordiendo un tamal—. Estoy seguro de que así es.

# Bienvenue, Rosalía

EL MÁS MÍNIMO movimiento de la mano de Lisa Magner arrojaba galaxias de fragmentos de luz que temblaban en la pared. Había sido un magnifico regalo, el anillo de cóctel de diamantes. De hecho, todo era maravilloso —ser la esposa del congresista Richard Magner, estar aquí en Washington, estar cenando en el Bienvenu.

Dick almorzaba aquí con frecuencia. Al mediodía el Bienvenu era como un bazar de intrigas. Juegos de poder, influencia y confabulaciones eran las *spécialités de la maison*. Éste era el lugar favorito de Kissinger y de Haig también. Lisa pensó ver al senador Warner en un rincón con Liz, pero no estaba segura y no quiso ponerse los lentes. No quería mirarlos boquiabierta como si fuera alguna pueblerina, aunque así se sentía. Para los agentes del poder de Washington, John Warner y Elizabeth Taylor eran gente como cualquier otra, pero para Lisa seguían siendo celebridades.

¿Cuántas veces había estado aquí Dick? Lisa se preguntaba. Rumores circulaban acerca de almuerzos fuera de hora en compañía de una secretaria alta y esbelta de notables ojos color esmeralda, pero Lisa los atribuyó al chismorreo político y les hizo caso omiso. Washington era una fábrica de chismes.

Dick apareció en la puerta. Divisó varias caras familiares y saludó a la gente con una sonrisa mecánica.

—*Bienvenu, monsieur.* —El *maître d'* lo recibió con un gesto de familiaridad y le mostró la mesa dónde Lisa ya estaba sorbiendo un *pink squirrel*.

—Gracias, François.

Lisa frunció sus labios y Dick se inclinó para rozarlos contra los suyos antes de sentarse.

—Ah, veo que traes puesto el anillo.

Miraron los diamantes centellear en la luz del candelabro.

—Es tan hermoso, Dick.

Richard Magner echó un vistazo alrededor de la sala, como para evaluar el nivel de influencia de la clientela nocturna. Su mirada se cruzó con la de un hombre delgado de anteojos y le sonrió de una forma reflexiva y robótica. Entonces, se quedó mirando fijamente el líquido pegajoso de color rosa del vaso de Lisa.

—Te ves cansado, —dijo Lisa.

—Es el asunto de los ilegales.

—¿Sigues con eso?

—¡Por Dios!, las nuevas propuestas de la Comisión Selecta sobre la Inmigración... Tú te darás cuenta de que hay tal vez entre doce a veinte millones de ilegales en este país. Las cifras oficiales son de once a doce millones, pero yo apostaría hasta mi último dólar a que hay un montón más. La mayoría de ellos mexicanos ... aunque en Washington, la mayoría son salvadoreños.

Lisa sabía que Dick iba a estar despotricando acerca de ello toda la noche. Bueno, ella pensó, dejarlo hablar. Ella estaba absorta en una escena al otro lado de la sala. La mujer que pensó que era Liz estaba hablando con el mesero. Lisa se preguntó si la mujer iba a ordenar postre.

—Es verdad lo que dicen, —Lisa se dijo a sí misma—. Ella es demasiado gorda. No debería pedir postre.

§§§

Un vapor surgía del grifo. En la pared grisácea frente a Rosalía, formaba perlas de agua que se abultaban y se rompían, y luego corrían en zigzag de regreso al fregadero. En la frente y las mejillas de Rosalía el vapor se mezclaba con el sudor. El líquido escurría por su cuello, empapándolo. Sus manos estaban irritadas y ardían al roce del agua hirviente. Rosalía frotó la esponja jabonosa sobre el tazón Lennox y pensó que lavar platos no era tan malo. El otro trabajo, el que tenía en la mañana, era peor. Limpiar los inodoros en los edificios de oficinas en la avenida Connecticut era desagradable, a pesar de que Rosalía sabía que no debería quejarse. Después de todo, el desinfectante atenuaba olores, y los cepillos de mango largo, en lugar de sus manos desnudas, tocaban los interiores de los excusados. Había hecho trabajo más sucio en casa, en su país de origen. Además, entre los dos trabajos, ganaba casi mil dólares por mes. Rosalía pasó el tazón a José María para que lo secara. Y además ¿cuál era la alternativa? se preguntó. ¿Regresar a Intipuca? Virgen santísima, vivir en Intipuca era igual que morir. Morir, tal como Roberto lo había hecho.

§ § §

—... tarjetas de trabajador invitado. Ellos piensan que van a reducir el número de ilegales si les entregan tarjetas de trabajador invitado...

Ahora jamás iba a poder hacer que cambiara de tema. Lisa ya había escuchado todo acerca del programa de trabajadores invitados incontables veces. Sabía que estaba destinado al fracaso, al igual que el programa Bracero de antes. Sabía que el proyecto Bracero había sido lanzado durante la guerra para traer obreros de México para reemplazar americanos que habían sido reclutados, pero al final únicamente estimuló la inmigración ilegal en lugar de detenerla, porque después de que sus contratos acabaron, los trabajadores nunca se fueron. No sólo eso, habían traído a sus familias. Ella sabía las cifras de memoria... por 1964 más de un millón de ilegales extranjeros fueron aprehendidos... Ella había escuchado a Dick insistir en esas cifras en el Congreso y en los cócteles de Georgetown, en las conferencias de prensa y en las canchas de golf del Chevy Chase Country Club. Alrededor de un millón... una enumeración interminable de hechos acerca de personas que ella nunca había visto en su ordenado y limpio barrio de Bethesda, donde vivían cuando el Congreso estaba en sesión, o en su fresca y arboleada calle en Illinois —la calle con la enorme casa de ladrillo donde permanecían durante los meses de verano, cuando el Congreso estaba en receso. Gente que ella no conocía y que por lo tanto no existía.

Lisa bebió un sorbo de su segundo *pink squirrel* y trató de no prestarle atención a Dick. De vez en cuando, hacía un comentario que requería una respuesta, pero Lisa era experta en captar señales sin realmente escuchar lo que Dick decía.

—Me enfada esta idea de perseguir a los empleadores. ¡Por Dios!, no es la culpa de esos pobres diablos. Sólo están tratando de ganar plata. ¿Qué hay de malo en eso? Si pueden encontrar trabajadores baratos, ¿por qué no contratarlos?

La voz de Dick zumbaba monótonamente. Lisa estaba hipnotizada por la mujer de pelo oscuro que se parecía a Liz. El camarero le llevó un carro con pastelería y la mujer echó un vistazo a la bandeja. Su acompañante escogió lo que Lisa pensó era un *éclair*. Le pareció a Lisa que la mujer de pelo oscuro escogió un Napoleón. Lisa consideró la posibilidad de ponerse los anteojos, pero decidió no hacerlo. Iba a ser muy obvio que estaba fascinada con la mujer, muy obvio que no estaba escuchando a Dick. Pero si era un Napoleón, pensó Lisa, tenía demasiadas calorías.

—Escucha, yo puedo entender por qué esta gente viene aquí. Después de todo, el desempleo más el subempleo han llegado al 45% en México... En el Salvador, del 40 al 50%... La República Dominicana ... 75%... una cuestión de estadística.... Todo lo que tienes que hacer es...

Los tenedores tintinearon en la porcelana y las impecables copas de cristal esperaban plácidamente que un mesero las llenara de champán.

—Pero escucha, nosotros tenemos nuestros propios problemas. El hecho de que nuestra tasa nacional de desempleo está por debajo del 7% no significa que todos disfrutemos de una vida de comodidad. Entre los negros está al 15%, y en nuestro distrito...

—Por supuesto que la idea es absurda.

—¿Qué?

—Lo que acabas de decir... acerca de los empleadores. —Lisa hizo que su voz sonara complícita—. No puedes culpar a una mujer por emplear una sirvienta ilegal. Después de todo, eso es todo lo que hay. Eso es lo que Helen Sydney dice. Ha tratado de encontrar una mujer negra...—Lisa miró directo a Dick para asegurarse que él entendió que había estado prestando atención a cada una de sus palabras.

—Por Dios, todo lo que están haciendo esos tipos es tratar de ganar plata.

Lisa hizo como si no se hubiera dado cuenta del *non sequitur*.

—Los negocios son eso, pues: ganar plata. Y hasta si decidieran tomar medidas dramáticas contra los empleadores, ¿cómo diablos podrían hacer valer una tal ley? Cada tipo de apellido hispano se pondría a gritar y protestar con carteles, incluso Chávez y todos esos matones en California, porque entonces no podrían encontrar trabajo.

La mujer que Lisa pensaba que era Liz se levantaba. Pareció que iba a dirigirse al baño de mujeres.

—Tenemos que detener esta tendencia de alguna otra manera...

—Querido, disculpa. Voy al baño.

—¿Ahora? Acaban de traer nuestra comida.

—Sólo quiero lavarme las manos.

Dick frunció el ceño, pero no dijo nada.

§ § §

Los campesinos habían encontrado el cuerpo de Roberto a tres kilómetros de Intipuca, en un caminito de tierra. Para el tiempo en el que Rosalía lo vio, la sangre había comenzado a coagularse y tornarse marrón.

Rosalía había ido a los campos sola esa mañana. Roberto no había ido con ella a cosechar anacardos porque quería ir a ver a Don Refugio acerca de un préstamo.

Roberto había ido otras veces a ver a Don Refugio. Esta vez, necesita alrededor de mil dólares, a pesar de que al principio sólo eran seiscientos. Pero ahora los coyotes estaban pidiendo más.

Por años Roberto había hablado de juntar el dinero suficiente para pagar a un coyote para pasarlo por Guatemala y México, y de ahí por la frontera con los Estados Unidos. Era un sueño quimérico para un hombre que ganaba dos a cinco colones —uno o dos dólares— por día trabajando en los campos de anacardos, pero Roberto siempre había sido obstinado. Juntos él y Rosalía habían ahorrado alrededor de setecientos cincuenta colones.

Don Regio conocía a Roberto toda su vida. Sabía que Roberto le pagaría una vez que consiguiera trabajo en los Estados Unidos. Los salvadoreños que regresaban a Intipuca después de haber trabajado algunos años en el Norte hablaban de ganar entre ochocientos y mil dólares por mes. ¿Y no era verdad que Doña Alicia, cuyo hijo mayor estaba viviendo en Nueva York, recibía dinero de él regularmente? Ahora los hijos menores de Doña Alicia ya no jugaban más en el fino polvo que lo cubría todo en Intipuca. Ahora jugaban en la arena y cemento que habían sobrado de la construcción de su nueva casa.

¿Quién sabrá por qué Don Refugio se negó a prestarle el dinero a Roberto? Don Refugio no era un hombre rico, pero tenía una tienda pequeña y había heredado unos pocos miles de colones de su padre. Tal vez estaba resentido de la ambición de Roberto. Quizás la tenacidad de Roberto le molestaba. Tal vez sencillamente no tenía el dinero. Recientemente había agrandado su tienda. Rosalía nunca averiguó qué había pasado entre su marido y Don Refugio esa mañana, pero cuando la familia se reunió para la escasa comida del mediodía, Rosalía sabía por los ojos de Roberto y su reticencia que Don Refugio había dicho que no.

Rosalía estaba acostumbrada al silencio de Roberto. Era taciturno por naturaleza, pero durante los últimos dos o tres años, se había retraído casi a la mudez. En la primavera, cuando los coyotes llegaban a contratar intipucanos para trabajar en los Estados Unidos y se marchaban sin él, en el otoño, cuando las sequías resecaban las tierras ya áridas y arruinaban los cultivos, privando a los labradores de comida y empleo, o en cualquier otro momento, cuando alguna de los ocho hijos de la pareja hablaba con optimismo del futuro, un mórbido desaliento engullía a Roberto. Se sentaba durante horas frente a la dilapidada casa de madera.

—Vamos, viejo ¿qué te pasa? —Rosalía le preguntaba suavemente—. ¿Cuál es el problema?

—Mejor no hablar, —él contestaba—. Mejor no hablar de eso.

Por treinta y tres años Roberto había recogido las cosechas en una plantación cercana. Con sus pobres ganancias y un préstamo del banco agrícola, él arrendó cinco manzanas —cada una del área de una cuadra de ciudad— del dueño de la plantación. En su terreno cultivaba maíz y arroz usando un buey y un arado. Producía comida suficiente para sostener dos personas —pero había once en la familia: Roberto y su esposa, ocho hijos y la mamá de Rosalía.

Era para desesperar a un hombre. Era para llevar a un hombre a contemplar el suicidio.

Y ahora, en tiempos más recientes, había la violencia. Las tropas del gobierno. Las guerrillas que venían a reclutar y saquear. Si Roberto hubiera sido un hombre más joven, quizás se hubiera unido a los rebeldes. Quizás, como ellos decían, la única solución era la violencia. Pero Roberto tenía cincuenta y un años. Tenía una familia que mantener, y la única manera de pelear que sabía era trabajando. Pero no aquí. Aquí no había cómo triunfar. No aquí, donde un fino polvo blanco impregnaba el aire como una llovizna sucia. Te rascaba los ojos y obstruía tu respiración, y lo cubría todo como para enterrar y sepultarlo.

Era una cosa terrible, Roberto le dijo a Rosalía en uno de sus raros momentos de comunicatividad, criar a niños con la aprensión de que todos estarían mejor muertos.

Lo que le había salvado a Roberto de la desesperación era el sueño que perseguía con una tenacidad inquebrantable.

El viaje a los Estados Unidos sería oneroso. Aplastados juntos en la parte trasera de un camión, hombres y mujeres viajaban por días, incapaces de cambiar de posición o incluso de respirar normalmente. Los intipucanos que habían logrado llegar al Norte y después habían vuelto a sus hogares le dijeron: Algunas veces te atrapan y te devuelven. En ese caso pierdes el dinero que le diste al coyote. Algunos coyotes te dan tres intentos. Si logras cruzar la frontera, el coyote te pone a trabajar en un área rural —por un porcentaje de tus ganancias, desde luego— o si no, te soltará en la ciudad.

Lo mejor que puedes hacer es alejarte lo más posible de la frontera, le dijeron. Washington D.C. era un buen lugar. Roberto había oído que había muchos intipucanos en Washington, tantos que los inmigrantes habían formado dos equipos de fútbol nombrados Intipuca y El Salvador.

Naturalmente, aun en Washington podían atraparte y deportarte, pero las posibilidades de que eso pasara eran mínimas en comparación con Los Ángeles, donde había más ilegales, y la migra —los oficiales de inmigración— estaban más atentos.

Regresaban con espeluznantes historias, los intipucanos que habían estado en Estados Unidos. Pero regresaban con dinero.

Era un riesgo que Roberto creía que tenía que tomar para poder sobrevivir. Pero para intentarlo, necesitaba un préstamo de Don Refugio.

§ § §

Cuando Lisa regresó a la mesa, la mujer de pelo oscuro y su acompañante ya se habían marchado.

—¿Pasa algo? —preguntó Dick— ¿No te sientes bien?

—Me siento bien.

Lisa comenzó a enfurruñarse sin siquiera saber por qué.

—Tú sabes que no es que no sienta lástima por esos pobres ilegales...

—Mira, Dick...

—Me doy cuenta de que sólo quieren una oportunidad de...

Lisa habría querido que la mujer que tal vez era Liz fuera al baño a retocarse el maquillaje antes de irse. Ahora Lisa nunca sabría de seguro si era Elizabeth Taylor o no.

—Mira, Dick, ¿puedes dejar de hablar de eso por un momento?

—¿Qué?

—Has estado machacando el tema de los indocumentados toda la noche.

—Bueno, ¿y qué te pasa a ti de repente?

Lisa quedó mirando las manchas de luz bailando en la pared.

Dick terminó su pato à l'orange en silencio, y entonces pidió el menú de postres.

§ § §

Rosalía enjuagó el platillo con montura de oro y lo dejó junto al fregadero para que José María lo secara. Roberto tal vez estaría secando platillos también, ella pensó, si hubiera logrado llegar a Washington.

Pero Roberto no logró llegar a Washington.

El día que Roberto fue a ver a Don Refugio, Rosalía volvió a la plantación después de la comida de mediodía con su hija Carmen María y los cuatro varoncitos mayores. La mamá de Rosalía se ocupaba de los hijos menores en casa.

Roberto se quedó atrás. Había algo que tenía que hacer, dijo. No mencionó a Don Refugio, pero Rosalía pensó mientras caminaba a los campos que nunca antes lo había visto tan sombrío.

Cuando Rosalía regresó aquella noche, el cuerpo de Roberto estaba tirado en el piso de la única habitación de esa destartalada casa. Los vecinos lo habían traído hace poco, a pesar de que hacía horas que Roberto estaba muerto. Dijeron que debía haber tenido un accidente.

Rosalía lavó el cuerpo tiernamente y mandó a Carmen María por el cura. Roberto fue enterrado en el cementerio detrás de la iglesia, a lado de su hermano mayor.

El día después del funeral de su esposo, Rosalía fue a la casa señorial y pidió hablar con la señora. Ella podía lavar y coser, dijo Rosalía. Podía limpiar inodoros y fregar pisos. Necesitaba trabajo extra.

Dos años después, en la primavera de 1981, cuando los coyotes vinieron a Intipuca, Rosalía estaba lista. La esposa del dueño de la plantación le había prestado el equivalente a mil doscientos dólares, los cuales Rosalía debía repagar con interés después de encontrar un trabajo en los Estados Unidos. Además, Carmen María tenía que trabajar en la casa señorial sin salario hasta que la deuda fuera cubierta.

Rosalía sólo se arrepentía de no tener dinero suficiente para llevar con ella a Beto, su hijo mayor. En los Estados Unidos él podría aprender un oficio, ella pensó. Tendría una mejor vida que en Intipuca, incluso podría ir a la escuela. Algún día iría, pensó. Tal vez, pensó Rosalía, haría suficiente dinero para traerlos a todos, uno a uno. Tal vez algún día, todos estarían juntos en el Norte, incluso su madre, mamá Rosalía, a cuyo cuidado iba a dejar a su familia. La noche que partió, Rosalía besó a sus niños sin lágrimas.

El coyote llevó a Rosalía hasta San Antonio. Ahí, ella pagó cien dólares a un contrabandista mexicano que estaba llevando un grupo de ilegales a Washington, D.C. En la capital de los Estados Unidos, Rosalía tenía un contacto —una vieja amiga llamada Leticia que antes recogía anacardos con ella en Intipuca.

Leticia vivía con su esposo y su hijo de cuatro años en una residencia cerca de Columbia Road. Ofreció a Rosalía una cama, tres clavijas para colgar su ropa, dos cajones para colocar cosas personales, y un espejo de pared. Le cobraba cincuenta dólares por mes. Era Leticia quien le encontró a Rosalía un trabajo lavando platos en el Bienvenu.

En la residencia, todos los inquilinos eran ilegales, la mayoría de El Salvador, seis de ellos de Intipuca. Muy rara vez dejaban la casa, excepto para ir a trabajar. Había siempre el miedo ... el miedo a la migra. Pero en los fines de semana había fiestas con cerveza y vino, frijoles negros y cerdo asado, plátanos fritos. Y los domingos —a veces— había partidos de fútbol entre los equipos de El Salvador e Intipuca.

Rosalía se adaptó. Decoró su rinconcito con fotografías de sus hijos y una lámina de la Virgen. Alrededor del espejo colgó adornos de Navidad verdes y plateados. Pensó que eran bonitos. Alegraban el lugar.

El último día de cada mes, iba a la Oficina de Correos para mandar un giro postal a Carmen María y otro a la esposa del dueño de la plantación.

§ § §

Dos hombres corpulentos entraron al comedor y mostraron unos documentos al *maître d'*.

Dick apenas se fijó en ellos, pero Lisa abrió su cartera y sacó sus lentes.

—Me pregunto quiénes serán, —dijo.

Los dos hombres no se sentaron, sino que cruzaron la sala y se dirigieron a la parte trasera del restaurante. Se quedaron parados en la puerta de la cocina por un momento, susurrando. Después empujaron la puerta y se perdieron detrás de ella.

Lisa se quitó los anteojos y con un tenedor de plata arrancó un pedacito de su crèpe.

Algo estaba ocurriendo en la cocina. Hubo una confusión de alaridos y gritos sordos.

Un plato de porcelana se hizo añicos.

Alguien chilló. Distintas voces repetían lo que parecía ser la misma palabra... Lisa no podía entender.... Había demasiada conmoción... migra ... la migra...

Alguien sollozaba.

Dick estiró el cuello tratando de ver lo que ocurría en la cocina. —Por Dios, —dijo—. ¿Qué crees que está pasando?

—No lo sé... No me lo puedo imaginar.

—Suena como algún tipo de alboroto...pero no entiendo lo que dicen. —Él escuchó por un momento—. Suena como... parece que están hablando español... algo como... no estoy seguro... de verdad no puedo decir de qué están hablando... No entiendo nada... nada. Debe ser algo horrible, pero... juro por Dios...no tengo ni la menor idea de qué está pasando...

# Cuento de hadas

Desde la ventana de la habitación del apartamento de la calle 110 Oeste se podía ver el mercado italiano de Caserta, el restaurante chino-cubano de López y la tintorería de Schultz, donde Ray, el sastre negro, arreglaba los vestidos de las señoras que tomaban el subterráneo a Spanish Harlem para verlo porque era el mejor y más barato costurero de esta zona de la ciudad. En el verano, Ray enchufaba un cable de extensión y arrastraba la máquina de coser fuera a la calle. Apenas había comenzado el mes de junio, pero el aire ya estaba caliente y sofocante y Ray se había instalado afuera temprano esa mañana. Era un extraño espectáculo. Ahí estaba en la acera delante de la tintorería de Schultz, la ropa perfectamente doblada en canastos a cada lado de sus pies.

De vez en cuando levantaba los ojos para saludar a un niño del vecindario.

Mónica podía ver a Ray cosiendo, cosiendo, haciendo una puntada tras otra, mientras ella empujaba la aspiradora por la alfombra gris de su madre. Era una familia grande: Mónica, su padre, madre y abuela, tres hermanos y dos hermanas. Todos tenían que ayudar. El aspirar era la tarea de Mónica. El cuarto que más le gustaba hacer era el de sus padres porque de ahí podía ver la calle mientras trabajaba. Le gustaba ver a Ray absorto en sus dobladillos y plisados. A excepción de los días lluviosos, él siempre trabajaba en la calle. Ahí estaba cada verano, sentado en la misma silla frente a la misma máquina de coser en la misma calle desde que Mónica tenía memoria. Mónica no conocía muy bien a Ray, pero había algo confortante en su presencia ahí afuera en la vereda.

Mónica tenía tareas que hacer. Tenía que escribir una composición en inglés y hacer una página de matemáticas. Estaba ansiosa por terminarla antes de que su madre llegara a casa. Ángela iba a poner un grito en el cielo si encontraba a Mónica estudiando. No le gustaba ver a su hija con la nariz metida en los libros. La muchacha se estaba haciendo la idea de ir a la universidad, pensaba Ángela, cuando debería ir a una escuela vocacional y conseguir un empleo. Una escuela de belleza estaría bien, Ángela pensó. Una vez que obtuviera su licencia, Mónica podría encontrar trabajo en un salón de belleza y empezar a ganar dinero.

Julio no estaba de acuerdo. La muchacha era inteligente, le decía a su esposa. Las monjas decían que tenía cabeza para los números. El sistema universitario municipal no sólo era gratis, sino que también otorgaban subvenciones a estudiantes necesitados para continuar con su educación. Sería tonto que Mónica no aprovechara esta oportunidad. Podría tomar el subterráneo para ir al centro al Baruch College, donde podría sacar un diploma en negocios.

Pero Ángela pensaba que esto sería una pérdida de tiempo. ¿Para qué tener a la niña en una sala de clase cuando podría estar ganando dinero? No tenía sentido.

Discutían mucho por eso. Julio llamaba a Ángela retrasada y mezquina. La cara de Julio se hinchaba y se ponía morada como una berenjena, y justo cuando estaba a punto salir del cuarto hecho una fiera y tirando la puerta, Ángela se colocaba delante de él para bloquear su camino. Le arrojaba toda clase de nombres con el propósito de lastimarlo, pero él los tomaba como elogios: soñador, chiflado, Jesucristo en un armatoste cacharro.

Una vez lo llamó Don Quijote con tirantes rosados. Julio estaba a punto de golpearla, pero en lugar de eso, estalló en risa. Estaba impresionado de que ella hubiera oído hablar de Don Quijote. No la creía tan culta.

—¡Sigue burlándote! —gritó Ángela, tratando de no reírse—. ¡Estás llenando de sueños la cabeza de esta chica y brotarán cucarachas!

—¡Es verdad, mamá! Deja que vaya a la universidad y empezará a darse aires—. ¡Pensará que es la última aspirina del frasco! — gritaba Floriano, el hermano de Mónica—. ¡O la última hoja de papel higiénico del rollo! — Floriano se dobló de la risa.

Pronto todos se reían a carcajadas a excepción de Mónica, que estaba al borde de las lágrimas. Ella sólo tenía quince años, así que aún no tenía que tomar una decisión, pero juzgando por los paroxismos de sus padres, uno pensaría que la renta del siguiente mes dependía de si ella iba o no a Baruch. Nadie le preguntaba a Mónica qué quería ella y tal vez era mejor así. Ella sabía que iba a ir a la universidad, pero sus sueños de ser abogada, o tal vez hasta de meterse en la política, estaban más allá incluso de las aspiraciones de su padre para ella.

Aquellas peleas entre sus padres llenaban a Mónica de una tristeza negra que le hacía querer encogerse en una mota de polvo para ser chupada por la aspiradora.

Mónica empujaba la pesada máquina alrededor de la alfombra. La luz del sol inundaba las paredes recién pintadas, las fotografías de matrimonio tomadas veinticinco años antes, el crucifijo, las flores plásticas en el portalápiz de plástico verde que servía como florero. El resto del apartamento era oscuro, con lóbregos pasillos y esquinas sombrías. El living era lúgubre, a pesar de los esfuerzos de Ángela de avivarlo con cuadros de matadores y danzarines y rosas. En una pared había un póster de San Juan que mostraba un patio luminoso, con una puerta de hierro forjado. En una parte del patio había un limonero con delicadas flores blancas. Ángela decía que uno casi podía sentir la fragancia de los limones, pero Mónica no podía oler nada y la irritaba la nostalgia de su madre.

En la cocina, su hermana Jazmín estaba friendo cebollas. Mónica dejó de aspirar y se cubrió la nariz con la mano para bloquear el olor.

—Qué horrible, —murmuró.

Tomás y Floriano estaban jugando a las canicas en el piso de la cocina. El rodar de las bolitas de cristal en el piso de concreto sonaba como un trueno ahora que la aspiradora estaba apagada. Los chicos discutían.

—¡La verde es mía!

—¡No, es mía! ¡Te la gané!

—¡Ladrón! ¡Mentiroso!

—Tú eres el que estás mintiendo.

Mónica prendió la máquina de nuevo para no oírlos. Terminó de aspirar el pasillo y entonces guardó la aspiradora en el clóset.

Fue a la habitación que compartía con Jazmín y recogió sus libros.

—Bajo a la calle, —le dijo a Jazmín.

—¿Con tus libros?

—Necesito un cambio de ambiente.

—Tal vez deberías armar un espacio de trabajo ahí en la vereda, como Ray.

—Tal vez. Mejor ahí a la luz del sol que en este sucio apartamento. —La abuela estaba tejiendo en la mesa de la cocina.

—¿Quieres un cambio de ambiente? Ven, te contaré una historia.

—No tengo tiempo para cuentos de hadas, Abuela. Tengo un ensayo que escribir.

La anciana encogió de hombros. Mónica se dio cuenta que la había hecho sentirse mal.

—Tal vez esta noche, Abuela. Después de terminar mis tareas. —Las historias de su abuela le causaban placer tanto como ansiedad.

Eran historias sombrías, llenas de espectros y sombras. Por la noche, cuando había acabado sus deberes y tareas de clase, Mónica se juntaba con sus hermanos en el líving, donde se reunían alrededor de la 'Buelita Adriana y escuchaban historias que ella había oído en Puerto Rico hacía medio siglo. Era un hábito. Incluso ahora que Mónica era una mujer joven, ansiaba los cuentos de la abuela sobre la terrible Tía Odelia, quien, después de que todos los miembros de la casa quedasen dormidos, se rompía en miles de pedazos y volaba por la ventana en el cielo nocturno, sólo para retornar al amanecer, entera, pero siempre con un ojo o un dedo o aun su cabeza entera fuera de lugar; o acerca de la Seductora de las Aguas, una hermosa hechicera que les ofrecía dulces a los niños que erraban por el bosque, luego los atrapaba y los arrastraba a la parte inferior del río donde vivían para siempre entre caracoles y plantas acuáticas.

A veces 'Buelita Adriana entrelazaba historias acerca de la Llorona, una hermosa mujer que sollozaba continuamente y que se presentaba en todo tipo de lugares extraños. A veces la gente la encontraba de noche, en la oscuridad, en caminos solitarios. Algunos se tropezaban con ella en casas antiguas y abandonadas. En el momento en el que quisieran tocarla, se convertía en un espantoso esqueleto blanco con largas uñas como garras, paralizando a sus víctimas de miedo.

'Buelita Adriana tenía una voz tan dulce como la melaza que calmaba a Mónica y la enredaba en el cuento. Las delicadas descripciones de la piel luminosa de la mujer que lloraba—su cabello deslumbrante, las lágrimas que brillaban en sus mejillas —hipnotizaban a la muchacha, dejándola en una especie de trance que la repentina transformación de la Llorona explotaba brutalmente.

No importaba cuántas veces ella las oía, las historias siempre dejaban a Mónica aturdida y estupefacta. Adriana sabía exactamente cómo alterar los detalles para coger a los oyentes desprevenidos. Había pasado la vida perfeccionando su arte.

—No se asusten, —ella les decía después de terminar el relato—. Son leyendas populares. Son como cuentos de hadas. No creen en cuentos de hadas, ¿no es cierto?

Mónica se sentaba encorvada y temblando en la habitación oscura hasta que finalmente el hechizo se desvaneciera. De ahí se levantaba y se dirigía a la cocina, donde volteaba todos los interruptores hasta que cada esquina quedara iluminada y las sombras desaparecieran.

El año escolar casi había terminado y los jóvenes hacían planes para el verano. Jazmín quería encontrar un trabajo. Andrés, el hermano mayor de Mónica, estaba empleado en la construcción y pensó que podía ayudarla a obtener un puesto de secretaria en la compañía, ya que la secretaria regular iba a estar de vacaciones durante parte del verano. Tomás y Floriano eran demasiado pequeños para hacer gran cosa. Iban a tirar canicas en las calles y jugar básquetbol en el patio de la escuela por tres meses. Mónica era demasiado joven para trabajar legalmente, pero su madre pensaba que la niña podía pasar su tiempo en el salón de belleza en Broadway con la Calle 111. Ángela tenía una amiga ahí que se llamaba Providencia.

Había prometido enseñarle a Mónica a lavarles el cabello a las clientas.

—Déjala estudiar este verano, —le dijo Julio.

—¡Otra vez la misma historia! ¡El emperador de China con la bragueta abierta! ¿Qué le pasa a este hombre? ¿No se da cuenta que suena ridículo? —Ángela les hablaba a los platos mientras ponía la mesa.

—¿Qué es tan ridículo?

—No tenemos el dinero, Julio. ¡Tú piensas que eres Napoleón, pero eres un portero!

—¿Cómo sabes acerca de Napoleón?

—Vi una película en la televisión. ¿Tú piensas que eres el único que sabe cosas aquí? Tú no sabes de habichuelas, Julio. Siempre has tenido la cabeza en las nubes.

—Sería bueno que la niña fuera a la escuela este verano. Podría aprender algo. Podría salir adelante.

—Las escuelas católicas cuestan dinero. Déjala ir a una escuela pública. Por lo menos por el verano.

—No quiero que mi hija vaya a ninguna escuela pública. Ahí están fumando crac en los pasillos de la escuela pública.

—Mira, —interrumpió Mónica—. Tengo una idea. Hace tiempo que lo estoy pensando. ¿Por qué no voy a

Puerto Rico por el verano? Nunca he estado ahí. Tú y 'Buelita siempre hablan de la Isla.

La primera parte no era verdad. Mónica no lo había pensado por mucho tiempo. Se le había ocurrido aquella mañana cuando miró por la ventana y vio a Ray sentado al sol cosiendo. A Mónica nunca le había interesado Puerto Rico particularmente. Asociaba el lugar de nacimiento de sus padres y de la abuela con cebollas fritas y frijoles negros, y ambos le hacían sentirse hinchada y con gases. Puerto Rico era de lo que sus parientes querían alejarse: propietarios ausentes, pobreza, superstición, desempleo, pies descalzos y retretes fuera de la casa. En Nueva York, sus padres no habían encontrado la riqueza, pero ambos tenían trabajo y mantenían a la familia. Julio era un portero de día y un conserje de noche. A veces manejaba un camión de reparto los fines de semana. Ángela formaba parte del equipo de limpieza de la Port Authority. Pagaban sus cuentas y evitaban que sus hijos se metieran en líos. A la insistencia de Julio mandaban a los niños a escuelas católicas, lo que era posible porque las monjas les daban tarifas reducidas.

La vida de Mónica en Nueva York era tolerable gran parte del tiempo y agradable a veces, pero el departamento era deprimente. Mónica se imaginaba afuera, como Ray, trabajando en una mesa llena de libros. Se imaginaba como abogada, como una famosa defensora pública, adorada por una comunidad que le rogaba que postulara por concejala, sentada en una mesa en medio de la vereda, con sus materiales de investigación esparcidos por todos lados. Ella se rio ante la idea de ver a Julio, que venía llegando al departamento, después de haber trabajado todo el día vigilando la puerta del enorme y sucio pero caro edificio blanco en la Séptima Avenida, sólo para encontrar a su hija, vestida de un traje de negocios y zapatos prácticos, instalada en el medio de la Calle 110, rodeada de contratos y testamentos.

—Lo siento, —ella diría—, pero no puedo moverme de aquí, papá. Necesito la luz.

Era verdad que necesitaba la luz. Se imaginaba el pueblo de sus padres en Puerto Rico bañado de una luz tan brillosa que te dañaba los ojos. Se imaginaba la caña de azúcar, los bananos, palmeras y flores tropicales rojas, rosadas, naranjas y amarillas, todas incandescentes en el sol.

Ángela fue la primera en reaccionar ante la inesperada sugerencia de Mónica.

—Sería caro, —dijo.

—Tal vez podríamos encontrar la manera, —dijo Adriana—. Yo tengo unos 400 dólares que le podría dar. Sería bueno para la niña. Además Pedro y Carmen siempre andan diciendo que les encantaría que los visitara.

—Ella no podría estudiar, —interrumpió Julio.

—No, pero estaría aprendiendo. Estaría aprendiendo acerca de su pasado, acerca de dónde viene. Quizás aprenda más español.

—Podemos ponerla en un avión en el aeropuerto de aquí, en Kennedy, —dijo Ángela—. Además, Pedro y Carmen podrían esperarla en el aeropuerto de San Juan.

Julio se quedó en silencio por un momento.

—Bueno, —dijo finalmente—. Supongo que estaría bien. Me gustaría que ella conociera a sus parientes en Puerto Rico. Sólo espero que no regrese hecha una jíbara.

—El jíbaro ereh tú, —interrumpió Ángela, exagerando su acento puertorriqueño—. Tú ereh un campesino.

Mónica estaba mareada de emoción. Ella nunca había viajado antes, excepto a Atlantic City o a Coney Island.

Toda la familia fue al aeropuerto a despedirse de Mónica, incluso Andrés, que había pedido permiso en el trabajo para tomarse el día libre. La 'Buelita Adriana había metido unos sándwiches y fruta en una bolsa para el vuelo, aun sabiendo que las azafatas servirían almuerzo.

Ella y Ángela habían llenado la maleta con todo, desde peinetas de plástico a discos de Bon Jovi y un pequeño árbol de Navidad plegable del diciembre anterior para sus familiares en Puerto Rico. Ángela, de quien la boca normalmente funcionaba como una ametralladora, estaba callada y llorosa. Todo el mundo besó a Mónica una y otra vez. Sólo los niños más pequeños estaban juguetones.

—Oye, hermana, —bromeó Tomás—, no dejes que la Llorona te agarre. —Mónica se rio.

—¡Por favor no me hables de esas tonterías! Ya estoy bastante nerviosa... Es la primera vez que subo a un avión.

—No va a estallar, hermana. La abuela le ha lanzado un hechizo.

Cuando finalmente abordó el avión, Mónica estaba feliz de dejar a su bulliciosa familia.

§§§

La tía Carmen, el tío Pedro, y su hija Modesta esperaban a Mónica en el aeropuerto de San Juan. De ahí, todos se subieron al bus que los iba a llevar al mismo pueblo en el cual los padres de Mónica y la abuela habían nacido.

Durante el primer mes, Mónica estuvo radiante. Sus tíos eran muy trabajadores, pero de trato fácil. Bromeaban constantemente, riéndose y jugueteando. Seguían trabajando en los campos de caña, pero habían construido una bonita casa de estuco con el dinero que Julio les había mandado durante años. Las paredes de afuera eran blancas; las paredes internas eran de diversos colores pastel. Había un jardín de buen tamaño con palmeras y un limonero que Mónica de hecho podía oler, y toda clase de flores en tonos brillantes. La vitalidad del jardín llenaba a Mónica de emoción. Se podía parar al medio del florecimiento, cerrar los ojos y sentir los colores, calientes y galvanizadores, en su piel.

Al igual que su prima, Mónica tenía tareas domésticas, pero eran diferentes de las que desempeñaba en Nueva York. Ella alimentaba a los pollos y ayudaba con los otros animales. Barría el patio y sacaba malezas en el jardín. Siempre estaba afuera. A veces jugaba con los niños menores, hijos de su tía Estela, quienes también vivían en el pueblo. A veces, tomaba un libro y se sentaba bajo un árbol a leer. Sus parientes se reían de su manera de chapurrear el español y admiraban su habilidad de leer en inglés. Los fines de semana había fiestas, con cerveza, música y baile. Mónica estaba tan ocupada que casi se olvidó de Nueva York, el oscuro departamento de su familia, las peleas de sus hermanos y los cuentos de la abuela.

Mónica había notado desde el comienzo que había algo malo con el pie de Modesta. Se volvía hacia adentro y le causaba un gran dolor a la niña cuando ponía su peso encima. Una vez al mes la tía Carmen y el tío Pedro viajaban a San Juan para que un doctor de la clínica pública lo tratara.

—Vamos a salir temprano por la mañana, —la tía Carmen le dijo a Mónica antes de su excursión mensual— y vamos a estar afuera todo el día. No podemos llevarte, pero puedes quedarte con Estela si gustas. —Mónica vaciló sólo un momento.

—¿Puedo quedarme aquí, tía Carmen? No tengo miedo de estar sola.

—Yo sé que no, hijita. Claro que puedes quedarte. Trataremos de regresar antes de que oscurezca. Hay para cenar en el refrigerador. No te olvides de darles de comer a esas cabras tontas. De otra manera, se comerán las pantallas de las ventanas.

—No te preocupes, tía Carmen.

El día pasó rápido. A Mónica le encantaba estar sola en casa. Sentada en el patio con sus libros esparcidos alrededor de ella, leyó por varias horas. Se ocupó de los animales y del jardín. Trepó la cerca para alcanzar un racimo de plátanos y una fruta bomba que crecía cerca de la casa.

Pero al acercarse la noche, Mónica empezó a sentirse nerviosa. Sombras se formaban en las paredes, y Mónica recordaba las leyendas de miedo de 'Buelita Adriana, especialmente la de la Llorona. No había pensado en esas cosas por semanas.

—Tonterías, —se dijo—. Esas historias sirven para asustar a niñitos para que se porten bien. La gente es más supersticiosa en casa que aquí, en la Isla. —Por un momento, se sintió de vuelta en Nueva York, en el sombrío líving del departamento, estremeciéndose con los relatos de la abuela.

—Tonterías, —murmuró de nuevo—. Son historias para darles pesadillas a los niños.

El sol se estaba poniendo. Mónica salió al patio para revisar los pollos y otros animales.

No hay de qué preocuparse, pensó. En fin, dijeron que llegarían tarde.

Afuera, la oscuridad se estaba volviendo cada vez más opaca. Las sombras crecían y se fundían el uno en el otro. Era muy tarde para caminar hasta la casa de la tía Estela, pensó Mónica. En pocos minutos ni siquiera podría ver el camino.

Había una sola puerta y Mónica comprobó que estaba cerrada con llave, a pesar de que sabía que la tía Carmen y el tío Pedro raramente la atrancaban.

—Esto es una tontería, —se dijo a sí misma—. ¿Por qué estoy tan inquieta? Se hizo un sándwich y se lo llevó al líving. La luna, blanca y redonda, ya se vislumbraba en lo alto, pero su luz no alcanzaba al patio. Mónica puso su sándwich a medio comer a un lado, en una mesita de madera. Cerró los ojos y dormitó.

En unos momentos se despertó de un sobresalto.

—¿Qué fue eso? —se preguntó—. Creo que oí algo.

Se paró y fue a la ventana. Se asomó, pero solo vio las siluetas de los árboles y los arbustos que se perfilaban contra el cielo obscuro.

Oyó un susurro. Sonó como un pequeño animal —un gato, tal vez— que rozaba la vegetación. Y luego, un suave lloriqueo.

Mónica buscó a tientas la única lámpara en el cuarto y la examinó con los dedos. Finalmente encontró el interruptor. La bombilla proyectaba un suave y misterioso resplandor en el sofá. No debería haber encendido la luz, pensó. Si hay alguien ahí afuera, me va a ver.

Luego lo escuchó de nuevo: un gemido o un lloriqueo.

—Tendría que ser un niño perdido, —se dijo.

Abrió la puerta despacio y echó una mirada sobre el patio oscuro. Algo se movió. Podía oírlo claro ahora. Alguien estaba sollozando en la oscuridad.

En la negrura cercana, Mónica apenas pudo distinguir la figura de una niña sentada en el suelo. Parecía ser un poco mayor que Mónica, a pesar de que era difícil ver su fisonomía. Su cabeza estaba inclinada y su cara cubierta con sus manos. Había tirado un mantón oscuro por los hombros, pero su cabello claro estaba expuesto. Había una canasta de flores a su lado.

Mónica se olvidó de la precaución y se acercó a la niña.

—¿Qué pasa, amiga? —preguntó amistosamente—. ¿Puedo ayudarte? ¿Estás perdida?

La niña no respondió. Simplemente siguió llorando como si una tragedia terrible le hubiera ocurrido.

—Por favor, —dijo Mónica—Déjame ayudarte.

Mónica extendió la mano y tiró de una cadena que se encontraba al lado de la puerta. Una bombilla descubierta parpadeaba, produciendo un aura vaporosa.

Lentamente la niña alzó la cara y miró a Mónica. Parecía ser mayor de lo que originalmente había pensado. Quizás tenía veinte o veintiuno. Sus labios eran sensuales y húmedos. En la luz tenue, sus ojos se mostraban enormes. Estaban llenos de lágrimas.

La joven se tragó saliva como si estuviera tratando de hablar.

—No sé qué hacer, —susurró finalmente. —Creo que me he perdido. Habré dado un giro errado en alguna parte. Y ahora está oscuro.

Agarraba un ramillete de diminutas flores de color morado cuidadosamente arregladas. Mónica pensó que de alguna manera parecían fuera de lugar. Su apagado tono violeta era distinto a los exuberantes matices que llenaban el jardín de su tía.

—¿Quieres llamar a alguien? Tenemos un teléfono.

—Es demasiado tarde para que nadie venga por mí. De todas maneras, no van a querer verme. No gané un centavo en todo el día. Estarán enojados. Estaba tratando de vender estas flores. No son caras, pero nadie gasta dinero en flores. ¿Para qué? Los jardines están llenos de flores. Aunque éstas en particular son muy raras. De todos modos, no vendí un solo ramo. Y ahora no tengo un centavo ni adónde ir.

—Pobre, —dijo Mónica—. La tía Carmen y el tío Pedro volverán a casa pronto. Estoy segura que te comprarán algo. Mientras tanto, pasa y déjame darte algo de comer.

La mujer joven bajó los ojos como si le diera vergüenza aceptar la invitación de Mónica.

—Gracias, —dijo casi inaudible—. Eres muy amable. No tengo nada más que este ramo para darte a cambio. Por favor acéptalo. Es todo lo que puedo ofrecerte para mostrar mi gratitud.

—No hay necesidad...

—Por favor, —dijo la joven.

—Gracias, —Mónica le alcanzó la mano.

El movimiento y el grito escalofriante eran simultáneos. El brazo de Mónica se fue hacia atrás bruscamente como si se tratara de un látigo que chasqueaba un jinete. Se encogió y trató de retroceder, pero sus piernas se habían congelado. Temblando de miedo, las lágrimas corriendo por sus mejillas y cuello, Mónica, paralizada por el terror, vio ante ella, en lugar de la joven, un macabro esqueleto, iridiscente y monstruoso.

Largos, huesudos dedos, con uñas como garras, le hacían señas que se acercara.

Mónica pegó otro prolongado grito. Sus piernas habían recuperado la movilidad y huyó de la casa corriendo. Corrió más allá del jardín, más allá del poblado, a los campos de caña. Le pareció que había corrido por una eternidad. Sentía el pecho apretado, pero siguió corriendo. Sus pulmones le punzaban como si estuvieran llenos de pedazos de cristal. Su respiración se volvía cada vez más irregular. Sus piernas le dolían y sus rodillas le picaban, pero siguió corriendo. Sentía detrás de ella, suspendido en el aire, el terrible espectro. Su presencia la perseguía en la sofocante obscuridad.

Por fin, se tropezó y cayó fuertemente en el piso. Quién sabe cuánto tiempo estuvo ahí. Habrá sido un tiempo muy largo. De repente, Mónica abrió los ojos y miró alrededor. Estaba en la habitación que compartía con Modesta en la casa de sus tíos. Las cortinas estaban abiertas y las paredes bañadas de luz. En la cocina, la tía Carmen cantaba *Solamente una vez* mientras preparaba el desayuno.

—Por Dios, —susurró Mónica, estremecida—. Tuve una terrible pesadilla.

Las hojas y las flores brillaban en la luz del sol. La fragancia del limón permeó el aire fresco y limpio.

Mónica sonrió. —Fue sólo un sueño—, dijo en voz alta.

—¡Debió ser uno terrible! —respondió Modesta. Por alguna razón, llevaba una bandeja con el desayuno y la dejó en el velador al lado de Mónica.

Mónica la miró asombrada.

—¿Qué es esto?

—Mamá quiere que comas. Has estado durmiendo por horas y horas. ¿Qué te pasó?

—Tuve... Tuve una pesadilla.

—¡Una pesadilla! ¡Te encontramos profundamente dormida en medio de un campo de caña de azúcar! El pueblo entero salió a buscarte. Te trajimos de vuelta y te pusimos en tu cama.

Mónica abrió ampliamente sus ojos. La sensación que algo le roía el estómago le volvió. Miró a su prima con incredulidad.

—Estabas agarrando eso, —dijo, apuntando al velador.

En la pequeña mesa estaba puesto el ramo de florcitas moradas.

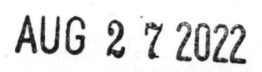

CPSIA information can be obtained
at www.ICGtesting.com
Printed in the USA
LVHW031945090322
712946LV00004B/50